진딧물의 미로

진딧물의 미로

박종윤 소설

개미

차례

마지막 교신

새벽부터 병성(病性)이 완연한 새어머니의 자지러지는 기침소리가 방안을 뒤흔들어 놓았다. 이미 그 소리에 익숙하지만 나는 잠에서 깰 수밖에 없었다. 한 번 시작한 기침은 언제 끝날지 감이 잡히지 않았다. 쿨룩거릴 때마다 가슴 쥐어뜯기를 수없이 반복하는 그녀의 모습을 보고 있노라면 모골이 송연했다. 나는 쉽게 떨어지지 않는 눈을 비비며 잠자리에서 부스스 일어나 앉았다.

"아이고, 세진아! 나 좀 살려라. 엄마 죽겠다."

퀴퀴한 냄새가 만연한 방에서 넋두리 같은 새어머니의 절규를 나는 가만히 지켜볼 수밖에, 달리 뾰족한 대책도 떠오르지 않았다. 한동안 기승을 부리던 그녀의 기침소리가 멎더니 이젠 가래 끓는 소리가 방안을 잔잔히 메워 나갔다.

방안의 가구라고는 붉은 바탕에 스테인레스 장식이 달린 자그마한 장롱이 윗목에 달랑 하나 놓여 있을 뿐이었다. 칠이 군데군데 벗겨져 마치 피부병에 걸린 것처럼 흉물스러웠다. 장롱과 맞붙은 벽 틈에는 새어머니가 며칠 동안 토해낸 검붉은 피를 훔친 걸레가 쑤셔 박혀 있었다.

우리집은 바다가 멀리 내려다보이는 비탈진 산동네였다. 2년 뒤에 재개발이 시작된다고 해서 벌써부터 동네 분위기가 술렁거렸다. 며칠 전 집주인 여자가 깡마른 몸피에 두툼한 모피코트를 감싸고 월세를 독촉하러 비탈길을 걸어 올라왔었다. 고급승용차는 좁다란 길이 얼어붙어 있어 아랫동네에 세워 둔 모양이었다. 그녀는 재개발을 노리는 산비탈 동네에 세를 놓아먹는 판잣집을 여러 채나 소유하고 있었다.

주인이 왔지만 새어머니는 일어날 기력이 없었다. 꼼짝 못하고 드러누운 채 그녀를 맞이했다. 집주인은 밖에서 방문을 열어놓은 채 대뜸 목소리부터 높였다. 이젠 밀려 있는 월세 따윈 필요 없다며 빨리 방이나 빼라고 악머구리처럼 지껄여댔다. 꼭 앙칼스런 요크셔테리어가 짖는 것 같았다. 그 소리를 따라 차가운 바람이 열린 문 안으로 마구 휩쓸어 들어갔다.

그녀의 말이 끝나도록 아무 대꾸도 없이 누워만 있는 새어머니 모습이 마치 시체처럼 보였다. 주인여자는 그런 분위기가 못마땅했는지 방문을 돌쩌귀가 부서지도록 힘껏 닫아버렸다. 야멸치게 돌아선 그녀의 코트자락은 겨울바람보다 더 매서운 칼바람을 일으켰다. 나는 사라지는 주인여자의 뒤통수를 쏘아보며 불끈 쥔 조그만 주먹을 허공을 향해 불쑥 올렸다. 당차게 입술까지 베어 물기는 했으나 보잘것없는 주먹은 슬그머니 내려오고 말았었다.

방안의 질긴 새어머니의 가래 끓는 소리를 뒤로 한 채 나는 서둘러 집을 나섰다. 발에 꿰어 신은 운동화는 새어머니가 지난봄에 사준 것인데 벌써 앞 쪽에 구멍이 뚫린 채였다. 밖은 어두움을 서서히 걷어내고 있었다. 비탈진 골목길은 겨울이면 좁은 하수구가 잘 막혔다. 집집마다 골목길로 마구 내 버린 물이 얼어서 허옇게 번질거렸다. 아무리 연탄재를 그 위에 깨부수어도 마찬가지였다. 흡사 새어머니가 빈 우유통에 뱉어 놓은 가래침 같았다.

골목길을 조심스럽게 내려와 찻길까지 나온 나는 입김을 앞세워 뛰기 시작했다. 마치 육상선수라도 되는 양 제법 호흡을 가다듬으며 박자까지 세었다. 목적지는 버스로 다섯 정류장 거리에 있는 수산시장이었다. 나는 초등학교 2학년이지만 학교를 가지 않았다. 벌써 한 달이 넘었다. 끼닛거리를 내가 매일 마련하지 않으면 병들어 있는 새어머니와 함께 고스란히 굶기 때문이었다.

어느 날 새어머니는 내가 식당에서 어렵게 얻어 온 밥을 밀쳐내었다. 일어나 앉으면 들숨날숨이 무척 힘든 그녀는 가래를 목구멍에 걸어놓은 채 가랑거리며 꾸짖었다.

"사내는 아무리 궁색해도 구걸 따윈 해선 안 돼. 알았지?"

얼마 전 산동네 우리 옆집에 살던 아주머니가 있었다. 그녀는 아랫동네로 이사를 가서 큰길가에 기사식당을 차렸다. 우리 형편을 잘 알고 있는 아주머니는 식당 앞을 지나가는 나를 가끔 보면 동정어린 말투를 섞어 곧잘 불러들였다. 그녀는 밥통에서 퍼낸 밥을 식지 않게 랩에 두 번이나 싸서 나에게 안겨주었다. 뜨거운 밥을 보면 당장 주저앉아 먹고 싶은 충동이 일어도 아픈 새어머니를 생각하며 비탈길 집으로 달려 올라가야 했다.

밥을 얻어 오면 왜 안 되는지 이해할 수 없지만 새어머니 말에 순순히 따랐다. 가끔 김이 술술 올라오는 밥의 유혹을 느낄 때마다 나는 혀로 입술을 핥으며 그 식당 앞을 우회해 돌아다녔다. 밥 얻어 오는 짓을 그만 둔 대신 나는 새어머니 몰래 수산시장을 헤집으며 그곳에 버려진 생선 토막을 주웠다. 생선 토막과 함께 채소시장에서 주운 야채를 깨끗이 씻어 죽처럼 끓여 그녀에게 먹이기 위해서였다.

시장으로 가는 길은 바닷바람이 몹시 차가웠다. 아직 해가 뜰 기색이 없는 하늘은 눈이 내릴 것처럼 온통 잿빛으로 짓눌러 있었다.

내가 새어머니를 처음 만난 것은 여섯 살 때였다. 생모가 죽자 아버지는 얼마 있지 않아 중국 길림에서 온 조선족 여자에게 새장가를 들었다. 화물선 기관사로 일하고 있던 아버지는 수입이 좋은 만큼 씀씀이도 컸다. 만난 지 며칠 되지 않는 그녀에게 청혼 선물로 알이 큼지막한 미얀마 루비 반지를 대번 사 줄 정도였다.

생모가 죽고 나자 나는 떠돌이처럼 데면데면하게 자랄 신세였다. 아버지가 조선족 출신 새어머니를 처음 집으로 데리고 온 날이었다. 그녀는 보일 듯 말 듯한 수줍은 미소를 머금은 채 다가와 내 머리를 쓰다듬었다. 나는 그녀의 눈이 부실 정도로 하얀 살결과 후각을 자극하는 화장품 냄새에 그만 홀딱 빠져버렸다.

아버지는 어느 날 화물선에서 작업을 하다가 실수로 한쪽 다리를 잃었다. 직장에서 밀려난 그는 더 이상 일할 자리가 없었다. 생활은 차츰 쪼들려 갔다. 아버지는 장애자에 대한 사회의 냉대를 슬기롭게 이겨내지 못했다. 성격은 하루가 다르게 새끼줄처럼 배배 꼬여 갔다. 그는 술만 억수로 퍼마시며 부양해야 할 가족에 대한 책임을 잊고 있었다.

"내가 병신이 되었다고 이 사회가 나를 무시해? 이놈들아, 난, 명색이 기계공학을 전공한 기관사라고, 너희들이 이 과학자를 푸대접하고 잘 사는지 한 번 두고 보자! 엿 같은 놈들."

아버지는 새어머니에 대한 애정도 차츰 식어 갔다. 이런저런 이유로 그녀를 손찌검까지 하며 괴롭혔다. 술을 마시고 온 날은 정도가 심했다. 집을 나가라며 고래고래 소리를 질렀으나 그녀는 고스란히 당하고만 있었다. 두들겨 맞는 새어머니를 보며 나는 폭력을 휘두르는 아버지에 대한 적개심이 서서히 싹트기 시작했다. 몸이 시퍼렇게 멍든 그녀는 자신의 무릎 위에 슬그머니 올라앉은 나를 끌어안고 숨소리를 죽여 가며 울었다. 나는 새어머니에게 맞고 있으니 차라리 아버지가 없는 중국으로 도망가자고 부추겼다. 그녀는 중국으로 돌아가도 가족이 없다며 손등으로 눈물을 찍어내었다. 새어머니의 병은 그때 벌써 꽤 진행된 상태였었다.

아버지의 의처증은 날이 갈수록 심각해졌다. 외출에서 돌아온 새어머니에게 둥글넓적한 돋보기까지 들이대었다. 한쪽 눈을 찡그리며 남자의 흔적을 찾는다고 머리에서 발끝까지 샅샅이 훑으며 법석을 떨었다.

"신(神)도 믿지 못하는 세상인데 떠돌이 너를 어떻게 믿나? 현미경은 믿지, 과학이잖아. 네가 과학을 알기나 해? 아이티 과학이 곧 영혼(靈魂)과도 교신을 하게 만들 거야, 두고 봐."

무신론자인 아버지는 기관사 출신인 자신의 이력이 과학과 무관하지 않다는 것을 과시하기 위해 걸핏하면 과학이란 단어를 쇠뼈다귀 우려먹듯 곧잘 인용했다.

어느 날이었다. 대낮부터 술에 취해 집으로 돌아온 아버지는 새어머니에게 남자 냄새가 난다며 또 생트집을 잡고 두들겨 패기 시작했다. 손찌검을 당하는 새어머니를 두고만 볼 수 없었다. 눈이 뒤집힌 나는 아버지에게 짐승처럼 달려들어 순식간에 허벅지를 물고 늘어졌다. 순간 억센 주먹이 날아와 내 작은 머리통을 날렸다. 나는 번쩍하는 번갯불 같은 것을 느끼며 방바닥으로 그대로 나동그라져 버렸다.

그날 이후 나는 어금니를 악물고 어른이 되는 지름길을 찾았다. 덩치가 큰 어른이 되면 아버지가 나를 함부로 다룰 수 없을 것이라는 생각에서였다. 나는 면도를 자주하면 수염이 빨리 자란다는, 어깨너머로 들은 동네 형들의 말을 그대로 믿었다. 내 코밑과 턱은 상처가 아물 날이 없었다. 여린 피부는 면도날에 묻어 있는 아버지의 수염 독이 벌겋게 부어올라 내 얼굴은 마치 밀랍 인형 같았다. 주머니에는 이빨 빠진 빗과 깨진 거울 조각을 항상 넣고 다녔다. 머리에 수시로 물을 발라 빗질을 해 어른처럼 뒤로 홀링 넘기기 위해서였다. 어른이 빨리 되기 위한 길은 다른 방법에서도 찾았다. 익숙한 솜씨로 멋있게 담배를 피우거나 술을 마시면 되는 것이라 생각했다.

어느 날 나는 나름대로 생각이 있어 부엌 싱크대 문을 열었다. 그곳에 아버지가 먹다 남겨 놓은 소주 반병짜리를 끄집어내었다. 고약한 냄새 때문에 코를 움켜쥐고 안주도 없이 몇 번에 걸쳐 몽땅 들이킨 나는 그대로 정신이 돌아버렸다. 집 안은 쑥대밭이 되었다. 이불과 옷가지들이 방안에 어지럽게 널렸고, 쌀통에서 퍼낸 쌀은 주방 여기저기 깨진 그릇들과 뒤죽박죽 난장판이 되었다.

나는 몸에서 발산되는 열을 이기지 못하고 벌거벗고 욕조에 들어가 수도꼭지를 비틀어 놓은 채 그만 잠이 들어 버렸다. 어지럽게 난장판이 된 집으로 들어서다가 놀란 새어머니는 처음엔 도둑이 든 줄 알았다고 했다. 그녀가 조금만 늦게 돌아왔더라면 나는 물이 넘쳐나는 욕조에서 고스란히 익사했을지도 몰랐다. 아버지가 살아 있을 때에는 산동네가 아닌 욕실이 딸린 방 두 칸짜리 집에서 살았었다.

나는 포기하지 않았다. 훔친 아버지 담배에 가스라이터를 눌러댔다. 담배 세 개를 줄곧 태우는 동안 편도선의 알싸한 통증이 엄청난 기침을 유발시켰다. 얼굴은 눈물과 콧물로 범벅이 되었다. 끝장을 보겠다는 내 의지는 오래가지 못했다. 하늘이 노랗게 변하고 어지러워 토악질을 해대며 결국 바닥에 넝마처럼 널브러져 버렸다. 담배는 술 보다 더 지독한 물건이었다. 나는 혀를 내두르고 도리머리를 치며 두 번 다시 그 근처에는 얼씬하지도 않았다.

드디어 수산시장 앞에 다다랐다. 새벽시장을 본 사람들이 간간이 나오고 있었다. 그들의 입에서 나오는 뽀얀 입김은 활어 수족관 호스에서 뿜어내는 산소처럼 보였다. 바다는 지난밤까지 며칠째 강풍과 파도가 높다는 경보가 내려진 상태였다. 그동안 어선들이 출항을 못해서 그런지 시장이 덜 붐볐다. 재수가 없으면 토막 생선을 줍지 못할 때도 있었다. 그럴 때는 생선전과 나란히 이어져 있는 채소 시장으로 가야 했다. 야채나 과일을 구하기는 쉬웠다. 상인들이 버린 흠집 투성이 과일을 손질해 새어머니가 좋아하는 즙을 해 먹였다. 그녀는 내가 만든 과일즙을 마시고 나면 움푹 꺼지고 흐릿한 눈에 생기가 돌았다. 그때만큼은 기침을 하지 않았다.

"어린 네가 고생이 많구나. 내가 빨리 자리를 털고 일어나야 할 텐데."

과일즙을 마시고 활력을 조금이나마 찾은 새어머니를 보면 나는 기분이 좋아 히죽 웃었다. 그러나 내가 사준 검은 브래지어를 하지 않고 있는 그녀의 쭈그러진 가슴을 보면 금세 우울해졌다. 나는 한동안 새어머니의 가슴을 만지는 놀이에 빠져 있었다. 일찍 죽은 생모에 대한 굶주린 정 때문일 것이었다.

한여름 어느 날 밖에서 하루 종일 돌아다닌 나는 집으로 돌아왔다. 아버지가 집에 없다는 것을 확인하고 새어머니의 품을 얼른 파고들었다. 씻지도 않은 지저분한 손으로 만진 그녀의 하얀 브래지어는 금방 새카맣게 변해 버렸다. 나는 품에 안긴 채 더러워진 브래지어를 보고 입술을 배시시 베어 물며 그녀를 올려다보았다. 새어머니는 탓하지 않았다. 되레 내 머리를 애완견처럼 천천히 쓰다듬어주었다. 그때부터 나는 저금통에 열심히 동전을 모았다. 아무리 만져도 손때가 묻지 않는 검은색 브래지어를 사기 위해서였다.

나는 생모에 대해 별로 아는 것이 없었다. 생모가 병으로 죽었다는 사실을 어렴풋이나마 알게 된 것은 새어머니를 구박하는 아버지의 거친 입을 통해서였다.

"세진이 에미도 병으로 일찍 뒈지더니, 너도 빌빌하는 게 꼭 그 꼴이야. 대체 나한테는 왜 병든 여자들만 자꾸 꾀지? 왜 이렇게 여자 복이 박복한 거야?"

새어머니는 중국에서 남편 없이 키운 하나밖에 없는 어린 딸이 죽었다고 했다. 소아암에 걸렸으나 돈 때문에 약 한 번 써보지 못하고 눈을 감은 모양이었다. 딸의 죽음으로 가슴에 응어리가 진 그녀가 한국으로 나온 목적은 돈이었다. 그럼에도 불구하고 아버지의 구박으로 집을 떠나려고 몇 번이나 결심을 했으나 의지할 곳 없는 불쌍한 내 신세를 지켜보면 차마 매정하게 떠날 수가 없었던 것 같았다.

새어머니도 만만하지 않은 일면이 있었다. 여느 날처럼 나는 그녀 옷을 헤치고 가슴을 만지다가 잠이 들었다. 전혀 예상하지 못한, 갑자기 들이닥친 아버지에게 잠든 두 사람 모습이 목격되었다. 그의 눈빛은 나를 당장 잡아먹을 듯이 이글거렸다. 목발 짚고 선 아버지의 고릴라 같은 외다리 발길에 나는 대번 걷어차여 버렸다. 내 몸은 방에서 데굴데굴 굴렀다. 새어머니도 여지없이 손찌검을 당했다. 그때 그녀는 처음으로 아버지한테 다부지게 대들었다.

"내가 낳지는 않았어도 내 아이에요. 당신은 어쩜 그렇게 몰인정한 거죠? 엄마가 일찍 죽은 애가 가엾지도 않아요?"

"이게, 엇다가 눈을 부릅뜨고 지랄이야!"

그날 새어머니는 아버지에게 다행히 한 대만 맞고 끝이 났다. 아버지는 처음으로 서슬이 시퍼래 가지고 딱 부러지게 달려드는 그녀에게 기가 꺾인 듯했다. 새어머니의 의외로 당찬 모습을 엿본 것이었다. 아버지가 나를 원수처럼 학대하는 것을 보면 나는 아마 그의 자식이 아닌 것 같았다. 그럴 때는 얼굴도 잘 생각이 나지 않는 생모가 공연히 그리워지며 슬펐다.

그날따라 내 방으로 가지 않고 울다가 그녀 옆에서 잠든 나는 아버지와 새어머니가 다투는 듯한 소리를 들었다. 잠결 어두움 속에서도 어렴풋이 두 사람이 엉켜 있는 형체를 보았다. 새어머니는 짜부라져 누워 있는 아버지 몸 위에 올라가 시소를 타 듯이 엉덩방아로 짓뭉개고 있었다. 밑에 깔린 아버지는 꼼짝없이 당하고 만 있는 것 같았다. 새어머니가 낮에 아버지로부터 손찌검 당한 보복을 그런 식으로 한다고 생각했다. 낮에 야무지게 대든 기세로 보아 충분히 가능한 일이었다. 그나마 이웃들이 잠든 밤에 조용하게 아버지를 닦달하는 새어머니가 믿음직스러웠다. 어쨌든 나는 아무 저항도 못하고 있는 아버지를 고소하게 생각하며 돌아누워 깊은 잠 속으로 다시 곯아 떨어져 버렸다.

이튿날 아침에 일어난 내 머릿속은 온통 걱정으로 가득 들어차 있었다. 간밤에 새어머니가 닦달한 아버지가 생각났기 때문이었다. 분명 얼굴이 엉망진창으로 망가졌을 아버지를 생각하니 마음이 편하지 않았다. 그러나 그와 마주친 나는 허깨비를 본 것 같았다. 아버지의 모습은 말짱했다. 그는 나를 보고 싱긋 웃는 여유까지 보였다. 도대체 어찌된 영문인지 짐작을 할 수 없었다. 두 사람이 나를 따돌리고 어떤 일을 은밀하게 공모한 것 같아 기분이 별로 좋지 않았다. 새어머니가 아버지와 한통속이라고 생각하니 나는 갑자기 외톨이가 된 기분이었다. 배신감을 느끼며 슬픔에 빠져 거리를 공연히 배회하고 다녔다. 그러나 그 방황은 그리 오래 가지 않았다. 정에 굶주려 있는 나로서는 그녀의 따뜻한 말과 부드러운 품속을 훨씬 더 그리워했고, 그런 아늑함을 잃어버리지나 않을까 싶어 전전긍긍하고 있었다.

그즈음 술 취한 아버지가 한적한 밤길에서 뺑소니차에 치여 갑자기 죽는 사고를 당했다. 나는 그 소식을 듣고 미친놈처럼 깡충거리며 펄쩍펄쩍 뛰었다. 오래된 내 소원이 이루어진 셈이었다. 이제 새어머니와 나는 아버지의 폭력에 시달리지 않아도 되었다. 무엇보다 그녀의 사랑을 독차지 할 수 있게 된 것에 나는 안도의 한숨을 내쉬었다.

아버지가 죽고 나자 생활은 더욱 어려워져 갔다. 새어머니가 식당에서 일을 했지만 한 달 만에 쫓겨나고 말았다. 폐병은 이미 중증이었고 췌장도 나빠져 있었다. 그녀는 새벽이 되면 집에서 만든 샌드위치와 김밥을 들고 지하철역 쪽으로 장사하려고 출근했다. 수시로 입을 막고 콜록거리는 여자가 만든 김밥은 아무도 사먹지 않았다. 그녀는 나를 굶기지 않으려고 집의 물건들을 하나 둘씩 들고 나가 헐값에 팔아치우기도 했다. 카메라, 오디오, 반반하게 남아 있는 물건들이 거의 사라졌다. 심지어 티브이, 전화기도 남아 있지 않았다. 전세방을 빼서 빚을 갚고 산비탈 동네로 옮긴 때가 그 무렵이었다.

그녀는 밖에서 돌아오면 기침을 심하게 해댔다. 터져 나오는 기침을 숨기려고 뒤집어쓴 이불 속에서 수건으로 입을 틀어막고 며칠씩 드러누워 있었다. 새어머니의 몸은 빠른 속도로 나빠져 갔다. 아파서 만사가 귀찮았는지 가슴을 파고드는 나는 가만 내버려 두었다. 그녀 가슴에 귀를 대고 있으면 숨을 쉴 때마다 가마솥의 누룽지 긁는 것 같은 소리가 들렸다. 그 소음에 뒤섞인 심장 소리는 몹시 가파르게 뛰었다.

"세진아, 내가 일찍 죽으면 넌 어떡하지?"

"엄마가 왜 일찍 죽는 거야?"

"새처럼 심장 소리가 빠른 동물은 일찍 죽는다."

나는 그 말을 듣고 죽기 전에 새어머니를 닮은 예쁜 여동생 하나 낳아 달라고 졸랐다. 그녀는 희미하게 웃었다.

"남자가 없으면 아이를 만들지 못한단다."

나는 고개를 갸우뚱거리며 내가 도와 줄 테니 낳아 달라고 어깃장을 부렸다. 새어머니가 눈물이 그렁하도록 한바탕 웃는 것을 그때 처음 보았다. 그때부터 나는 새어머니 가슴을 만지지 않았다. 그녀의 얼굴은 파리하고 가슴은 늦여름 끝물에 버려둔 참외처럼 쪼그라들어 폭삭 주저앉아 있었다.

수산시장 안으로 들어서자 비릿한 냄새가 코를 찔렀다. 내 눈동자는 컴퓨터 워드의 페이지 버튼을 누른 화면처럼 시장바닥을 재빠르게 훑었다. 평소와 다름없는 시간에 왔다고 생각했는데 아무래도 늦은 모양이었다. 출어한 배가 없었던지 경매시장은 열리지도 않았다. 생선 토막은 눈을 씻고 보아도 없었다.

"강풍 탓이야. 강풍 땜에 배가 뜨지 않아서 그래."

나는 애늙은이처럼 뒷짐을 지고 고개를 주억거리며 소매시장 쪽으로 걸음을 천천히 옮겼다. 물이 고여 있는 곳은 구멍난 신발 땜에 발꿈치로 걷느라 뻗정다리가 되었다. 비록 구멍은 났으나 새어머니가 사준 운동화라 애착을 가지고 있었다.

2학년으로 올라간 지난 봄날이었다. 이튿날은 학교에서 봄소풍을 가는 날이었다. 자루에는 쌀이 한 톨도 남아 있지 않았다. 몇 개 남아 있는 라면을 삶아서 가지고 갈 수는 없었다. 나는 다음날 소풍 가서 즐겁게 뛰어 놀 반 친구들을 부럽게 생각하며 새어머니 옆에서 손가락을 빼문 채 잠들어 있었다.

날이 밝자 나는 잠을 깼다. 아파서 옆에 누워 있어야 할 새어머니가 보이지 않았다. 나는 소풍을 못 간다는 절망감이 밀려오자 일어나기가 싫었다. 이불을 머리끝까지 뒤집어쓰고 눈을 질끈 감아 버렸다. 그 순간이었다. 어디에서 구수한 밥 익는 냄새가 이불 틈을 솔솔 헤집고 흘러들어 와 내 마른 콧구멍을 촉촉하게 녹였다. 참으로 오랜만에 맡아보는 냄새였다. 나는 이불을 얼른 걷고 벌떡 일어나 앉았다. 밥 냄새는 분명히 부엌에서 흘러들어 왔다.

내가 어리둥절하고 있는 사이 아픈 사람 같지 않게 옷매무시를 차린 새어머니가 부엌에서 상을 들고 들어왔다. 상에는 김밥과 양념통닭이 차려져 있었다. 내가 좋아하는 계란말이도 보였다. 더 놀라운 것은 방문 쪽으로 유명 메이커 청색 운동화가 보였다. 내가 몽매간에도 잊지 못한 신발이었다. 정말 꿈을 꾸는 듯했다. 오랜만에 아침밥을 맛있게 먹었다. 나는 새 운동화 끈을 발에 단단히 졸라매고 그녀의 배웅을 받으며 학교로 풍뎅이처럼 날아갔다.

소풍이 끝나고 집으로 돌아가는 내 발걸음은 아침처럼 씩씩했다. 학교에서 잘 부르는 행진곡도 흥얼거렸다. 집에 도착해 방문을 열자 새어머니는 다시 자리에 드러누워 내가 들어온 것도 모른 채 자고 있었다. 이불 밖으로 내놓은 그녀의 손에는 아버지가 사준 항상 끼고 있던 루비 반지가 보이지 않았다. 도장밥만한 반지갑도 텅 빈 채였다.

나는 밖으로 뛰쳐나갔다. 그러나 막상 어디로 가야 할지 몰랐다. 새어머니는 내 초등학교 두 번째 봄소풍을 위해 손가락에서 반지를 뺐지만 나는 그 반지를 찾아올 돈이 없었다. 주먹을 불끈 쥐고 새 운동화를 내려다보았다. 왠지 부끄러운 생각이 들었다. 그때 그녀의 자지러지는 기침 소리가 문 밖으로 튀어나왔다.

"아이고, 세진아, 나 좀 살려라. 엄마 죽겠다."

나는 다시 주먹을 불끈 쥐었다. 아픈 새어머니를 위해 무엇이든 해야만 했다. 폐병에는 '개가 그만이다.'라는 귀엣말을 들은 적이 있었다. 개를 살 돈이 나한테 있을 리가 없었다. 궁리 끝에 나는 부엌에서 감자 두 개를 겨우 찾아 삶아서 식용유를 발랐다. 헌 신발에 끈을 길게 매달아 그 속에 감자 하나를 넣고 동네 골목을 어슬렁거리고 돌아 다녔다. 효과는 잠시 뒤에 곧 나타났다. 나보다 몸집이 큰 개 한 마리가 앞에 턱 버티고 선 채 나를 힐끔 쳐다보았다. 나는 겁을 잔뜩 집어먹었다. 개는 내 눈치 따윈 살피지도 않았다. 삶은 감자를 덥석 물고 유유히 사라져버렸다. 나는 감자가 쏙 빠져나간 헌 신발에 매달린 끈만 잔뜩 움켜쥐고 서 있었다. 바지에 오줌을 싸 버리지 않은 게 그나마 다행이었다.

남아 있는 삶은 감자 한 개를 다시 신발에 넣었다. 큰 개가 나타나면 재빠르게 감추어야겠다는 생각을 굴리며 동네 골목을 한 바퀴쯤 돌 때였다. 눈에 익은 발바리 한 마리가 눈방울을 굴리며 졸졸 따라왔다. 나는 개를 동네에서 약간 떨어진 산속으로 유인했다. 영문도 모르고 꼬리만 살랑살랑 흔드는 발바리 목에 올가미를 걸어서 소나무에 단단히 비끄러매었다. 발바리를 어떻게 잡을까 하고 머리를 굴렸으나 도무지 방법이 떠오르지 않았다. 아무리 동네 밖에 있는 산속이라도 남의 개를 마냥 묶어 둘 수는 없었다. 누가 보기라도 한다면 큰일이었다. 그래서 겨우 생각해낸 것이 너덕너덕한 헌 담요 하나를 주워서 발바리의 머리에서 꽁지까지 덮어 묶었다.

담요에는 불이 잘 당겨지지 않았다. 신문을 구겨 발바리를 싸고 있는 꽁무니 쪽 담요 틈새에 집어넣고 가스라이터를 켰다. 담요 속에서 연기 냄새를 맡은 개가 낑낑거렸다. 담요에 불이 옮겨 붙자 발바리는 뜨거움을 느꼈는지 허공으로 화들짝 튀어 올랐다. 순간적인 동작이었으나 그 힘이 엄청났다. 소나무에 묶여 있던 끈이 맥없이 끊어져버렸다. 나는 눈앞이 아찔했다. 발바리는 동네 쪽을 향해 필사적으로 내달렸다. 마치 활주로를 이륙하는 제트기처럼 불붙은 꽁무니에 매달린 연기가 뱅글뱅글 돌았다. 눈 깜짝할 사이 일어난 사건을 마냥 멍청하게 바라보던 나는 정신을 퍼뜩 차렸다. 손에 쥐고 있는 라이터를 아무렇게나 내동댕이치고 동네 반대쪽으로 발바리보다 더 빠르게 냅다 뛰기 시작했다.

발바리는 산비탈 우리 동네의 여자 친구 순지네 개였다. 얼굴이 검붉고 왁살스럽게 생긴 그 애 아버지한테 붙들리기라도 하면 뼈도 못 추릴 일이었다. 순지 아버지는 부두의 잡역부였다. 부두는 내가 아버지를 기다리는 유일한 장소이며 순지와 나의 놀이터이기도 했다. 앞으로 그 부두에 영영 못 들어갈 수도 있었다. 얼마 뒤에 알게 된 일이지만 기를 쓰고 집까지 달려 들어간 순지네 개는 꽁지와 엉덩이 털만 거슬렸을 뿐 다른 이상은 없었다. 개를 도살하기 위한 내 계획이 완전 실패로 끝났지만 당분간은 마음을 졸이고 있어야 했다. 다행히 그 사건은 아무도 모른 채 지나가 버렸다. 가끔 동네 어귀에서 순지네 발바리와 마주치면 그 녀석은 먼 발치로부터 나를 금방 알아보고 꽁지 빠지게 줄행랑을 놓았다.

도매시장 옆에 붙어 있는 소매시장도 마찬가지였다. 한 바퀴 돌아보았으나 토막 생선은 보이지 않았다. 나는 서둘러 야채시장으로 걸음을 옮겼다. 그곳도 버려진 썩은 홍당무 한 개 없었다.

나는 허탈한 발걸음을 돌려 가까운 거리에 있는 시청으로 갔다. 공무원들이 출근하기에는 좀 이른 시간이었다. 시청 뒤 폐지 더미에서 신문을 한 장 가져와 주차장 아스팔트 위에 깔고 자리를 잡았다. 새어머니가 아프다는 것을 사람들에게 알려야 했지만 당장 좋은 생각이 떠오르지 않았다. 나는 티브이에서 종종 노동투쟁으로 농성하는 무리들처럼 빨간 깃발과 머리띠를 준비하지 않은 것을 후회했다. 아무리 기다려도 누구 하나 나에게 관심을 가지지 않았다. 스산한 바람과 광을 반짝반짝 낸 까만 고급 승용차들만 출근 시간에 맞추어 내 주위를 위협하듯 스쳐 다녔다. 얼마 가지 않아서 나는 제복 입은 경비에게 덜미를 잡혀 쫓겨났다. 어머니가 아프다거나 먹을 양식이 없다고 떼 쓰는 내 하소연을 경비는 부라린 눈으로 들은 척도 하지 않았다. 쫓겨난 나는 부두 쪽으로 힘없이 걸어갔다. 새어머니는 며칠 전부터 아무것도 먹지 못했다. 어젯밤도 내가 끓인 라면은 손도 대지 않아서 불어터진 채 국물까지 바짝 졸아 있었다. 새벽에 집을 나오기 전에 물을 조금 붓고 녹슨 야외용 부탄가스 레인지에 데웠으나 그녀는 눈길도 주지 않았다. 개 죽 같은 라면이지만 버릴 수는 없었다. 비어 있는 내 뱃속으로 단숨에 끌어넣었다.

큰일이었다. 그녀가 씻은 듯이 자리를 털고 일어나야 나도 힘이 솟을 터인데 답답하기만 했다. 자꾸 죽겠다는 새어머니의 소리에 나는 기분이 별로 좋지 않았다. 그녀의 건강 상태는 부쩍 더 나빠져 갔다. 그녀한테서 화장품 냄새를 맡아본 지도 꽤나 오래되었다.

새어머니가 아파 드러눕고 나자 나는 비로소 아버지의 부재를 실감하는 나날이었다. 내 주위에 아버지가 없는 친구들은 없었다. 아버지가 있을 때는 어쨌든 끼니 걱정은 하지 않고 살았다. 이젠 생활이 힘들고 외로울수록 아버지가 그리웠다. 아이들이 한쪽 다리가 없는 절름발이라고 놀려도 아버지가 있는 것이 훨씬 좋았다. 나를 매일 두들겨 패도 상관없다고 생각했다. 그가 있는 곳이라면 어디든 달려가서 당장 데려오고 싶었다.

부두 쪽으로 걸어가고 있는 내 머릿속에 오늘따라 아버지 얼굴이 더욱 선명하게 떠올랐다. 내가 부두에 자주 가는 것은 아버지를 만나기 위해서였다. 그곳에 가면 정신이 아늑해지고 그의 흔적을 발견할 수 있기 때문이었다. 아버지가 죽었다지만 나는 믿고 싶지 않았다. 언젠가는 분명히 돌아올 것이라는 생각을 굳게 하고 있었다.

나는 부두에서 정비를 하고 있는 화물선들을 바라보았다. 그곳에서 작업을 끝낸 아버지가 한쪽 어깨에 점퍼를 걸치고 화물선에서 펄쩍 뛰어내려 선창 쪽으로 성큼성큼 걸어 나올 것 같은 기분이 들었다.

나는 아버지가 화물선을 타고 출항을 했다가 돌아오는 시간에 맞추어 종종 마중을 나갔다. 선물들을 받기 위해서였다. 그는 마중나간 나를 덥석 안아 올린 다음 가방에서 항상 색다른 선물을 꺼내 안겨 주고는 했다. 그때만 해도 아버지가 나에게는 최고의 우상이었다.

선착장은 한쪽에서 정비를 하고 있는 화물선들만 보일 뿐 텅 빈 상태였다. 바다가 잠잠해지자 며칠 동안 묶여 있는 배들이 한꺼번에 쓸어 나간 모양이었다. 자잘한 파도가 선창 밑에 붙어 있는 파래를 벗겨 내기라도 하듯 끊임없이 밀려들어 찰랑거렸다. 갈매기 한 마리가 가로등 위에 앉을 듯 말 듯하며 날개를 파닥거렸다. 차가운 바닷바람이 감자칩처럼 얄브스름한 내 귓바퀴를 할퀴고 지나갔다.

나는 추위를 피해 대합실 문을 밀고 안으로 들어섰다. 아무도 없는 휑뎅그렁한 대합실은 난로가 불이 꺼진 채로 싸늘하게 식어 있었다. 대합실 바닥에 횡으로 고정시켜 놓여 있는 초록색 플라스틱 의자로 다가가 털썩 주저앉았다. 엉덩이에 대번 올라붙는 차가운 냉기가 내 등골을 타고 머리 꼭대기까지 으스스하게 올라왔다. 어금니를 앙다물었다. 사내는 참을성이 있어야 한다는 새어머니 말이 떠올랐다.

여객선이 들어오려면 한참을 기다려야 할 것 같았다. 선창 쪽을 비행하고 있는 갈매기들의 공허한 울음소리가 어렴풋이 들려왔다. 새벽부터 아침 내내 차가운 바람을 맞은 탓인지 눈꺼풀이 스르르 짓눌렸다. 잠 속으로 빠져들고 있는 나에게 아버지의 희미한 얼굴이 떠올랐다.

여객선이 들어오고 방금 내린 사람들이 무리 지어 개찰구로 몰려나왔다. 나는 좁다란 개찰구를 빠져나오는 사람들을 낱낱이 살펴보았다. 긴 행렬이 잠깐 사이 어디로인가 사라져 버렸다. 다시 비어 버린 부두에는 승객들을 토해 낸 여객선이 잔잔한 파도에 넘실거렸다. 내가 목을 빼고 기다린 아버지는 보이지 않았다. 검은 가죽 장갑 긴 개찰 직원이 출입구 철문을 움켜쥐고 닫으려 했다. 나는 외쳤다.

"아저씨! 문 닫지 마세요. 우리 아빠가 저기 나오고 있어요."

분명히 아버지였다. 막 하선한 아버지가 절룩거리며 대합실 쪽으로 다가왔다. 한 손에는 커다란 가방을 들고 있었다. 아버지가 절룩거리는 것은 가방의 무게 때문인 것 같았다.

"아빠! 빨리 오세요. 엄마가 많이 아파요."

아버지가 나를 향해 손을 힘차게 흔들었다. 개찰구 철문에 매달린 내가 몸부림을 치자 입구를 막고 섰던 직원이 문을 터 주었다. 나는 용수철에 퉁겨지듯 아버지에게 달려가 와락 매달렸다. 가방을 내려놓은 그가 억센 팔로 나를 끌어안았다. 아버지의 시큼한 술 냄새가 코를 찔렀다. 나는 아버지가 돌아왔다는 게 정말 기뻤다. 이젠 아버지가 없다고 친구들에게 따돌림을 받지 않아도 되었다.

"아빠. 왜 이제 왔지? 엄마가 많이 아파."

"응, 그래. 걱정 마라. 좋은 약 사왔단다."

"난, 이제, 엄마 가슴을 만지지 않을 거야. 아빠가 나를 때려도 참을 수 있어."

"하나밖에 없는 아들을 내가 왜 때리니? 자 선물이다. 받아라."

아버지는 가방 속에서 꺼낸 앙증맞은 하얀 핸드폰을 내밀었다. 나는 너무 기뻐 펄쩍 뛰었다. 핸드폰 뚜껑을 열었다. 숫자판에 파란 불빛이 들어왔다. 색깔이 너무 신비로웠다. 마치 하늘에서 천사들이 손끝으로 쏘아 내린 불빛 같았다. 숫자판을 손가락으로 누르자 아름다운 음악이 전자파처럼 피어올랐다. 그 전자파 소리를 따라 아버지와 파란 불빛이 갑자기 어디로인가 사라져 버렸다. 나는 핸드폰을 집어던지고 아버지를 외쳐 불렀다. 내 목소리는 텅 빈 부두에 공허하게 울려 퍼져 나갔다.

"세진아, 추운데 여기서 뭘 하고 있니?"

새어머니가 부르는 소리에 나는 눈을 번쩍 떴다. 나를 부른 사람은 새어머니가 아니었다. 순지가 입가에 핫도그 소스를 벌겋게 묻히고 서서 바보처럼 헤벌쭉 웃으며 나를 쳐다보고 있었다. 그 애는 나보다 한 살 어린 같은 초등학교 1학년이었다. 순지도 나처럼 학교를 가지 않는 날이 많았다. 나는 순지가 보았을지도 모를, 졸면서 입가에 흘린 침을 손으로 얼른 닦았다. 그 애는 이곳 주위를 하루 종일 빙글거렸다. 수입도 변변치 않은 하역 잡부인 자신의 아버지에게 뜯어낸 용돈으로 군것질만 해댔다. 나는 순지에게 가끔 군것질을 얻어먹지만 새어머니의 말대로 자랑스러운 짓은 아니라고 생각했다. 그러나 순지가 한입도 주지 않고 저 혼자 홀랑 먹어 버릴 때는 몹시 얄미웠다.

드디어 여객선이 들어왔다. 배에서 몰려나온 승객들이 썰물처럼 대합실을 빠져나갔다. 잠시 기다린 순지와 나는 닫아 놓은 철문을 열었다. 둘이는 아무에게도 제지를 받지 않고 여객선으로 달려갔다. 청소 아줌마가 방금 들어온 여객선 객실을 구석구석 쓸어내기 전에 우리가 먼저 승선을 해야 했다. 객실을 훑었으나 내 수입은 형편없었다. 커피색 코트 단추 한 개와 알사탕이 두 개가 들어 있는 봉지 하나, 볼펜 한 자루, 흑싸리 쭉정이 화투 한 장이 전부였다. 재수가 옴 붙었다. 나는 침을 세 번 뱉었다. 순지는 오백 원짜리 동전 두 개를 주웠다. 그 애는 나보다 재수가 좋았다.

순지는 주운 것을 절대 나누어주지 않았다. 아버지가 죽기 전에 부두를 나다닐 때만 해도 내가 굴리는 눈방울이 먹혀들었다. 그때는 그 애 수입에서 내가 조금 더 차지해도 반발하지 않았다. 이제 내 공갈 따위는 쓸모가 없었다. 오히려 자신의 아버지를 믿고 나에게 으름장을 놓았다. 비위를 거스르면 부두 출입을 통제하겠다는 투였다. 순지마저 아버지가 없는 나를 허옇게 무시했다.

순지와 나는 부두를 떠나 동네로 돌아가고 있었다. 성당 뒤 구불

구불한 골목길은 사람이 잘 다니지 않았다. 그 길은 동네로 가는 지름길이었다. 순지는 주운 동전을 조그만 손에 꼭 움켜쥐고 걸어갔다. 그 동전이 내 머릿속을 자꾸 굴러다녔다. 천 원이면 라면 두 개는 살 수 있었다. 나는 주머니 속의 핸드폰을 만지작거렸다. 아버지의 유일한 유품이었다. 통신사에 등록이 되어 있던 핸드폰 번호는 벌써 해지된 상태였다. 배터리의 성능도 끝장나서 충전마저 되지 않았다. 비록 쓸모없는 핸드폰이지만 버릴 수가 없었다. 언젠가는 아버지와 교신을 할 수 있다는 기대감 때문이었다. 순지에게는 아직 핸드폰의 비밀을 발설하지 않았다.

나는 오래전부터 그 애를 구슬려야 할 목적이 있었다. 순지의 은밀한 곳을 염탐하려 했으나 좀처럼 기회가 닿지 않았다. 순지가 팔을 걷어붙이고 순순히 보여 줄 리가 없었다. 순지 마음을 움직일 수 있는 마땅한 물건이 아직 나타나지 않아 망설이고 있었다. 아버지의 핸드폰을 써먹으려 했으나 팬티 한 번 내리는 값어치로는 너무 비싸다는 생각이 들었다. 오늘은 토막 생선도 구하지 못했다. 야채나 과일도 마찬가지였다. 사탕이나 단추, 볼펜, 혹싸리 쭉정이 따위는 새어머니에게 아무 도움이 되지 않는 물건들이었다. 점심뿐만 아니라 저녁도 곱다시 굶게 생겼다. 나는 결정을 할 수밖에 없었다. 당장 한 끼의 식사가 문제였다. 순지에게 동전을 받고 은밀한 곳도 볼 수 있다면 괜찮은 거래 일 것 같았다. 단지 아버지와 교신을 할 수 없다는 것이 마음에 걸리기는 했다.

"순지야, 너, 이게 뭔지 알지?"

나는 앞서 가는 그 애를 불러 세워 코앞에 핸드폰을 바싹 들이댔다. 하얀 조그만 핸드폰에 마음을 금세 빼앗긴 순지는 호기심이 발동해서 눈을 반짝거렸다.

"호, 너무 예뻐! 너, 그것 어디서 났지?"

"음……. 미국 있는 우리 삼촌이 사줬다. 우리 삼촌 겁나게 큰 부자다. 너 줄까?

나에게 삼촌이라고는 없었다. 순지는 금방 입을 헤벌쭉 벌리며 핸드폰에 눈을 박은 채 떼지를 못했다.

"날 주면 혼나지 않아?"

"걱정 마. 우리집에 또 하나 있다. 그 돈하고 바꾸자. 그리고 눈을 감고 일 초만 있어 주면 돼. 할 거지?"

나는 그 애가 망설임 없이 얼른 내민 손아귀의 동전 두 개를 낚아 채 주머니 깊숙이 찔러 넣었다. 그런 다음 핸드폰을 불쑥 건네주었다. 그 순간 순지 손에 넘어간 핸드폰으로 아버지가 금방이라도 신호를 보낼 것 같아 잠시 갈등이 일었다. 핸드폰을 꼭 거머쥔 순지는 내가 일러 준대로 순순히 눈을 감았다. 그 애 앞으로 바싹 다가선 내 가슴이 새처럼 콩닥콩닥 뛰었다. 문득 새어머니의 말이 떠올랐다. 심장이 빨리 뛰는 새처럼 나도 일찍 죽을지 모른다는 생각이 스쳤다. 말라붙는 얄팍한 내 입술을 혀로 자꾸 핥았다. 순지는 핸드폰을 손에 넣은 기쁨으로 얼굴이 활짝 피어 있었다. 입가에는 벌건 소스가 말라붙은 채였다.

나는 침을 한 번 삼켰다. 그 찰라 그 애의 치마를 들치고 검정 '쫄바지' 속의 팬티를 까 내렸다. 내 입에서 탄성이 터졌다. 순지의 은밀한 곳에 있어야 할 납작 밤송이가 보이지 않았다. 순간 내 이마에 둔탁한 소리가 내동댕이쳤다. 순지가 힘껏 내던진 핸드폰이었다. 그 애는 울음을 터뜨리며 골목 끝으로 달려가기 시작했다. 달려가는 순지의 치맛자락이 펄럭거렸다. 나는 그곳에 가만 있을 수가 없었다. 서둘러야 했다. 그 애가 우악스러운 자신의 아버지를 앞세워 나타나면 큰일이었다. 순지 아버지의 두 다리는 멀쩡했다. 우리 아버지보다 힘이 훨씬 셀 것이라는 생각이 머리에 퍼뜩 떠오르자 더 이상 우물쭈물할 겨를이 없었다. 떨어진 핸드폰을 잽싸게 주워들고 순지가 달려간 반대쪽으로 마구 달아나기 시작했다. 주머니 속의 동전이 호되게 달랑거리며 함께 뛰었다. 그나마 핸드폰이 내 손으로 돌아온 것은 다행이었다. 아버지와의 교신을 포기하지 않아도 되었다.

나는 아버지와 목욕탕에 간 기억은 단 한 번도 없었다. 새어머니가 우리집에 오고 얼마 있지 않아 나를 목욕탕에 몇 번 데리고 다녔었다. 나는 목욕탕에서 여자들 사타구니에 밤송이가 납작하게 붙어 있는 것을 보고 이상하게 생각했다. 분명히 나에게는 없었다. 그래서 아주머니들처럼 순지도 납작 밤송이를 달고 있는지 항상 궁금증을 일구고 있었다.

벌써 점심시간이 훨씬 지났다. 배가 몹시 고팠다. 새어머니도 쪼르륵거리는 배를 안고 누워 있을 게 분명했다. 순지한테서 받은 동전 두 개로는 새어머니가 좋아하는 짬뽕을 시킬 수가 없었다. 나는 슈퍼에 들어갔다가 라면도 사지 않고 그냥 나왔다. 아무래도 음식을 먹지 못하는 새어머니가 마음에 걸렸다. 내 손에는 두루마리 화장지 한 개만 달랑 들려 있었다.

나는 중국식당에 들러 산동네 우리집 번지를 일러주고 짬뽕 한 그릇을 주문했다. 새어머니에게 먹일 음식이었다. 짬뽕이 배달되어 오면 음식값을 치르기가 걱정이지만 며칠째 굶고 있는 그녀가 맛있게만 먹어준다면 아무래도 상관없었다. 어쩌면 그녀가 음식값을 해결해 줄 것 같은 생각이 들기도 했다.

언제부터인지 비탈길에는 함박눈이 펑펑 쏟아지고 있었다. 눈이 내리면 나는 강아지처럼 마구 뛰어다니기를 좋아했다. 오늘은 내리고 있는 눈이 하나도 즐겁지 않았다. 나는 비탈길을 흐느적거리며 올라갔다. 내 뒤를 소리 없이 따라오는 조그만 발자국을 쏟아지는 눈송이가 금세 지워 버렸다. 나는 문득 그 눈송이가 떡가루로 변하길 빌었다. 집 방바닥에 납작하게 붙어 있는 빈 쌀자루에 떡가루를 가득 채우고 싶었다.

우리집은 담장이나 마당도 없었다. 골목에서 판자로 이어 붙은 문을 열면 바로 썰렁한 부엌이었다. 내가 들어서도 방에서는 아무 기척이 없었다. 밖에서 내 발짝 소리가 나면 새어머니의 기침 소리가 언제나 문 밖으로 먼저 튀어나왔다.

갑자기 허기가 몰려들었다. 배를 채울 음식이 부엌에는 하나도 없었다. 나는 부엌의 수도꼭지를 틀었다. 물을 한 바가지 받았다. 입에 대고 양껏 들이켰다. 이빨이 몽땅 빠질 것처럼 얼얼했다. 차가운 물줄기가 빈 창자를 싸늘하게 훑으며 내려갔다. 오줌이 요도를 빠져나갈 때처럼 몸이 부르르 떨렸다. 나는 방문을 열었다. 새어머니는 모로 누운 채 꼼짝도 하지 않았다. 얼굴빛은 밖에서 쌓이고 있는 눈보다 더 하얗게 느껴졌다. 내 조그만 손으로 그녀 몸을 흔들었다. 아무 반응이 없었다. 깊은 잠에 빠진 모양이었다. 나는 따뜻한 곳이 그리웠다. 이불을 들추었다. 전기장판에서 훈훈한 기운이 올라왔다. 연탄이 바닥난 지는 오래되었다. 전기요금이나 수도요금 독촉장은 여러 장이 쌓여 있었다. 며칠 안에 돈을 내지 않으면 모조리 끊어질 판이었다.

나는 새어머니의 품을 어리광스럽게 파고들었다. 가래 끓는 소리와 새처럼 할딱거렸던 그녀 가슴은 시동을 끈 트럭처럼 멈추어진 채 조용했다. 나는 문득 생각난 듯이 일어났다. 새어머니 뒤로 돌아가 엉덩이에 코를 들이대었다. 똥 냄새와 또 하나의 정체를 알 수 없는 비릿한 냄새가 코를 찔렀다. 그녀는 며칠 동안 아무것도 먹지 않은 빈 창자였다. 그런데도 밀려나올 이물질이 있는 모양이었다. 새어머니의 치마를 걷어 올렸다. 앙상한 골반이 드러났다. 엉덩이의 살은 뼈 위에 헐렁한 가죽을 덮어 놓은 것 같았다.

살결에는 이미 검은 반점이 돋아나 뚜렷했다. 나는 그녀 샅에 기저귀 대용으로 채워 놓은 화장지를 풀었다.

새어머니는 얼마 전부터 밖에 있는, 엉덩이를 까면 금방 얼어 버릴 것 같은 공동화장실도 스스로 갈 수 없었다. 하루 두 번씩 내 손으로 기저귀를 갈아 채워야 했다. 그 작업을 할 때마다 그녀는 가느린 목소리로 나에게 웅얼거리며 눈물을 흘렸었다.

"세진아, 미안해서 어쩌지? 우리 세진아, 정말 고마워."

기저귀에는 묽은 똥 조금과 시커멓게 죽은피가 뒤섞여 고약한 냄새를 풍겼다. 배설물은 이미 식어 있었다. 시간이 꽤 오래된 것 같았다. 야외용 부탄가스 레인지에 물을 데워서 사타구니에 말라붙어 있는 똥물과 피를 닦았다.

"세진아, 미안해서 어쩌지? 우리 세진아, 정말 고마워."

어디선가 울먹이는 새어머니 목소리가 들려오는 것 같았다.

나는 슈퍼에서 사 가져온 화장지를 여러 겹으로 접었다. 포송포송한 새 기저귀를 뼈만 남은 그녀의 샅에 채웠다. 어디선가 다시 새어머니의 울먹이는 목소리가 들려왔다.

"세진아, 미안해서 어쩌지? 우리 세진아, 정말 고마워."

그녀의 머리맡에 쪽지가 놓여 있었다. 내가 외출한 사이 사력을 다해 쓴 것처럼 글씨가 비뚤비뚤했다. 쪽지에는 눈물 같은 얼룩이 말라붙은 채였다. 나는 쪽지를 들고 글을 떠듬떠듬 큰소리로 읽었다.

"세진아, 미안해. 내가 없어도 씩씩하고 행복하게 살아야 돼."

아주 짧은 글이었다. '씩씩한' 뜻은 대강 알 수 있어도 '행복'이
란 낱말은 좀 생소했다.

나는 다시 새어머니 곁의 이불 속으로 들어갔다. 앙상하고 막대
기처럼 뻣뻣해진 그녀의 팔을 힘겹게 들어올렸다. 아무 반응이 없
었다. 나는 새어머니의 손등을 잡고 내 머리를 천천히 쓰다듬었
다. 내 기분이 한결 좋아졌다.

"추웠지? 일루 들어와. 배고프지 않니?"

나는 새어머니 목소리를 흉내 내며 중얼거렸다. 그리고 그녀의
가슴을 열었다. 잘 익은 포도알처럼 탱탱했던 젖꼭지 두 개가 고
개를 떨군 채 쪼그라든 건포도가 되어 있었다. 그녀 가슴에 내 얼
굴을 묻었다. 그녀의 피부가 차갑게 느껴져 얼굴을 뗐다. 순지
에게 얻어맞은 이마가 갑자기 화끈거렸다. 나는 이불 속에서 살며
시 빠져나왔다. 짬뽕이 도착할 때까지 새어머니를 미리 깨울 필요
는 없었다.

"짬뽕이 왜 이렇게 늦지?"

다시 시장기가 몰려들었다.

"참, 아버지와 통화를 해야지."

나는 이제 파란 불빛이 들어오지 않는 핸드폰 뚜껑을 열었다. 나
만 알고 있는 아버지의 번호를 눌렀다. 아무 소리도 들리지 않았
다. 순지가 내 머리에 내동댕이칠 때 핸드폰이 골병든 것이라 생

각했다. 그 애를 떠올리며 나는 눈을 흘겼다. 앞으로 순지하고는 두 번 다시 놀지 않겠다고 단단히 다짐을 했다.

"지금 거신 전화번호는 없는 번호입니다. 다시 확인하신 후 걸어 주십시오. 더 넘버 유 해브 다이얼……."

나는 송수화기에서 흘러나왔던 여자의 예쁜 목소리를 더듬더듬 흉내 내었다. 다시 전화번호를 눌렀다.

"아빠, 엄마가 오늘도 몹시 아파. 꼼짝도 하지 않고 있어. 아마 짬뽕을 먹고 나면 기운을 차리겠지? 요즘은 엄마 가슴을 만지지 않는다구 정말이야. 아빠! 보고 싶어."

나는 핸드폰 뚜껑을 닫으려다가 문득 아버지의 말이 생각나 다시 귀에 갖다 대었다.

"아빠! 아빠가 말했지? 믿을 수 있는 건 신이 아니라 과학이라고? 핸드폰이 죽은 사람과도 통화하게 만들 거라고? 그렇지만 핸드폰이 고장났어. 아빠하고 통화도 이젠 마지막이 될 것 같아. 삐리릭."

나는 교신을 끝내고 핸드폰 뚜껑을 닫아 머리맡에 놓고 손을 천천히 털었다. 이젠 꿈속에서라도 아버지를 만나면 놓치지 않겠다고 결심했다. 밀려 있는 월세 해결과 아픈 새어머니를 빨리 낫게 해 줄 사람은 아무리 생각해도 아버지뿐이었다. 나는 새어머니 옆 이불 속으로 다시 헤집고 들어가 잠 속으로 서서히 빠져들었다.

짬뽕 시킨 사람을 찾는 목소리가 어렴풋이 골목을 떠돌다가 멀리 사라져갔다.

　그때였다. 핸드폰 전원의 램프에 알 수 없는 파란 불빛이 들어와 깜박이고 있었다.

지렁이의 춤

시각장애인 백승기를 처음 만나게 된 것은 순전히 붉은 지렁이 때문이었다.

사람과 사람의 만남에는 필연적인 것도 있겠으나 자신 의지와는 상관없이 운명이라는 것이 관여하게 된다면 헤어짐 또한 그런 운명의 영향이 아닌가 싶었다.

백승기는 장님이라는 장애만 빼면 사회에 대한 별다른 편견이 없는, 가장 긍정적인 사고를 가진 아주 정상적이고 진취적인 사람이었다.

한여름 대도시의 폭염은 이른 아침부터 불을 지피기 시작했다. 무더위의 영향을 남산이라고 피할 수는 없었다. 그렇더라도 남산 숲속의 아침 공기만은 한낮의 찌는 더위와 전혀 다른 신선함이 있었다.

사무실로 출근할 때 나는 남산 둘레길을 무려 한 시간 정도는 걸었다. 사십대 중반인 내가 아침마다 남산을 오르는 것은 건강을 챙기기 위해서였다. 그 행보가 벌써 6개월째 접어들었다. 집에서 여섯 시 반쯤 나서면 사무실까지 얼추 두 시간쯤 걸렸다. 지하철을 한 번 갈아타고 내리는 곳은 4호선 충무로역이었다. 지상으로 올라가 대한극장 좌측을 따라 조금 걷다가 우측으로 꺾어지면 필동의 제본 회사들이 늘어선 2차선 도로가 나온다. 완만하게 경사진 그 길을 따라 십여 분쯤 오르다보면 남산 북측의 둘레길과 맞닿았다.

그때쯤의 남산 길은 이른 아침 공기도 맑기 이를데 없지만 활기차게 운동하는 시민들은 꼬리를 물고 이어졌다. 보름 전부터 나의 출근 시간이 이 길에서 30분이나 지체되고 있었다. 길바닥으로 기어 나온 붉은 지렁이들을 숲속으로 일일이 집어서 던져 넣는 작업 때문이었다.

꿈틀대는 지렁이들을 나무젓가락으로 하나하나 집어서 멀리 토양이 충분한 숲속으로 되던져 넣는 작업이 결코 쉬운 일은 아니었다. 둘레길로 나온 지렁이들은 워킹족들의 발에 밟혀 터지거나 동강이 나서 죽어 버리기 일쑤였다. 운동하러 나온 시민 누구도 지렁이들에 대한 관심은 없었다. 나는 짓밟혀 죽어가는 지렁이들을 그냥 내버려둘 수가 없었다.

아침마다 남산 길로 들어서기 전에 마른 나뭇가지 세 개를 적당한 크기로 다듬었다. 땅에 붙어 기어 다니는 길쭉한 연체동물을 두 가닥의 막대만으로는 집어 들기란 용이하지 않았다. 길쭘한 지렁이의 중간 부분에 막대 하나를 먼저 집어넣고 뜬 다음 나머지 젓가락으로 집어 올려야 수월했다. 지렁이들을 되도록 숲속 안쪽에 있는 부엽토 쪽으로 던지기 위해 가드레일 넘어로 들어가는 노력도 마다하지 않았다.

아침마다 나의 그런 노력에도 불구하고 지렁이들은 인간의 편리성 때문에 만든 도로를 점령하는 행위를 멈추지 않았다. 도대체 양질의 부식토 천지인 숲속에서 왜 유해 물질이 번질대는 아스팔트길로 부득부득 기어 나오는지 이해할 수가 없었다. 한 번 도로로 나온 지렁이들은 다시 숲속으로 돌아가기란 여간 어려운 일이 아니었다. 낮 동안 아스팔트를 녹여 버릴 듯이 작열하는 태양 아래서 도로로 기어 나와 수분이 증발하여 이미 굳어 버린 지렁이의 사체들이 곳곳에 눈에 띄었다.

기압이 낮은 흐린 날이나 비온 뒤에 지상으로 나온 지렁이들은 간혹 보아 왔었다. 그러나 쾌청하고 맑은 날씨인데도 환경이 열악한 도로 위로 기어 나오는 지렁이들을 내 상식으로는 이해할 수 없었다.

맹인 백승기를 처음 만난 그날도 나는 이른 아침에 남산 길로 접어들고 있었다. 시작부터 벌써 이마에서 어깨와 등까지 끈적이는 땀줄기를 느끼며 나는 지렁이 구출 작업에 여념이 없었다. 그 시각에 내 옆을 지나던 중년의 시각장애인이 말을 걸어왔다. 간간히 남산 길을 지나치며 언뜻언뜻 보아온 사람이었다. 검은 안경 사이로 설핏 보이는 눈동자는 정상인과 다름없는 듯했으나 어딘지 모르게 초점이 흐린 형상이었다. 남산에서 이른 아침에 운동하는 시각장애인은 평균 칠팔 명쯤은 되었다. 그들은 대부분 부부지만 나에게 말을 걸어 온 백승기는 언제나 혼자였다.

"안녕하세요? 지렁이 아저씨!"

나는 의아했다. 남산 길에서 나를 아는 체하는 사람은 아무도 없었다. 더구나 앞이 캄캄한 맹인이 나의 지렁이 구출 작업을 어떻게 알고 하는 소린지 그의 상쾌한 인사에 바로 답하지 못했다. 지금까지 시각장애인들의 옆을 스쳐가며 서로 주고받는 얘기를 설핏설핏 들어왔으나 그 목소리들이 대체로 활달하고 밝다는 느낌을 받았다. 그의 목소리도 그랬다.

내가 지렁이 구출 작업을 하고 있는 동안은 아무도 관심이 없었다. 지렁이를 집어 올리는 것을 목격한 교양머리가 좀 부족한, 까무러지듯이 괴성을 지르며 내 옆을 엎어질 듯 달아나는 여자도 있었다. 차츰 시간이 지나자 앞 도로에 기어 나온 지렁이가 있다고 알려주며 그래도 관심을 보이는 여자가 한 명 정도는 있었다.

그렇다면 나와 나이가 비슷해 보이는, 지금 내 앞에 서 있는 맹인도 얼마 전부터 내가 알지 못하는 사이에 내 행동에 관심을 가지고 있었다는 말 아닌가.

"예, 안녕하십니까?"

그의 인사에 뒤늦게 나는 좀 계면쩍은 소리로 답을 해주었다. 내 반응에 그는 도로에 멈추어 선 채 검은 안경 너머로 두 눈이 멀쩡한 사람처럼 나를 응시하듯 바라보고 있었다. 나는 좀 어색해졌고, 어떻게 응대를 해야 할지 얼른 생각이 떠오르지 않았다. 숲 가장자리에서 지렁이를 던져 넣고 돌아서는 나에게 그가 다시 말을 던졌다.

"선생의 노력만큼 지렁이들의 회생이 순조롭지는 않을 거요."

그가 처음 나에게 아저씨라고 불렀던 호칭을 이젠 선생이라고 바꾸어 불렀다. 나는 그가 한 말의 의미를 정확하게 알아듣지 못해 머뭇거렸다. 무슨 대꾸를 해야 할 처지인데도 선뜻 적당한 말이 떠오르지 않았다. 그 시간이 꽤 긴 것 같았다.

"흙으로 돌려보냈는데도 살지 못한단 말입니까?"

내 반문에 그는 알미늄 지팡이를 옆구리에 끼더니 진지한 태도로 설명을 해 나가기 시작했다.

흙 속에 사는 지렁이는 집을 짓기 위해 공기가 잘 통할 수 있도록 땅속 여기저기를 들쑤셔놓는 습성을 가지고 있다. 흙 속의 박테리아나 미생물, 식물체의 부스러기, 동물 배설물 등을 섭취하며 창자를 지나가는 동안 유기물질로 변한 지렁이의 똥은 좋은 거름이 된다. 식물들에게 지렁이는 아주 유용한 동물인 셈이다.

아스팔트 바닥으로 기어 나온 지렁이들은 자신들이 있던 흙 속으로 거의가 찾아가지 못한다고 했다. 아스팔트 바닥을 기어가는 동안 피부는 상처가 나고 강한 햇볕을 받으면 세포가 파괴되어 회복되지 않기 때문에 도시의 딱딱한 길바닥으로 한 번 나온 지렁이는 거의 사체로 남는다는 것이었다.

나는 그의 해박한 설명을 들으며 그의 정체가 갑자기 궁금해졌다. 지렁이 하나만 가지고도 그 정도의 지식을 가진 사람이라면 보통 사람은 아닐 것이라는 생각이 들었다.

"지렁이에 대해 잘 아시고 계시네요. 그렇다면 제 보금자리를 뛰쳐나온 이 길바닥의 지렁이들을 살릴 방법은 없는가요?"

"쨍쨍한 날씨에도 지렁이들이 밖으로 쏟아져 나오는 것은 남산의 흙이 가진 기능이 약해져 간다는 뜻이기도 해요. 이대로라면 남산의 숲이 사라질 날도 멀지 않았다는 말이지요. 도시의 숲을 관리하고 있는 전반적 인식이 달라져야 하고 정책적인 지원이 적극 필요한 시기지요."

갈수록 그가 뱉어 내는 전문가적인 지식에 나는 할 말이 없었다. 출근 시간이 늦어질 것 같았다.

"말씀 잘 들었습니다. 출근 중이라서 다음 기회에 좋은 조언을 부탁드립니다."

그렇게 헤어진 뒤에 며칠 동안 남산 길에서 그를 볼 수가 없었다. 그가 나타나지 않자 나는 다시 일주일이 흘러가는 동안 그 시각장애인을 서서히 잊어 버렸다.

그동안 지속적으로 해오던 지렁이 구출 작업의 행동 요령이 조금 변해 있었다. 출근길마다 이젠 모종삽을 검은 비닐봉지에 둘둘 말아 싼 채 아예 가방 가장자리에 넣고 다녔다. 모종삽으로 숲속의 땅 표면에 구덩이를 얇게 팠다. 그런 다음 지렁이를 넣고 공기층이 생기도록 흙을 얇게 덮어주었다.

아침에 그렇게 구출되는 지렁이는 대략 삼사십 마리쯤 되었다. 뭇 사람들에게 밟혀 죽는 숫자도 비슷했다. 밟혀 죽은 지렁이들 때문에 운동 나온 시민들에게 화를 내거나 내 주변머리로 붉은 머리띠를 두르고 지렁이 살리기 운동을 선동할 수도 없는 노릇이었다. 내 행동 자체가 그 사람들에게는 아무런 동정을 얻지 못하고 있었으니까.

그러던 어느 날이었다. 숲에서 지렁이를 덮어주고 도로로 나오는데 바로 앞에서 느닷없이 누가 말을 던졌다.

"오! 지렁이 선생님, 안녕하십니까? 여전하시네요."

보름 가까이 잊고 있었던 바로 그 시각장애인 백승기였다. 알미늄 지팡이로 목재 가드레일을 툭툭 두드리면서 검은 안경 너머로 나를 쏘아보듯이 하고 있었다. 마치 그의 시선은 정상인처럼 보였다. 숲에서 나오는 나를 지켜본 것처럼 말하고 있는 그가 신기했다. 그렇다면 그가 시력이 완전히 없는 것이 아니라 반 맹인이란 말인가?

"아, 예, 안녕하세요. 요즘 어디 다녀오셨나요?"

"예, 환자 간병인 노릇을 좀 했죠, 지렁이들이 요즘도 왕성하게 기어 나오나요?"

"항상 비슷하죠."

"지렁이 애길 더 듣고 싶으시면 언제 오후에 시간 좀 내세요. 봉사해 드릴게요."

그가 지렁이 지식을 더 들려주겠다는 것은 나한테 관심이 있다는 말이었다.

"부담 갖지 마세요. 국일관 뒤쪽에 싸구려 생선구이집이 있으니까 거기서 막걸리나 한 통 사세요."

그렇게 하여 그와 나는 약속 날자와 장소, 시간을 잡고 헤어졌다.

며칠 뒤 퇴근길에 그가 일러 준 국일관 뒤 좁다란 골목길 속의 생선구이집을 찾았다. 간판과 식당들이 빽빽하게 늘어선 골목길로 들어서자 특이한 생선구이 냄새가 식욕을 당기게 했다. 그 구이집을 찾기란 별로 어렵지 않았다.

약속 장소에 먼저 도착한 나는 출입구가 보이는 구석자리 쪽으로 자리를 잡았다. 식당은 이른 시간이라 그런지 아직 손님이 들지 않아 한가로웠다. 나는 앉은 자리에서 벽 쪽에 붙어 있는 메뉴판을 훑어보았다. 가격이 의외로 저렴했다. 서울 시내 중심에 이런 곳도 있었나 하고 의심이 들 정도였다.

잠시 뒤에 검은 안경을 낀 그가 문을 열고 들어서는 것이 보였다. 겨드랑이에 지팡이를 낀 채 들어서는 그의 모습이 요란스러웠다.

"앗따, 아줌마! 제발 불 좀 켜고 장사하시오. 밤이 시작되면 불부터 켜야지. 사람 다치겠소."

멀쩡하게 불이 켜져 있는 단골식당에 맹인인 그의 너스레가 한두 번이 아닌 듯 주인아주머니는 박장대소를 했다. 나도 실소를 하지 않을 수 없었다. 나는 그를 맞이하기 위해 자리에서 일어섰다. 그러자 그는 나를 보기라도 한 것처럼 손을 들어 제지하며 앉으라는 제스처를 했다. 그는 곧장 내가 앉아 있는 자리로 더듬거리지도 않고 성큼성큼 다가왔다. 지팡이를 옆자리 벽에 세우더니 나에게 악수를 청했다.

"수인사가 늦었습니다. 나는 백승기라 합니다."

그가 내민 손의 악력은 내 손이 아플 정도로 무척 강하게 느껴졌다. 안마를 해온 덕분이 아닐까라는 짐작을 했다. 나도 내 이름을 밝힌 뒤 여주인에게 주문을 하려고 하자 그가 말렸다.

"이 집 메뉴는 내가 잘 아니, 내게 맡기쇼."

그는 생선구이 기본 한 접시와 막걸리 한 주전자를 시켰다. 접시에는 삼치 반 토막과 고등어 한 마리, 꽁치 두 마리가 함께 담겨 나왔다. 백승기는 젓가락으로 앞 접시에 꽁치 한 마리를 옮겨 놓고 아예 손으로 집어 게걸스럽게 먼저 뜯었다. 뼈만 고스란히 발라내고 살점을 훑어 먹는 그의 솜씨가 신기할 정도였다.

나는 그에게 식당으로 들어설 때 내가 구석 자리에 앉아 있는 것을 어떻게 알았으며 시각장애는 어느 정도인지를 조심스럽게 물어 보았다. 그는 망설임 없이 내 궁금증을 시원하게 바로 풀어주었다.

인간은 누구나 제3의 눈이라고 하는 심안(心眼)을 가지고 있다고 했다. 그 심안을 '송과체'라고도 하는데 그곳을 빛에 노출시키면 뇌파를 통해 사물을 어느 정도 인지할 수 있다는 것이다. 14세의 어린이들에게 눈을 가린 상태에서 실험을 한 결과 제3의 눈으로 세상을 바라볼 수 있다는 것이 증명되었다. 눈을 가린 채 앞에 물체를 놓고 그림을 그리게 했는데 모두가 그 사물을 비슷하게 그려내었다.

산속에서 일 년만 인간을 대면하지 않고 자연과 교감을 하면 놀라울 정도의 심안을 가질 수 있다고 했다. 깨끗하고 올바르게 구분하는 눈을 가지기 위해서는 스스로 올바르고 깨끗한 사람이 먼저 되어야 하는 것은 말할 것도 없었다. 불교에서는 사물의 겉으로 나타나는 현상만 보지 않고 내면에 담겨 있는 의미까지 살피는 것이 심안이었다. 백승기는 불교의 오래된 수도승들은 이미 송과체를 통하여 모든 사물의 형체를 가려낼 수 있다고 했다. 불상의 미간에 둥근 구슬이 박혀 있는 것도 심안을 의미하는 것이었다. 그래서 맹인인 그도 수도승의 경지는 아니지만 나비나 잠자리, 심지어 땅을 기어다니는 지렁이까지 어렴풋이 알아 볼 수 있다는 말이었다.

우리가 서울로 이사 오기 전 고향에 중늙은이로 용한 점쟁이가 있었다. 그 점쟁이는 맹인이었다. 어머니는 도시로 떠돌아다니는 아버지 때문에 간간이 그 점쟁이집을 들락거렸었다. 아버지가 자리를 잡자 우리 가족은 서울로 이주를 했다. 이젠 서울에서 아버지의 역마살 끼를 걱정하지 않고 지내던 어머니가 다시 고향의 그 점쟁이집을 찾게 된 것은 20년이 지난 무렵이었다. 아버지의 병이 심각해졌기 때문이었다.

어머니가 이미 노인이 된 점쟁이집 문을 열고 들어가 자리에 앉기도 전에 그 맹인의 입에서 나온 첫 마디는 어머니를 놀라게 했다.

"아니, 원동댁 아닌교? 이게 얼마만인가? 참, 오랜만이요. 한 이십 년 됐지러?"

어머니의 친정 마을이 '원동'이라는 곳이라 고향에서는 그렇게 불렀다.

앞이 캄캄한 장님 점쟁이가 아무리 용하다 해도 20년이나 객지에 나가 있던, 문을 열고 막 들어서는 어머니를 어떻게 알아본단 말인가. 그가 어머니를 알아본 것은 어머니의 체취였는가? 그렇지 않으면 치맛자락 소리였을까? 아니면 제3의 눈으로 본 것인지 나로서는 알 수 없었다.

백승기는 결혼해서 아내까지 있다고 했다.

"그럼 부인을 처음 만났을 때 외모도 어느 정도 알 수 있었겠네요?"

나의 짓궂은 물음에 그는 기다렸다는 듯이 즉시 대꾸를 했다.

"여보슈, 지렁이 선생, 멀쩡하다고 하는 당신들은 그게 문제요. 잘생기고 예쁜 것에 시간과 재물을 너무 허비하고 있다고. 사람이 외모에 치중하는 것은 진실도 없고 부질없는 짓이요. 마음으로부터 우러나오는 혜안으로 사물을 봐야 하는 거요."

어느 날 백승기는 어머니가 며느리 될 아가씨를 만나러 가는데 함께 가자고 했지만 동행하지 않았다고 했다. 선을 볼 아가씨도 시각장애인이었다. 보이지 않는 사람끼리 마주 앉아 무엇을, 어떤 기준을 놓고 판단할 처지도 아니었고 어차피 보이지 않는 외모 보고 결정할 결혼도 아닌데 혼자 다녀오라고 할 수밖에 없었다. 심성이 고운 자신의 어머니가 보는 눈이 정확할 것이라고 믿고 있었기 때문이기도 했다.

그곳을 다녀온 그의 어머니는 집안에 대단한 경사라도 난 것처럼 들떠 있었다. 입에 침이 마르도록 예비 며느릿감을 추켜세우기 바빴다. 예의가 바르고 미스코리아도 서러워할 정도로 돋보이는 외모가 관건이었다. 평소 말수가 적고 조신하기만 하던 어머니였다. 그런 어머니가 그녀의 피부 또한 눈이 부실 정도라고 무슨 큰 보물이라도 굴러들어 온 것처럼 호들갑스럽기까지 하더란다. 그녀를 며느리로 맞이함으로써 지금까지 상처받고 불우하게 살아온 아들에게 큰 희망을 덥석 안겨 줄 것 같은 그런 기대감이 아니었나 싶더란다.

백승기는 잠시 말허리를 꺾고 탁자 위의 노란 양재기를 채운 막걸리 한 모금을 들이켰다. 그는 술을 절제하는 것 같았다.

"얘기가 나왔으니까 하는 말인데, 내 아내를 장담하건데, 이목구비와 몸 구석구석 곱지 않은 데가 하나도 없소. 둘만의 첫날밤 부부 의식을 치르는데 그녀의 몸이 그토록 눈이 부실 수가 없었소. 여체를 두고 황홀하다고 느낀 것은 그때가 생전 처음이었소."

그는 얘기 도중 주머니를 뒤적이더니 패스포드에서 사진을 한 장 꺼내어 나에게 건네주었다. 백승기가 자랑한 아내가 여름날 정원에서 혼자 찍은 전신사진이었다. 한눈에 보기에도 맹인이라는 사실만 빼면 내 눈을 의심할 정도로 빼어난 미녀인 것만은 틀림없었다. 과연 그가 침이 튀도록 자랑할 만했다. 백승기는 비록 앞은 보이지 않으나 아내의 사진을 무슨 부적처럼 지니고 다녔다.

백승기 자신은 선천성 맹인이 아니고 후천성이라고 했다. 그는 대학 2학년 때까지는 정상인과 다름이 없었다. 등산을 하다가 낙상을 하는 바람에 시력을 잃었는데 포도막염 합병증으로 발전하여 당시 의술로는 회생이 불가능한 중증 장애였었다. 사업을 하는 부모덕에 경제력은 충분했으나 한 번 상처받은 시력은 영원히 돌려놓을 수 없었다.

그즈음 잘나가던 그의 아버지 사업이 공교롭게도 부도를 맞게 되자 졸지에 거리로 나앉는 신세로까지 전락한 것이었다. 집안은 풍비박산이 났고 백승기는 경제력보다 잃은 시력 때문에 더 이상 진학을 할 수 없었다.

그는 자신에게 닥친 불행을 극복하지 못하고 몇 년 동안 신세를 비관하며 술로 시간을 죽이고 있었다. 다행히 친척의 설득으로 사회복지단체의 장애인 재활 프로그램에 참가하면서 비로소 자신의 얄궂은 운명을 서서히 깨달았다고 했다.

아내의 시각장애는 선천성이었다. 집안이 워낙 가난하여 망막 복원 시술이 가능한지의 여부 검사도 제대로 한 번 받아 보지 못한 신세였다.

두 사람은 결혼 후 나름대로의 꿈같은 신혼 시절을 보냈고 누구도 부럽지 않은 자신들의 미래도 제법 착실하게 세워 놓고 있었다.

"얘기가 잠깐 옆길로 샜소. 지렁이 얘기나 합시다."

그는 자신과 지렁이의 관계를 이야기해 나갔다.

백승기는 아내와 뜻이 맞아 처가 쪽의 경험이 있는 인척과 함께 식용지렁이 농장을 한동안 경영했었다. 고단백이기도 한 지렁이가 가지고 있는 성분으로 토룡탕이라든지 분말, 환, 미용팩 등을 개발하여 알음알음으로 판매 고객을 확보해 나갔다. 토룡탕을 한 번 맛을 본 사람들의 호평이 의외로 기대 이상이었다. 고소하고 담백한 맛은 말할 것도 없지만 첫째 부작용이 없었다. 아무리 먹어도 질리지가 않았다. 그러니 몸이 허약하다거나 수술 후의 보양식으로 많은 사람들이 찾을 수밖에 없었다.

제약회사들은 지렁이에서 간경화를 예방하는 성분인 '헤파린'을 추출하였고, 혈전 예방제인 '룸브리키나'를 개발하여 시판하고 있었다. 그만큼 지렁이의 효능이 뛰어나다는 것이 과학적으로 증명이 된 셈이었다.

지렁이의 개체 수가 늘어나는 것은 기하급수적이었다. 백승기는 지렁이의 몸은 암수가 하나로 되어 있다고 설명했다. 정자를 만드는 정소(정집)와 난자를 형성하는 난소(알집)를 모두 가지고 있었다. 그렇다고 자기 수정은 하지 않았다. 반드시 다른 지렁이와 서로 정자를 맞바꾸었다. 영영 외톨일 때만 불가피하게 자기 스스로 수정을 할 뿐이었다. 근친결혼을 하면 유전형질이 좋지 못한 자식을 낳는다는 우성학을 지렁이들은 벌써 오래전부터 터득하고 있는 셈이었다. 지렁이가 사람에게 득이 되는 것은 말할 것도 없고 지구 생태계에서 피식자로서 긴요한 몫을 차지하는 동물이었다. 물고기, 두더지, 새, 오소리, 고슴도치, 수달 등 셀 수 없는 동물들의 먹잇감이 되었다. 폐나 아가미가 없고 흙 알갱이 사이사이에 있는 공기를 얇은 피부를 통하여 호흡했다. 비가 오면 지상으로 나오는 것은 공기층에 습기가 차면 숨쉬기가 곤란해지기 때문이었다.

"춤추는 팔딱 지렁이를 봤어요?"

백승기가 느닷없는 질문을 던졌다.

"춤을 추다뇨? 지렁이는 기어가는 동작이 전부 아닙니까?"

"지렁이를 물속에 넣으면 팔딱팔딱 춤을 춥니다. 그래서 팔딱 지렁이라고 부르지요. 그런데 사실은 그게 춤을 추는 것이 아니고 숨 쉴 공간으로 나가기 위한 몸부림이죠. 살기 위해 사투를 벌이는 건데 춤을 춘다고 하죠. 인간은 사물의 변화와 운동을 눈으로 관찰만하지 머리로 통찰하는 능력이 부족해요."

그가 말한 통찰은 인간이 가진 제3의 눈인 심안을 가리킨 것이었다. 복잡해져 가는 현대 사회의 인간들은 어려움에 처한 상대를 서로 따뜻한 이해의 눈으로 보려고 하지 않았다. 표면에 나타난 변화를 눈으로만 판단하기 때문에 충돌할 수밖에 없었다.

"길가의 지렁이들을 살짝만 건드려도 춤을 추는 것 같은 동작을 하는데 그것도 적으로부터 살기 위한 팔딱 지렁이와 같은 행동이죠. 우리 장애인들도 지렁이처럼 좋은 환경에서 나름대로 삶을 즐기면서 살아가려고 노력해요. 그런데 정상인들은 우리 장애자들에 대해 지독한 편견을 가지고 있어요."

인간은 누구라도 장애를 하나씩 가지는 것은 어쩌면 자연스러운 현상으로 받아들여야 하는데 장애를 가져서는 안 되는 것으로 단정하니까 문제라고 했다. 물론 장애는 없는 것이 좋다. 그러나 장애는 누구나 가질 수 있다는 사실조차 거부해서는 곤란하다는 것이다. 장애는 치료할 대상이고 극복하며 함께 더불어 살아야 함에도 열등한 개체라고 멸시하는 것은 위험천만한 발상이었다. 장애를 갖고 살아도 불편하지 않을 사회를 만들려고 노력하는 자세가 복지 국가의 기초 개념이 아닌가 라며 또박또박 말을 이었다.

백승기의 논리적 이야기는 그쯤에서 마무리되었다. 나는 그의 아내와 가족에 대해서도 궁금한 것이 많았다.

"자녀들은 몇 명이나 됩니까?"

"결혼 십 년 차인데 아직 아이들이 없어요. 아이를 낳지 않아서 그런지 아내는 아직도 처녀 때의 몸매 그대로요."

"그럼 지렁이 사업은 아직도 하고 있습니까?"

"그게 그렇더라고, 사업이 잘되니까 주변에서 시기하는 사람들이 많이 생기더라고, 정식 허가를 받을 수 있는 까다로운 조건을 갖출 수 있는 형편도 아니다 보니 식약청이다, 구청 위생과다 온갖 기관이 사람을 못살게 들볶는데 배겨낼 수가 없더라고."

백승기는 지렁이 농장을 폐쇄하고 얼마간 벌어놓은 돈으로 몇 년간 깔아뭉개고 나니 백수가 될 수밖에 없었다. 정부에서 조금 집어주는 장애인 보조금은 갈급증 나게 일상생활에 유익한 도움이 되지 않았다. 그는 아내와 함께 안마 시술 자격증을 취득해 호텔을 전전하며 생활했는데 그 짓도 전신자동안마기가 대신하는지 밥벌이도 되지 않았다.

다행히 미색이 뛰어난 백승기의 아내는 단골들이 많이 생겨 수입이 그런대로 짭짤했다. 아내의 고객은 주로 여성들이었지만 금기시된 남자들도 가끔은 부드러운 여자 안마사를 찾는 경우가 있었다. 그녀가 남자 고객을 받는 것은 불경기가 워낙 심해 두둑한 보수가 유혹이 될 수밖에 없었다.

"사생활을 물어 미안합니다만. 부인의 미색이 뛰어나다고 자랑하셨는데 두 분 사이에 지금껏 다툰 적은 없습니까?"

"우리도 정상인과 다를 바 없는데 왜 갈등이야 없었겠소."

지금까지 활달하게 느껴졌던 말투와는 다르게 나의 질문에 다소 곳해지며 알 수 없는 어두운 그림자를 드리우고 있었다.

"집안일을 말하기가 뭣하지만 입이 있어도 어디 마땅히 하소연할 데도 없고 지렁이 선생이라면 이해할 것 같기도 하니 털어놓아도 크게 흉 될 것 같지는 않소. 그냥 부질없는 맹인의 일상사라 생각하시우."

그는 다시 막걸리로 잠깐 목을 축이고 말을 이어 나갔다.

"아내의 헌신은 결혼 초부터 나에게 과분할 정도로 극진했었소. 나에게는 아내 그 자체가 보물이었소. 내가 얻고자 했던 것은 주제넘게 큰 재물이나 명예는 아니었소. 아내를 맞이함으로써 내가 살아가야 하는 이유가 분명해졌고 보람이었소."

백승기는 안마 시술을 하면서 아예 호텔 비품실 옆에 비어 있는 방을 얻어 아내와 기숙을 하며 지냈었다. 아내의 생일이 되면 고객이 들지 않은 빈방 하나를 차지하고 샴페인을 터뜨리며 호사스러운 밤을 보내기도 했었다. 두 부부는 아직 젊은 나이답게 밤마다 즐기는 섹스도 꽤나 격렬한 편이었다. 빛에 반사되는 사물을 심안으로 보는 서로의 육체는 정상인들이 느끼는 만족감과는 달랐다. 두 남녀는 육체적인 결합뿐만 아니라 자신들의 상상적 영혼까지 불러내어 즐기는 섹스는 그야말로 형용할 수 없는 황홀이었다.

그러던 어느 날부터 그녀는 잠자리에서 남편을 까닭 없이 밀어내고 있었다. 사내를 받아들이는 횟수가 점점 멀어져 갔다. 백승기는 아내에 대해 어떤 의심도 해 보지 않았다. 안마 시술은 체력 소모가 많은 작업이었다. 특히 여성 시술자가 하루 6시간 이상 작업한다는 것은 무리였다. 그녀는 그 한계를 무시하고 있었다. 아내의 잠자리 기피현상은 그런 이유 때문이겠거니 하고 백승기는 막연히 생각할 뿐이었다.

아내는 안마 시술이 끝나고 나면 파김치가 되어 젖은 땀을 씻어내고 잠자리로 들어오면 곧바로 곯아 떨어졌다. 백승기는 아내에 대해 아무런 의심도 가지지 않았다.

백승기 자신은 공치는 날이 많았지만 아내의 더블 작업은 반대로 보란 듯이 늘어나고 있었다. 그는 무엇보다 아내의 건강이 걱정스러웠다. 그는 한가한 시간을 활용해 시장으로 자주 나갔다. 잉어라든지 삼계탕, 예전에 직접해 본 전력이 있는 토룡탕 등을 직접 달여서 아내의 식욕 돋우기에 정성을 쏟았다. 그 효험이 서서히 나타나기 시작했다. 그녀의 목소리가 기름지게 굴렀고 피부에 탄력이 돋는 것은 안아보지 않아도 느낌으로 다가왔었다. 백승기는 아내의 건강에 조금이라도 기여할 수 있다는 남편의 자긍심으로 신바람도 났었다.

그즈음 그녀 입에서 각막 복원 시술에 대한 언급이 자주 오르내렸다. 시간이 흐를수록 아내의 각막 복원 시술에 대한 관심은 높아지고 있었다. 백승기는 남편으로서 그녀의 소망을 들어주지 못하는 신세가 가슴 아팠다. 엄청난 수술비용은 자신들의 형편으로서는 언감생심이었다. 그래도 수술이 가능한지 검사만이라도 해주고 싶었다.

어느 날 아내의 검사 일정이 잡혔고 비싼 비용을 들여 검사를 마쳤다. 두 부부에게는 더 할 수 없는 희망을 안겨다 준 날이기도 했다. 아내의 각막 복원 시술이 가능하다는 결과가 나온 것이었다. 아내는 뛸 듯이 기뻐하면서 가느다란 눈꺼풀 사이로 눈물까지 흘렸다. 백승기는 그런 아내를 안고 조용히 등을 토닥거려 주었다.

"염려하지 말라고. 어떡하든 수술비용을 마련해 볼 테니까. 힘내!"

자신 있는 말을 아내 앞에서 던졌지만 그의 가슴 한쪽 구석으로는 어두움이 스쳐지나가고 있었다. 건강한 안구를 기증받는다 하더라도 가난한 그들에게 수술비용은 천문학적 숫자였다. 차라리 검사를 받지 않고 그냥 깔아뭉갠 것보다 오히려 나쁜 결과인 것 같았다.

　검사 결과를 받은 날부터 아내의 일상은 날듯 한 기쁨의 나날이었다. 그녀의 입에서 쟁반 위를 굴러다니는 구슬처럼 웃음소리가 끊어지지 않았다. 그럴수록 백승기의 마음속에는 검은 그림자가 짙게 드리우고 있었다. 뛸 듯이 좋아하는 아내를 위해 정작 아무 것도 할 수 없는 무기력한 자신에 대한 자괴감도 쏟아졌다.

　아내가 남자 고객들의 신분이나 재력 따위를 주워섬기는 횟수가 늘어난 시기도 그즈음이었다. 안마 시술자들이 고객 신분을 발설하는 것은 그 바닥에서는 금기였다. 그녀는 시간이 갈수록 그 정도가 심해지고 있었다. 주로 돈이 많아 보이는 남자 고객의 이름을 자주 들먹였다. 백승기는 아내의 그런 기류가 자신의 각막 수술비용에 대한 얼토당토않은 기대감의 착각이 아니기를 바랐다.

　뭇 사내들에 대한 입에 발린 칭찬을 남편 앞에서 늘어놓는 것은 아내로서 결코 현명하지는 못한 일이었다. 열등한 남편의 입장이라면 비교당하는 것은 굴욕이라고 생각할 수도 있었다. 정상인이든 장애인이든 인간의 가치란 그 자체가 훌륭한 것이지 어떤 대상과 비교해서는 안 되는 것이었다.

　경제적 어려움은 있었지만 지금까지 참되고 헌신적이었던 아내의 사랑만으로도 두 사람의 일상생활은 두둥실 떠다니는 행복이었다. 아내가 각막 복원시술 검사를 받고부터 그 행복은 꺼져가는 열기구처럼 서서히 바닥으로 추락하고 있는 것을 여실히 느꼈다.

아내도 가정형편으로 보아 도저히 자신의 수술비용이 선뜻 마련
될 것이라고 여기지는 않았을 것이었다. 그런데도 아내의 일상은
의기소침해 지지 않았다. 아침마다 입고 나가는 의상도 달라졌다.
백승기의 후각이 폭넓게 감지하기 시작한 것도 그즈음인데 아내
의 화장품과 의상 때문이었다. 지금껏 기초 화장품밖에 몰랐던 아
내였다. 그녀는 차츰 색조 화장품과 화려한 의상까지 하나 둘 사
들이고 있었다. 외출할 때는 남편과 서로 팔을 끼고 함께 다니기
를 즐겨했던 행동조차 어느새 시들어져 갔다. 봄볕에 거추장스러
운 겨울 코트를 걸어내는 것처럼 아내는 혼자이기를 원하는 낌새
였다.

백승기는 아내의 변해 가는 여러 가지 정황을 이해하면서도 스
스로 부대끼기 시작한 자신의 시기심이 공연한 것이라고는 생각
하지 않았다. 물론 아내로서는 현실로 다가선 시력 복원의 꿈이
절실하다는 것쯤은 이해할 수 있었다.

그러는 일방 그는 어떻게 되었던 아내의 각막 복원 수술을 도와
줄 독지가가 나타나기를 진심으로 바랐다. 아내가 눈만 뜨게 되면
그 독지가에게 기꺼이 목숨이라도 내어놓겠다는 심정이었다고 했
다.

백승기와 헤어지고 난 후 한동안 나는 사진에서 본 그의 아내 얼
굴을 수시로 떠올리게 되었다. 그녀가 굳이 미녀라는 선입견으로
그런 것은 아니었다. 보기 드문 미녀의 신체 조건을 두루 갖추고

태어났으면서도 하필이면 조물주가 맹인이라는 치명적 결점을 왜 그녀에게 부여했는지, 그건 나로서는 알 수 없었다. 알 수 없는 신의 심술을 흘겨보며 나는 그녀를 도와주어야 한다는 사명감 같은 심사를 불쑥 떠올리곤 했다.

그 결심이 굳어지자 나는 전부터 친분이 가까운 사이인 어느 종합병원의 안과 과장인 대학교 선배를 만나 보기로 했다. 그는 유명한 개안 시술단체의 간부이기도 하며 직접 시술에 참여하고 있었다.

나는 시간을 내어 직접 그를 만나 백승기 아내에 대한 안타까운 이야기와 도와줄 방법에 대해 알아보았다. 그 선배는 의외로 쉽게 그 방법을 알려 주었다.

국가에서 지원하는 장애인 복지법이 어느 정도 개선되어 있어 선택만 된다면 크게 비용 부담은 되지 않았다. 그 선배가 개안 시술단체에 어느 정도 영향을 미치고 있으니 노력하면 수술이 가능하리라는 정보는 큰 성과였었다.

나는 백승기의 기쁨이 내 것처럼 여겨져 서둘러 그에게 연락을 했다. 그는 내 얘기를 듣자 흥분의 감정을 짓누르는 거친 숨소리가 핸드폰을 통해 역력하게 전해져 왔다. 그는 나에게 감사의 말을 전하며 아내와 상의하여 수술에 대한 대비를 하겠다고 했다. 기쁨으로 치솟던 백승기의 감정은 진정어린 아내에 대한 사랑이 아니었나 싶었다. 그러나 그 뒤 며칠이 지나도 아무런 소식이 없었다. 그의 소식을 기다리고 있는 동안 답답해지는 것은 오히려 나 자신이었다. 그들에게 두 번 다시 찾아올 것 같지 않을 행운의 기회를 놓치는 것 같아 나는 조바심까지 내고 있었다.

견디다 못한 내가 행여 무슨 사고라도 났나 싶어 먼저 전화를 걸어 보았다. 전화를 받는 그의 목소리가 평소와 다르게 많이 가라앉아 있었다. 일상적인 안부 말 끝에 수술 일정에 대해 조심스럽게 물었다. 그러나 그의 입에서 나온 말은 의외였다. 한마디로 수술을 하지 않겠다며 없었던 것으로 해달라는 것이었다. 영문을 몰라 되묻는 나에게 일방적으로 전화까지 끊어 버렸다.

나는 한동안 멍해진 정신을 수습하지 못했다. 도무지 내 상식으로는 이해가 되지 않았다. 내가 그들 부부를 위해 시간을 허비하면서까지 공을 들인 수고 때문이 아니었다. 주위에 흔한 불우 이웃들에게 조금만 관심을 가져도 큰 도움이 될 수 있는 일이 의외로 많다. 하기야 정부에서 시행하고 있는 복지 사업이 홍보 부족으로 쓸모없는 생색내기에 그치고 말긴 허지만.

나는 딱한 그들에게 생색내기가 아니라 그냥 도와주고 싶어서 나선 것뿐이었다. 그들이 몰랐던 정보를 알려 주어 도움이 된다면 그것으로 족한 것이었다. 그런데 그토록 두 부부가 바랐던 희망이 바로 눈앞에 다가왔지만 정작 백승기는 포기했다. 나름대로 여러 가지 그럴 만한 이유를 유추해 보았으나 도저히 알 길이 없었다.

그는 아내가 광명을 되찾았을 때의 변화를 두려워하고 있는지도 몰랐다. 그 변화라는 게 무엇일까? 혹, 눈을 뜬 아내가 자신에게서 떠나버릴지도 모른다는 우려 때문은 아닐까? 어쨌든 나는 그 일을 포기할 수 없었다. 다시 전화를 걸어 그를 설득할 요량으로 조용한 어투로 만나서 얘기하자고 했으나 요지부동이었다. 그러는 동안 내 일상에 바쁘게 쫓기다 보니 백승기의 아내가 수술했는지 어쨌는지는 모른 체 그들에 대해서는 거의 잊어가고 있었다.

2년이라는 세월이 속절없이 지나가 버렸다. 나의 지렁이 구출 작업은 여전했다.

그러던 어느 날이었다. 나는 강원도 어느 해안 도시에서 열린 본사 세미나에 참석하고 난 후 서울로 귀경하기 위해 버스터미널로 향하고 있었다. 그 터미널 입구에서 석양을 등지고 지나가고 있는 백승기를 보았다. 뜻밖의 일이었다. 놀란 나는 모른 체할 수 없었다. 곧장 달려가 그를 불러 세웠다. 내 목소리를 듣고 돌아선 그는 나를 금방 알아보았다. 그 순간 고향에서 어머니를 원동댁이라고 불렀던 용한 소경 점쟁이가 다시 떠올랐다. 백승기는 역시 나를 심안으로 보고 있는 것 같았다. 꼭 2년 만의 만남이었다. 백승기의 몰골이 몹시 초췌해 보였다. 뜻하지 않은 강원도 해안 도시에서의 갑작스러운 만남을 그도 반가워했다. 우리는 터미널 앞의 조그만 식당으로 들어갔다.

나는 막걸리와 간단한 안주를 시키고 서로 그동안의 안부에 대해서만 물었다. 그를 염탐하는 수준에서 나는 말을 아꼈다. 그의 아내에 대한 궁금증이 많았으나 어떤 상황인지 확실히 모르므로 그에게 상처를 줄 수도 있기 때문이었다. 막걸리만 벌컥거리고 마시던 백승기가 드디어 자기 아내에 대해 먼저 입을 열었다.

그는 내가 처음 각막 복원수술을 권했을 때 즉시 행동하지 못한 것을 후회하고 있었다. 나한테서 그 정보를 듣고 아내에게 바로 사실을 전하자 그녀는 그 기대감으로 밤잠까지 설쳤다고 했다. 백승기는 막상 들떠 있는 아내의 그런 분위기와는 다르게 알 수 없는 갈등으로 허옇게 뜬눈으로 밤을 지새웠다.

그는 이튿날이 되자 생각이 확연히 달라지기 시작했다. 아내가 개안 수술로 눈을 뜨고 처음으로 바라보는 세상에 대한 감정을 어떻게 표현할까 하는 관심이 아니라, 맹인인 남편을 바라보는 여자로서의 마음이 어떨까 하고 공연히 알 수 없는 두려움으로 뒤틀리고 있었다.

백승기는 며칠 동안 개안 수술 말은 더 이상 꺼내지 않았다. 기다리다 못한 아내가 수술 일정에 대해 말을 걸어왔다. 그녀의 말이 뜻밖이었다. 자신은 수술을 포기하겠으니 남편에게 오히려 개안 수술을 권했다. 백승기는 그 자리에서 아내의 진심을 엿보았다. 며칠 동안 들끓었던 불안감이 비로소 해소되었다. 그는 진심으로 아내에게 수술을 권할 수 있었다. 그러나 그녀의 사양은 변하지 않았다. 백승기는 다시 설득했다.

"나는 수술해도 빛을 볼 수 있다는 의학적 확신이 없소. 그래도 나는 젊은 시절 한때나마 세상을 보았잖아. 당신은 태어나서 암흑의 세상만 알고 있지 빛의 세상은 한 번도 보지 않았어. 당신은 눈부신 세상의 빛을 볼 자격이 있는 거야."

아내가 수술 거부를 하는 것은 밝은 세상에 대한 갑작스러운 여자의 불안 심리가 아닌가 싶었다. 그 불안 심리를 극복하기가 차마 어려웠던지도 몰랐다.

백승기는 처음 며칠 동안 뒤틀렸던, 아내가 빛을 보게 되면 자신 곁을 떠날 것이다, 라는 망상만큼은 이제 먼 곳으로 밀어내 버렸다. 아내를 믿지 못해 그동안은 수술을 방관한 자신이 비겁하게 느껴져서였다. 그 순간 그는 남편 자격을 잃었다. 그는 아내를 의심했던 그 양심을 되찾으려 노력했다. 거듭된 수차례 설득 끝에 백승기는 처음 내가 일러준 절차를 밟아 겨우 병원 수술대에 아내를 눕히게 되었다.

그녀는 수술 후 거짓말처럼 눈을 뜨고 눈을 찌르는 듯한 세상의 빛을 보았다. 그녀가 병원에서 붕대를 풀고 첫 빛을 보면서 검은 안경을 쓰고 있던 백승기를 바라보며 던진 말이 있었다.

"내 남편이었던 당신의 모습을 처음 보아 기뻐요."

그녀는 두 손을 내밀어 백승기의 손을 잡은 뒤 그를 끌어 안았다. 방금 세상의 빛을 처음 본 아내의 두 눈에서 흘러내린 뜨거운 눈물이 백승기의 손등에 떨어졌다. 백승기는 손등에 떨어진 뜨거운 눈물을 느끼자 자신도 모르게 온몸이 되레 싸늘한 냉기로 변해

지고 있었다. '아, 아내는 떠날 것이다.' 그런 관념의 화살이 다시 그의 심장을 향해 날아들었다.

아내를 병원에서 퇴원시킨 백승기는 며칠 뒤 자신의 집 빌라 문 앞에서 서성이고 있었다. 그날 저녁은 둘이서 아내의 개안을 축하하기 위해 샴페인을 터뜨리기로 했었다. 백승기는 빌라의 벨을 도저히 누를 용기가 없었다.

잠시 뒤 그는 결심한 듯 샴페인 병과 안주 봉지를 문 앞에 조용히 내려놓았다. 아내가 정상인으로서 이젠 정상적인 남자를 만나기를 진심으로 빌면서 그 자리를 떠나버린 것이었다.

그리고 홀연히 해안 도시까지 온 것이 그동안의 시간이었다.

나는 막차를 타기 위해 자리에서 일어서야 했다. 우리는 나란히 식당을 나섰다.

하얀 지팡이를 또닥거리며 내 시야에서 멀리 사라져가는 백승기의 구부정한 뒷모습을 나는 한동안 바라보고 서 있었다.

어올랐다.

보리베라에 도착하면 나는 족장의 딸 난샤나를 한국으로 데리고 나갈 생각이었다. 그녀에게 한국행을 미리 귀띔을 했거나 양해를 구한 적은 한 번도 없었다. 지금까지 나를 따르는 태도로 보아 가능하리라 생각할 뿐이었다.

소말리아 주재 한국 대사관의 일등 서기관으로 취임한 지가 벌써 3년이라는 세월이 훌쩍 지나가 버렸다.

나는 3년 전 외무부에서 처음 국교를 맺은 소말리아 주재 한국 대사관 창설 멤버로 임명장을 받았다. 임명장을 받고 나서는 나름대로 무척이나 들떠 있었다. 나로서는 아프리카가 미지의 세계였다. 미국과 프랑스 대사관에서도 근무한 적이 있는 나로서는 고도로 발달한 문명국가 이미지에 대한 선입견이 별로 좋지만은 않았다. 빌딩 숲과 거의 기계화된 도시 생활에 어느 정도 염증을 느끼고 있었기 때문이었다.

나는 근무지가 생각지도 못한 아프리카로 발령이 나자 문명으로 오염되지 않은 미지의 땅에 대한 들뜬 호기심으로 뒤척이게 되었다. 소말리아 발령을 받고 쾌재를 부른 것만 보아도 초원에 펼쳐진 아프리카의 자연을 낭만적으로 생각한 것이 분명했다.

아프리카로 발령을 받은 보름 뒤 나는 일행과 함께 소말리아 출발을 서둘렀다. 서울에서 사우디아라비아 젯다까지의 비행기는 직항로가 개설되어 있어 불편함을 덜어 주었다. 중동 건설 붐 덕

택이었다. 젯다에서 다시 사우디아라비아의 국영기로 갈아타고서
야 소말리아 수도 모가디슈 공항에 도착하게 되었다.

나는 설레는 가슴을 쓸어내리며 처음 밟게 되는 아프리카의 광
활한 초원을 기대하며 항공기 트랩을 천천히 내려왔다. 선진 외국
을 닮은 웅장한 공항 건물은 어디에도 보이지 않았다. 모가디슈
국제공항이라는 간판이 붙어 있는 곳은 아쉽게도 한국 벽촌의 폐
교된 초등학교 건물 한 동을 옮겨 온 것 같은 분위기였다.

대합실에는 앉을 수 있는 의자도 충분하지 않았다. 우리 일행은
외교관 통로를 통해 간단한 입국 절차를 마치고 건물을 빠져나왔
다. 아프리카 특유의 열기가 얼굴을 덮쳤다. 나는 자연이 가져다
주는 그 열기를 폐부 깊숙이 받아들였다. 비록 뜨거운 열기이긴
해도 자동차 꽁무니에서 뿜어내는 매연이 가득한 선진국 대도시
의 공기와는 확연히 다른 신선함이 있었다.

소말리아 외교부에서 마중을 나왔다는 공무원 두 명이 우리 일
행에게 다가왔다. 그들은 웃으며 영어로 인사를 했다. 나는 그 순
간 어안이 벙벙해서 인사를 받고 답례를 하는 것도 잠시 잊어버렸
다. 그 공무원들은 구겨진 남방과 반바지에 슬리퍼를 발에 꿰고
있었다. 국제 신사라는 말쑥한 외교관의 이미지와는 전혀 딴판이
었다. 나는 그들의 그런 차림을 보고 웃을 수는 없었다.

그 공무원들은 우리 일행이 어떤 생각을 하든 또 자신들의 첫 인
상이 어떻게 비쳤든 상관없다는 투로 하얀 이를 드러내고 헤프리

만큼 자주 웃었다.

그들은 우리 일행 가방을 승용차 트렁크에 싣고 손수 핸들을 잡았다. 나는 흔들리는 뒷좌석에 몸을 맡기고 차창 밖으로 시선을 돌렸다. 공항에서 모가디슈 시내에 있는 한국 대사관까지는 넓은 아스팔트 도로가 아닌 벌건 황톳길의 비포장이었다. 승용차로 달려가는 동안 도로 주변이 아직 개발 따위로 훼손된 흔적은 한군데도 없었다. 원시 그대로의 모습을 잘 간직하고 있다고 해야 할까.

내전이 일어나기 전만 하더라도 나는 소말리아에서의 임기 만기가 다가오면서 번민을 하고 있었다. 그대로 본국으로 귀국하여 문명이 가져다주는 풍족한 삶을 누리며 살 것인가, 아니면 분쟁이 잦아 위험이 따르더라도 아프리카에 남을 것인가?

아프리카에는 척박하지만 자연에 순응하며 나름대로의 삶을 영위하고 있는 원주민들의 질박한 아름다움이 있었다. 내가 아프리카를 보지 못했다면 귀국에 대한 고민 따윈 할 필요가 없었다. 나는 앞으로도 그 잘난 문명인으로 살아갈 뿐이었으니까.

얼마나 달렸을까, 보리베라 마을이 내 눈앞에 나타나기 시작했다. 아프리카는 일곱 시가 훨씬 넘었어도 등잔불을 밝힐 필요가 없는 대낮이었다.

난샤나는 23살의 키가 훤칠한 검은 살색의 토속적인 여인이라기보다는 브라질 혼혈계통을 닮은 담갈색 피부의 혼혈여성이었다. 쌍꺼풀이 시원스런 검고 맑은 눈동자, 오똑 선 콧날, 유난히 도톰한 아래 입술은 볼 적마다 사내의 가슴을 묘하게도 일렁거리게 만들었다.

난샤나와 나는 벌써 2년이나 알고 지낸 사이였다. 그녀는 그동안 일주일마다 한 번씩 방문하는 나를 아이들 못지 않게 누구보다 반갑게 맞이해 주었다. 나 역시 그렇기도 하지만 난샤나의 눈빛과 몸짓에는 나를 향한 애잔한 기다림이 항상 묻어 있었다. 보리베라 마을의 풍습대로라면 그녀는 벌써 결혼하여 아이를 서넛은 출산한 여인이 되어 있었어야 했다. 내가 귀국을 몇 달 앞두고 한동안 망설이고 있었던 이유 중 하나는 난샤나의 비중이 크기 때문이었다.

부족장 무밤브는 나와 가깝게 지내고 있는 딸의 행동에 대해 그다지 신경 쓰지 않았다. 그들은 이방인에 대해 자신들이 믿는 신의 뜻만 거스르지 않으면 자유롭게 내버려 두었다. 회교의 영향을 받은 아프리카는 어지간한 일은 '인샬라(신의 뜻대로)'로 통했다. 애꾸는 애꾸, 귀머거리는 귀머거리, 절름발이는 절름발이대로 별 불평 없이 신의 뜻대로 그렇게 살아가고 있었다.

어느 날 번잡한 수도 모가디슈 대로의 내 눈 앞에서 자동차끼리 접촉사고가 났었다. 한국 같으면 당장 핏대를 세우며 멱살잡이가 났을 터였다. 차를 둘러 본 운전자들은 큰 문제가 되지 않은 듯 '인샬라!' 하고 외치더니 손을 흔들면서 신의 뜻으로 생각하고 아무렇지도 않게 헤어지는 모습을 보았다. 그들 의식 속에는 자신들의 신에 의존하며 따르는 정서가 오래전부터 흐르고 있었다.

보리베라 마을에서의 통역은 아이들에게 영어와 산수를 가르치고 있는 난샤나가 해 주었다. 소말리아는 20세기 중반까지 영국과 이탈리아의 식민 지배 영향을 받았었다. 도시인들의 언어는 영어가 정착되어 있으나 농어촌 지역은 거의가 아라비아어 공용이었다. S대학 영문과 출신인 내가 보리베라에서 유일하게 대화를 나눌 수 있는 사람은 영어를 잘 구사하는 그녀뿐이었다.

나는 아프리카에 머물 동안 환경이 열악한 마을에 개인적으로 조금이나마 도움을 주고 싶었다. 그런 곳을 물색했을 때 소개를 해 준 사람은 대사관의 현지 고용인이었다. 그는 보리베라 마을의 족장과 친척 관계였다.

보리베라에 도착한 나는 널찍한 마을 공터에 승용차를 세우고 족장인 무밤브의 집으로 발걸음을 옮겼다. 보리베라는 오래전부터 이어져 온 잦은 내전으로 시끄러운 소말리아 도시들과는 분위기가 완전히 달랐다. 너무 조용한 나머지 한가로워 정적마저 감돌았다. 대부분의 농촌 족장들은 도시의 정치적 내분에는 관심이 없었다. 또 그런 소용돌이에 휘말리고 싶어 하지도 않았다.

내전에 관한한 지금까지는 정부군이나 반군들도 부족장들을 이용하려 들지는 않았다. 그러나 이번 대규모 내전은 다른 양상을 보였다. 전국의 족장들을 규합할 움직임이 보였기 때문이었다. 그러다보니 그들의 정치적 노선에 족장들이 참가하지 않을 경우 불이익을 받는 것은 불가피하게 되었다. 대규모 참극도 일어날 수도 있었다.

　마을에 도착한 나를 제일 먼저 반겨 주는 것은 자동차 소음을 듣고 뛰어나온 아이들이었다. 공터를 향해 40여 명이나 되는 아이들이 벌떼처럼 한꺼번에 달려 나왔다. 대부분 맨발인 아이들은 모두 붉은 반팔 티셔츠를 입고 있었다. 도시에서 터진 긴박한 내전의 분위기와는 너무나 달랐다. 아이들의 표정은 천진난만 그대로였다.

　내가 처음 마을을 방문했을 때 아이들에게는 큰 관심거리였었다. 아이들은 호기심이 발동해 어른들 보다 먼저 나섰다. 무언가를 탐색해내기 위해 저희들끼리 수군대며 지레 판단을 하거나 나름대로 결정을 내리고 결과가 어떻게 될지 궁금해하며 무리를 지어 몰려다녔다.

　내가 처음 마을에 나타나기 전까지 아이들이 즐기는 오락은 별로 없었다. 그들의 일과라 하면 어른들을 따라 가끔씩 먼 숲으로 사냥을 떠나거나 해안에서 그물 치는 일을 도우는 게 고작이었다. 시간이 나면 땔감으로 쓰이는 가축 배설물이나 나무토막을 주워 모으는 일도 중요한 몫이었다. 아이들은 부모나 어른들에게 거짓말을 하지 않았다. 거짓말 자체가 모든 재앙의 근원이라는 의식이 어릴 때부터 몸에 배여 있었다.

　내가 보리베라에 올 때마다 아이들에게 가지고 오는 선물은 학용품 외에 과자나 라면 등이었다. 그렇다고 아이들이 과자 종류를 극히 좋아하는 것은 아니었다. 아이들은 서쪽 숲으로 한 시간 정도만 걸어가는 수고를 하면 비타민과 당분이 풍부한 바나나와 열대과일을 당장 먹을 만큼은 수월하게 얻을 수 있었다. 어른이나 아이들은 욕심을 몰랐다. 입고 자는 것에 신경을 쓰지 않는 것처럼 먹는 것 또한 그날그날 주변에서 해결하면 그만이었다. 자본에 물든 도시를 제외하면 소말리아 해안이나 시골 오지마을 대부분은 재물이나 식량의 비축을 별로 중요하게 생각하지 않았다. 그것은 태고 적부터 그들의 조상이 그렇게 해온 것처럼 자연에 순응하며 그때그때 필요한 만큼만 구하고 다투지 않고 물 흐르듯이 살아가기 때문이었다.

보리베라 아이들이 나를 따르는 것은 내가 주는 선물에 대한 흥미보다는 이방인에 대한 호기심이었다. 그들은 최소한 내가 지원해 준 의료 약품이나 기기, 학용품과 공부할 수 있는 공간을 마련해 준 것에 대한 고마움을 알았다. 자신 이름도 쓸 줄 몰랐던 아이들이 이제는 산수도 배운 만큼 계산이 얼마나 중요한지도 알았다.

나는 부임 초기부터 소말리아 해안도시나 시장과 명승지를 여행하는데 많은 시간을 쏟아부었다. 대사의 승인을 받아 욕심을 내어 에티오피아와 케냐의 국경까지도 여행을 했었다. 많은 시간을 투자하였으나 한국의 외교관으로서 직책에 걸맞은 국가 이익을 창출하는 효과는 별로 거두지 못했다. 그만큼 소말리아에서는 어떤 외교적 노력을 기울여도 건져 올릴 게 별로 없었다. 수세기 동안 소말리아는 경제 성장이 전무했고 정치적, 종족적 내분으로 늘 불안한 상태로 이어지고 있었다.

서구의 기독교 선교사들이 선교를 위해 인도양을 건너 아프리카로 끈질기게 넘나들었으나 이상하게도 소말리아 땅에는 발을 붙이지 못했다. 소말리아는 오래전부터 회교의 영향을 받았다. 회교도는 대부분 도시인들이었다. 시골도 회교의 영향을 어느 정도 받고 있으나 그들을 지배하는 것은 거의가 토속 신앙이었다.

몰려온 아이들이 밖에서 웅성거리고 있는 동안 나는 부족장 무밤브의 마중을 받으며 그의 접견실로 들어갔다. 접견실이라고 해야 그들의 토속 주거 공간처럼 황토로 원형의 벽을 두른 십여 평 남짓한 원시적인 움막이었다. 겉으로 답답해 보이기까지 하는 움막이 막상 들어서면 의외였다. 밖의 기온이 아무리 더워도 들어서는 순간 숨통이 트이고 시원해서 안정감이 들었다. 모든 구조물들이 콘크리트나 철근붙이들이 아닌 자연 속에서 얻어진 소재들이라서 그런 것 같았다.

터진 내전에 대한 족장 무밤브의 표정에는 하루 이틀에 일어난 전쟁도 아니고 동족끼리의 싸움이라 그런지 별로 놀라는 기색도 없었다. 그는 단지 느닷없는 나의 방문에 대해서만 궁금해 했다.

난샤나가 차를 내어왔다. 그녀가 나타나자 내 마음이 설레임 같은 기분으로 몹시 일렁거렸다. 한편으로 갈등도 일었다. 과연 내

뜻대로 그녀가 나를 따라 고스란히 한국으로 갈 수 있을지, 또 족장이 순순히 허락할지, 그마저도 확신이 서지 않았다.

나는 보리베라 마을을 드나드는 초기에 족장 무밤브가 어려움에 처해 있다는 것을 알게 되었다. 그 사실은 대사관의 고용인을 통해서였다.

조상 대대로 내려오던 무밤브 소유의 농장에 소유권을 주장하는 외지인이 나타났다. 무밤브의 땅 30여만 평의 목초지는 수많은 가축을 자연적으로 기를 수 있는 기름진 곳이었다. 무밤브 소유이긴 해도 옛날부터 내려온 마을에서 공동으로 가축을 기르던 땅이었다. 보리베라 마을 사람들은 가는 곳마다 내버려 둔다는 듯이 넓고 넓은 게 땅덩어리다 보니 땅에 대한 소유 개념이 별로 없었다.

무밤브 할아버지가 살아 있던 시절에는 영국의 식민 지배를 받던 시기였다. 기름진 보리베라 마을 목초지에 영국인이 들어와 임대료를 주겠다며 목장을 만들었다. 영국인은 마을 사람들이 무지한 것을 이용해 임대료도 제대로 지불하지 않으면서 자신의 땅처럼 행세를 했다. 세월이 흘러 영국 식민 지배가 폐지되고 목장을 운영하던 영국인은 자기네 나라로 돌아가 버렸다. 그 목초지는 자연히 마을 소유로 돌아 왔어야 했으나 행정적인 절차나 관리 방법에 대해 몽매한 보리베라 사람들이었다. 그들은 있어도 그만 없어도 그만 식으로 땅에 대해 별로 신경을 쓰지 않았다.

문제가 된 것은 영국인이 목장을 경영할 때 도시에서 들어와 집사일을 맡아보던 떠돌이 하인 하나가 있었다. 그는 영국인이 본국으로 돌아가자 양도를 받은 것처럼 기민하게 움직여 그 목장을 제 것처럼 사용하였다. 얼마 뒤에 목장을 이어 가던 그와 아들이 차례로 죽고 도시에 있던 지금의 손자가 목장의 소유권을 주장하며 나타난 것이었다. 그 손자는 영국인이 목장을 운영할 때 아직 행정 정리가 되지 않았던 무밤브의 땅을 통째로 가로챌 야심을 가지고 있었다. 그는 영국인에게 양도를 받아 조상으로부터 수십 년 동안 농장을 운영해 왔다는 기득권을 내세웠다.

보리베라 마을을 포함한 그곳 일대는 곧장 금을 채굴하기 위한 작업장이 들어설 것이라는 소문도 파다하게 떠돌고 있었다. 소유권에 대한 소송 절차도 모르는 마을 사람들은 그제야 궁지에 몰린 사실을 깨닫게 되었다. 마을 사람들에 비해 나름대로 배운 지식과 경제적 가치를 분별할 줄 아는 난샤나는 달랐다. 만약 떠돌이 집사의 손자가 소송에서 이기게 되면 목초지는 물론 보리베라 마을까지도 모조리 내주어야 할 신세였다. 목초지는 고사하고 조상 대대로 터를 잡고 살던 마을을 고스란히 앉아서 빼앗길 수는 없었다. 소유권을 주장하는 집사 손자는 한술 더 떠서 얼토당토않게 무밤브의 딸인 미모의 난샤나마저 첩으로 내놓으라는 수작까지 부렸다.

난샤나는 보리베라를 중심으로 십여 킬로 떨어진 수많은 부락에서 유일하게 모가디슈 대학을 나온 인텔리였다. 그녀는 나름대로 자본주의에 대한 경제 이론에도 밝았다. 그렇다고 문명이 가져다 주는 혜택이 아무리 좋다고 해도 서구의 제도라면 마구잡이로 선호하지도 않았다.

보리베라에서는 땅에 대한 분쟁이 일어나면 인근 원로 부족장들이 모여들었다. 자신들의 경험과 상식을 동원하여 조상 대대로 내려온 땅의 계보를 따지고 억울한 일이 없도록 원론적 결론을 내렸다. 원로들이 무밤브의 땅이라고 결론을 내렸는데도 불구하고 집사의 손자는 관리들을 돈으로 매수해 무밤브를 협박하고 그 땅을 기어이 빼앗으려했다. 보리베라 마을이 생긴 이래 땅이나 가축에 대한 그런 황당한 소송은 전무후무한 일이었다.

무밤브는 관리들로부터 땅을 포기하라는 협박과 회유를 받으면서 괴로운 나날을 보내고 있었다. 대사관의 고용인한테서 그런 사실을 전해들은 나는 족장 무밤브가 정직하고 선량한 사람이라는 것을 알게 되었다. 나는 소말리아 외교부의 고위 관리를 만나 법무부의 유능한 인물을 소개받았다. 그 관리는 양심적인 사람이었다. 무밤브의 사건 전모를 전해들은 관리는 상세한 자료 조사를 한 뒤에 문제가 있었던 사건을 시원하게 단번에 해결해 주었다. 집사의 손자는 바로 감옥으로 잡혀 들어가 버렸다. 죄명은 관리를 사주하여 무밤브를 협박하고 땅을 가로채려 한 혐의였다.

그 사건이 해결되자 나는 보리베라 마을에서는 아주 귀한 손님이 되었다.

유럽인들은 아프리카인들에 대해 단순한 야만인이며 열등 인종에 불과하다는 편견을 가지고 있었다. 그들은 천박하게도 자신들이 가진 문화 기준의 잣대로 아프리카를 보고 있는 셈이었다.

아프리카의 정신세계는 일찍이 어느 문명도 흉내낼 수 없는 인간 내면의 훌륭한 사고 체계를 지니고 있었다. 고대의 뛰어난 미술과 석조 건물들이 아프리카 곳곳에서 발견됨으로써 그들의 훌륭한 역사를 증명해 주었다. 아프리카는 물질적 진보보다는 대인관계를 무리 없이 유지하는데 삶의 무게를 두었고, 집단 속에서 자그마한 것이나마 소중하게 여기고 조화를 이루며 만족할 줄 아는 전통을 지켜왔다.

마을 부족들은 자신들의 사회가 현재 살아 있는 자만의 것은 아니라는 생각을 가지고 있었다. 죽은 조상과 아직 태어나지 않은 자손까지 포함하여 모든 사람의 것이라고 믿었으며 태고 적부터 내려온 그 가르침을 순리로 여겼다.

어느 토요일이었다. 대사관 업무가 일찍 끝난 나는 숙소에서 오랜만에 일요일까지 쉬기 위해 느긋함을 즐기며 책을 뒤적이다가 밤 12시가 가까워서야 막 잠자리에 들참이었다. 전화벨이 요란하게 울렸다. 대사관의 현지 고용인이었다. 보라베라의 족장 딸 난샤나가 말라리아에 걸려 사경을 헤매고 있다는 긴급한 통보였다. 고용인은 대사관에서 비치하고 있는 구급약품 지원을 요청했다. 모가디슈가 한 나라 국가의 수도라지만 약국이나 병원의 개체 수가 적고 그것마저도 열악한 형편이었다. 또 밤 12시가 넘으면 통행금지 시간이어서 모든 가게가 철시를 한 상태였다.

나는 대사관 당직실로 급히 나가 직원에게 일러 필요한 구급약품을 준비시켜 가방에 챙겨 넣고 서둘러 고용인과 함께 보리베라로 내달렸다. 얼추 1시간 만에 마을에 도착한 나는 곧 바로 난샤나가 누워 있는 움막으로 들어갔다. 눈을 감은 채 물수건과 악귀를 몰아낸다는 야자 잎 부적이 그녀의 이마를 짓누르고 있었다.

난샤나 옆에는 여신관(女神官, 무당)이 해저물녘부터 그때까지 주문을 외우고 있는 중이었다. 벌써 사흘째 그런 행동을 반복하는 것이라 했다. 나는 그런 행동을 제지할 수가 없어 끝나도록 지켜볼 수밖에 없었다. 난샤나의 감겨 있는 눈꺼풀 사이에 길게 뻗은 짙은 속눈썹과 조화를 이룬 창백해진 담갈색 얼굴이 오히려 아름다워 보였다. 열병에 시달린 흔적으로 하얀 보풀이 까슬하게 일어난 그녀의 도톰한 아랫입술에서 묘한 욕정을 느꼈다.

주문을 외우고 있던 여신관은 마지막 의식으로 동자(童子) 장식이 달린 작은 항아리를 난샤나의 머리맡에 놓았다. 여신관은 뱀을 상징하는 막대기 여러 개를 항아리 속에 신중하게 세우더니 붉은 주머니에서 흰쥐 한 마리를 꺼내어 그 속에 집어넣었다. 여신관은 부릅뜬 눈으로 항아리의 막대기를 줄곧 지켜보았다. 항아리 속 쥐의 움직임으로 막대기의 변화 과정에 따라 점괘를 알아내는 것이었다. 나는 그 미신 같은 행위에 약간 조소를 했으나 너무도 진지

한 그들의 의식에 자신도 모르게 숙연해져 버렸다.

방법이 원시적이지만 그 결과는 놀랄 만큼 의외로 정확하게 맞아 떨어지기도 했다. 그들은 수세기에 걸쳐 내려온 조상들이 다루었던 치료 방법을 그대로 답습하고 있었다. 내가 아무리 문명인이라 해도 내 상식으로는 그들이 가진 신비스러운 행위의 본질은 들여다볼 수 없었다.

점괘가 나왔다. 무밤브가 소송을 치렀던 조상들의 땅을 돌려받고도 불우한 친척이나 이웃에게 약간이나마 무엇이든 나누어 주지 않아서 조상의 혼이 노했다는 것이었다. 통속적인 뻔해 보이는 점괘였지만 그대로 받아들이는 것이 그들의 전통적 삶의 방식이었다. 기쁘거나 슬프거나 그들의 사회는 언제나 함께 나눈다는 의식이 오래도록 뿌리를 내리고 있었다.

그들은 사자(死者)가 죽어서 없어지는 것이 아니라 영혼으로서의 독자성을 잃지 않는다고 믿었다. 생사의 구별을 두지 않고 죽은 자의 영혼도 마을에 함께 살고 있으며 아직 태어나지 않은 자의 정령(精靈)까지도 포함하고 있었다. 사자는 영혼으로 남아 있다가 다시 태어난다는 것이었다.

족장 무밤브는 여신관의 점괘에 흔쾌히 승복했으며 자신의 허물을 회계하고 도와줄 곳은 마땅히 도와주겠다고 약속했다. 그 결과로 자신의 딸이 곧 회복될 것이라고 믿었다. 그런 일들이 터무니없는 것만은 아니라는 것을 나는 이해할 수 있었다. 그것은 곧 마을에 어떤 문제가 발생하면 여신관이나 원로 등이 모여 부족들이 해이해질 수 있는 정신적 수양과 도덕을 가르치고, 서로 결속하기 위한 그들 나름의 토속 시스템이었다. 아프리카의 정서는 그와 동일한 풍습으로 각 부족들마다 삶을 안정적으로 이끌기 위해 노력하고 있었다.

나는 여신관이 의식을 끝내고 돌아가자 족장에게 조심스럽게 의논을 했다. 여신관의 의식이 끝났으므로 난샤나가 곧 회복될 것이라는 위로의 말을 한 뒤 환자에게 체온을 체크하고 영양제를 먹이겠다고 하자 그는 흔쾌히 받아들였다. 무밤브는 딸의 영향으로 현대 사회에 대한 인식이 꽉 막힌 사람은 아니었다. 서양문화에 대해 웬만큼 지식도 가지고 있는 인물이었다. 그는 목초지를 찾아준 은인이라는 선입견으로 나를 항상 우선순위에 놓고 있었다.

혼수상태에 빠진 듯한 난샤나의 입에 체온계를 넣기 위해 나는 손가락으로 까칠한 입술을 열었다. 손가락을 통해 그녀의 뜨거운 열기가 내 몸속으로 빨려 들어왔다. 그 순간 나는 내 바지 속의 남자가 불끈 동요하는 것을 느꼈다. 그 열기를 불식하기 위해 눈을 질끈 감았다. 그녀 몸 안의 모든 악령을 몰아내고 신선한 정기를 불어넣게 해달라고 마치 아프리카의 무당이 된 것처럼 주문을 외웠다. 내가 믿는 신은 없었으나 나는 순간적으로 아프리카의 붉은 태양을 떠올리며 간절히 빌었다. 그때까지도 내 바지 속의 남자와 입 속의 주문은 서로 뒤엉켜 다투었다.

그녀의 입 속에서 체온계를 천천히 빼어 보니 열이 40도에 육박했다. 여신관의 점괘가 언제 효력을 발생할지 알 수는 없으나 난샤나를 그대로 방치한다면 목숨이 위태로울 수도 있다는 생각이 들었다. 주사기로 말라리아 병원균을 투여해서 체온을 끌어 올린 뒤 열을 식게 하는 방법을 알고 있었으나 시간이 걸리는 일이었다. 우선 키니네를 먼저 복용시키는 것이 효과적일 것 같았다. 내가 그 정도의 의학 상식을 가지고 있는 것은 나름대로 노력한 결과였다.

소말리아로 발령을 받고 나서 전문 서적을 뒤적이는 일방 서울 모 동네의 개업 의사인 친구도 찾아갔었다. 그런 노력으로 아프리카 풍토병에 대해 일상에서 일어날 수 있는 응급 처치 방법을 미리 터득한 것이었다. 의료시설이 열악한 아프리카에서 말라리아에 대한 예방이나 치료는 필수적으로 알아야 했다.

나는 물을 가져오게 하고 난샤나의 겨드랑이에 양손을 밀어넣자 땀에 젖은 뜨거운 열기가 전해졌다. 그녀를 비스듬히 일으켜 앉혔다. 내 품에 그녀가 안긴 셈이었다. 그녀한테서 전해지는 뜨거운 열기가 묘하게도 파문을 일으키며 내 가슴을 열고 들어왔다. 그녀는 그때까지도 혼미한 상태에서 깨어나지 않았다. 나는 키니네 두 알과 숟가락으로 뜬 물을 그녀 입 속으로 밀어넣고 삼키게 했다. 의식이 잠깐 돌아왔는지 가녀리게 눈을 뜨고 나를 올려다보았다. 그녀는 일러주지 않아도 알약을 삼켰다. 그리고 머리를 떨어뜨리고 다시 잠 속으로 빠져들었다.

나는 그녀를 자리에 반듯이 눕혀 머리에 물수건을 얹어놓고 무밤브의 접견실로 자리를 옮겼다. 이튿날은 마침 일요일이라 그곳에서 아침까지 결과를 지켜보는 게 좋을 것 같았다. 접견실에서 잠시 눈을 붙였다가 떴을 때는 새벽 6시였다. 나는 무밤브의 방으로 들어가 난샤나를 조심스럽게 깨웠다. 그녀는 금방 눈을 뜨고 나를 알아보았다. 체온을 재어 보니 열이 37도까지 내려가 있었다. 금방 완쾌될 조짐이었다. 나는 그녀에게 키니네 두 알을 더 먹였다.

접견실에서 다시 아침을 맞이하자 난샤나가 정신을 차리고 일어나 앉았다는 연락이 왔다. 잰걸음으로 가 보니 해맑은 눈으로 나에게 감사의 인사부터 건네었다. 열을 재어 보니 정상 체온을 유지하고 있었다. 그녀는 체온계를 잡고 있는 내 손을 꼭 쥐었다. 늦은 밤에도 불구하고 달려와 진료를 해준 호의에 감사하다는 인사였다.

난샤나는 오후가 되자 기력을 회복하고 식욕을 드러내었다. 그녀가 회복된 것에 대한 결과는 논하고 싶지 않았다. 여신관의 부적과 점괘의 효력이었는지, 현대 과학이 발명한 키니네의 노란 알약이 도움을 준 것인지는 그들에게 굳이 설명할 필요가 없었다. 난샤나는 진실을 알고 있었다. 그녀 역시 여신관의 점괘나 부적에 대해서 부정하지 않았다. 그것은 그들만의 오랜 관습이었고 그대로 따른 것뿐이었다.

그들은 뱀에게 물리면 자신을 해치는 것은 뱀의 독이라는 사실을 알고 있었다. 다만 그들이 알 수 없는 것은, 또 두려워하는 것은 뱀이 왜 자신을 물었는가 하는 의문이었다. 절대 우발적이라고 믿지 않는 그들은 하필이면 뱀이 자신을, 또 물게 한 것이 누구인가를 생각할 뿐이었다. 그들만의 방법에 대해서 나는 웃지도 또는 부정하지도 않았다. 내가 가진 문명인이라는 의식으로 그들을 함부로 판단할 수는 없었다.

보리베라 사람들은 바쁠 게 없다는 듯이 늘 한가해 보였다. 잘못 이해하면 게으르다고 비웃을 수도 있었다. 그것이 내 눈에는 오히려 평화로움으로 다가왔다. 그들의 정신세계는 나쁜 짓을 하지 않고 탐욕을 가지지 않으면 조상과 신들이 자신을 보호하고 도와준다고 믿었다. 그들은 자신 나름대로의 생활 타성에 젖어 있다 보니 문명이 참견하는 것도 별로 달가워하지 않았다. 기아와 질병만 없으면 현재 있는 그대로 조상들이 살아왔던 방식대로 살다가 죽어서 영혼이 되고 다시 태어나니 무슨 욕심이 필요한가 하고 되묻는 한편 무엇을 얻기 위해 바쁘게만 돌아가는 문명인의 탐욕을 그들 상식으로는 도무지 이해할 수 없다는 식이었다.

난샤나가 완전히 회복되자 나하고의 관계는 자연스럽게 달라졌다. 나는 틈틈이 일과를 끝내고 나면 시간이 허용하는 대로 보리베라로 달려갔었다. 마을의 환경 개선과 아이들 교육에 대한 의견을 그녀와 나누기 위해서였다. 벌써부터 우리 두 사람이 주선해 오던 일이었다. 마을에서 제일 취약한 것은 위생문제였다. 우물이 없어 아낙이나 아이들이 먼 길을 걸어 양동이로 물어 길어 와야 했다. 우선 식수가 부족했고 화장실도 없었다. 주민들은 마을 주변이나 숲속에서 아무렇게나 용변을 보았다. 그들의 비상 구급약품은 자연에서 추출한 것들뿐이었다. 현대 의약품을 비치해 놓는다는 것은 현실적으로 어려운 일이었다.

구급약품이 전혀 없다보니 말라리아 같은 열병에 걸리면 열흘 안에 죽거나 운 좋으면 살뿐이었다. 아프리카인들은 지방질이 부족해 열병에는 취약했다. 한국에서는 흔해빠진 키니네나 마이신 같은 기본적 약품조차 소말리아에서는 돈으로도 살 수 없는 고가품이었다.

나는 한국의 적십자사에 근무하고 있는 후배를 통해 해열제와 마이신, 소독제 같은 약품을 지원받았다. 그 덕분에 마을에 정기적으로 진료소가 열리게 되었다. 그래 봐야 피부의 염증에 소독하고 마이신을 먹이는 일과 열병에 해열제를 투약하는 정도였으나 아프리카에서 키니네만큼 소중한 약품도 달리 없었다.

나는 칫솔과 치약을 무료로 공급하여 마을 사람들에게 치아 관리를 하는데도 신경을 쓰게 했다. 내 주머니를 헐어 부족한 대로 공동 화장실도 다섯 개나 만들어 모든 용변을 그곳에서 해결하도록 하고 매일매일 청결 상태를 유지하게끔 교육을 시켰다. 마지막으로 주민들이 맑은 물을 얼마든지 쓸 수 있도록 지하수 세 곳을 파서 펌프를 박아 세웠다. 파리 모기가 들끓던 마을은 청결해졌고 사람들은 한결 위생적인 생활을 하게 되었다. 한국에서 재료를 공수해와 만든 모기장 덕분에 잠자리에서 해충의 시달림도 훨씬 줄어들었다.

난샤나와 나는 근본적 문화의 차이를 극복하고 2년 동안 아프리카 작은 마을에서 봉사와 희생으로, 낙후된 환경을 개선하는데 노력을 기울였다. 난샤나와 함께 많은 일들을 해오면서 그녀는 나에게 깊은 신뢰와 더불어 이성으로 대하고 있다는 사실을 피부로 느끼고 있었다.

말라리아에서 깨어나면서 그녀가 내 손을 처음 잡은 이후 우리는 선을 넘는 신체적 접촉은 단 한 번도 없었다. 산책을 하며 자연스럽게 손을 잡는다거나 가벼운 스킨쉽 정도이지 그 이상은 넘어서지 않았다. 이국땅에서 간간이 몰려드는 나의 불기둥 같은 젊은 욕정을 수없이 짓눌러야 했으나 그만한 가치는 있었다. 그녀 자체가 물질문명에 물들지 않은 바로 순수한 아프리카로 보였기 때문에 내 욕망은 하찮은 것이었다. 나는 그녀의 아름다운 아프리카를 지켜주고 싶었다. 기회가 되면 정식으로 청혼을 하여 아내로 맞이하는 첫날밤까지 기꺼이 기다리고 싶었다.

내가 임기를 마치고 소말리아를 떠나기 전 마무리해야 할 일 중 하나는 짓다가 만 나머지 교실 한 동을 마저 완공하는 것이었다.

처음에는 난샤나 혼자서 비좁은 접견실에 아이들을 우겨넣고 공부를 가르치고 있었다. 그곳 아이들에게 필요한 것은 비가 쏟아져도 수업을 계속할 수 있는 교실이었다. 보리베라 주변 마을의 아이들까지 수용을 하려면 교실 3개 정도는 있어야 했다. 지금까지 서둘러 두 개는 완성했으나 나머지 한 개가 문제였다. 황토 흙벽이 아닌 목재를 사용한 교실을 짓다보니 비용도 만만하지 않았다.

이제는 그 일마저도 마무리 짓지 못한 채 소말리아에서 탈출을 해야 했다.

족장 무밤브가 딸 난샤나의 한국행을 과연 허락할는지, 그것이 중요한 것이 아니라 그녀의 결정이 가장 중요한 몫이었다. 대사관으로 귀환을 해야 할 시간도 얼마 남아 있지 않았다. 나는 무밤브에게 이 새벽에라도 급히 소말리아를 탈출해야 하는 상황을 난샤나의 통역을 통해 알려주었다. 나의 말을 다 듣고 난 족장은 말없이 우리 두 사람에게 자리를 피해 주었다. 나는 난샤나와 둘이 있게 된 접견실이 오히려 갑갑하고 거추장스러웠다.

그녀와 나는 마을 어귀로 나갔다. 주변은 어느새 어두움이 장막을 쳤고 하늘에는 숨은 별 하나 없이 모조리 뛰쳐나와 밝기를 다투며 보석처럼 반짝이고 있었다. 그날따라 나는 마을 아이들처럼 신발을 벗어 놓고 맨발이 되었다. 발바닥에 밟히는 황토 흙의 감촉이 난샤나의 갈색 피부처럼 부드러웠다.

우리 둘은 마을 어귀에 있는 고목나무 아래 널따란 바위 위에 나란히 걸터앉았다. 저녁 해풍이 시원하게 불어왔다. 밤하늘의 별들은 손을 뻗으면 닿을 정도였다. 서울에서는 보기 힘든 광경이었다.

난샤나는 아까부터 시종일관 말이 없었다. 내가 한국으로 탈출하게 되었다는 사실이 마음에 걸리는 모양이었다. 어쨌든 지금까지는 난샤나와 내가 마음을 모아 마을의 취약한 위생 문제를 개선하고 문맹의 아이들이 더 많이 글을 깨우치는데 노력을 해왔었다. 나는 그동안 그들이 가지고 있는 고유의 생활관습에 대해서는 간섭하지 않았다. 그들에게는 그들대로의 삶의 방식이 있기 때문이었다. 비록 2년이 조금 넘은 시간이었으나 그들의 전통적 정서를 조금이나마 이해하려는 노력을 기울여 왔었다.

저녁을 먹은 아이들이 모여 놀면서 부르는 노래가 바람결에 아늑하게 들려왔다.

— 별이 달처럼 되려고 해도 신이 정한 바 있어 무리한 얘기지 —

아이들은 할아버지의 할아버지가 어릴 때부터 부른 노래를 이어오며 자랐다. 노래의 뜻은 자신의 능력과 한계에 따라 욕심부리지 말고 자연의 순리대로 살아가라는 가르침이었다.

난샤나가 나하고 행동을 함께하게 될지 아직은 알 수 없지만 보리베라의 밤도 마지막이었다. 이젠 그녀에게 본론으로 들어가야 할 순서였다. 솔직하게 털어놓지 않으면 후회가 될 것 같았다. 그녀의 대답에 따라 아프리카를 어떻게 떠날 것인지 결판이 나는 순간이었다.

　나는 귀국 몇 개월을 앞두고 남은 내 인생에 대한 진로를 곰곰이 생각해 보고 있었다. 한국에서 나의 외교관 생활은 큰 사고가 없는 한 정년까지 보장이 되었다. 얼마간 내 임무에 충실하다 보면 대사로 승진할 수도 있고 그에 따른 부가 가치도 상당 부분 얻게 될 것이었다. 서른 살 후반의 나이도 이젠 결혼해야 할 부담으로 다가와 있다. 고향에 홀로 계신 노모를 생각하면 하루 빨리 아내를 맞이해야 했다. 고향을 방문할 때마다 그윽한 애정 어린 눈길로 입에 올리는 미래의 손자를 어머니에게 빨리 안겨 드리는 것도 효도가 아닌가 싶었다. 한국에서 좋은 가문의 아가씨를 아내로 맞이하는 것은 나의 신분으로 보아 그다지 어려운 일은 아니었다. 인연을 맺어 풍족하고 여유로운 생활을 즐기기만 하면 되었다.

　문명사회의 관성에 젖어 있는 내게 한국 사회가 주는 화려한 유혹을 포기한다는 것은 결코 쉬운 일이 아니었다. 내가 아프리카에 남아서 그들의 신(神)이 베푸는 아량의 발뒤꿈치도 따라가지 못하면서 아프리카인들을 얼마나 이해하고 이끌어 줄 수 있을지 의문이기는 하다. 고민 끝에 내가 내린 결론은 난샤나를 데리고 한국으로 가는 방법밖에 없다는 것이었다.

　다급해진 이 순간에 내 의견을 그녀가 과연 수긍할지는 알 수 없었다. 멀리에서 아이들이 아직도 손뼉을 치며 부르는 노랫소리가 어렴풋이 들려왔다.

— 별이 달처럼 되려고 해도 신이 정한 바 있어 무리한 얘기지 —

"난샤나, 시간이 얼마 남아 있지 않아. 몇 시간 후면 대사관 직원들과 함께 공항으로 나가야 해."

그녀는 내 말이 끝나기도 전에 하늘의 초롱거리는 푸른 별들을 바라보며 짧은 한숨을 내쉬었다. 아프리카 밤하늘에 떠 있는 수많은 별빛만으로도 이목구비가 뚜렷한 그녀의 얼굴에 슬픈 미소가 진하게 묻어나왔다.

"그동안 영사님께 많은 신세를 졌습니다. 평생 잊지 못할 거예요."

말하고 있는 난샤나의 눈자위가 젖어 있었다.

"내가 서울로 가지 않고 이곳에 남아 있겠다는 생각도 여러 번 해봤지만 아직도 결정을 내리지 못하고 있어."

"안될 말씀예요. 이곳에 남으시면 안돼요. 한국으로 돌아가 가정도 이루시고 그곳에서 여생을 보내셔야죠."

난샤나가 하는 말이 진심인지는 모르겠으나 목소리는 가냘프게 떨고 있었다. 나는 긴 설명이 필요 없었다.

"난샤나, 내가 하는 말에 오해는 말아요. 나와 결혼해 줘요. 이 말에 동의한다면 함께 한국으로 간다는 뜻이요."

워낙 오래 망설여 왔던 말이라 긴장이 잔뜩 묻어나왔다. 난샤나는 한동안 말이 없었다.

"영사님, 미안합니다. 청혼을 거절하는 것이 마음 아프지만 이

해해 주세요. 영사님도 이곳에 적응하기가 어려웠던 것처럼 나도 한국 문화에 적응하기란 쉽지 않을 것이에요. 나 역시 언제부터 한국으로 가고 싶은 유혹도 있었지요. 그러나 그것이 욕심이라는 생각이 들자 포기했어요. 나는 이곳이 당장 전쟁터로 돌변해도 조상들이 그래왔던 것처럼 마을 사람들과 함께 이곳을 지켜야 해요."

그 한마디로 그녀에 대해 오랫동안 간직해왔던 내 기대감은 차가운 물을 뒤집어쓴 모래처럼 허물어져 내리고 말았다. 그녀를 가지고 싶었던 욕망을 사랑이라는 이름으로 포장하여 더 이상 현혹해서는 안 될 일이었다. 이방인이 아프리카인들의 삶 속에 어떤 형태로든 끼어들면 상처만 줄 뿐이었다. 소말리아의 오지 보리베라에서 살아가는 사람들의 삶 속에는 행복이나 불행이라는 단어가 없었다. 잘 살거나 못 사는 것도 의식하지 못한 채 신의 뜻대로 살아갈 뿐이었다. 열악한 환경 속에서 살고 있는 아프리카인들을 불행한 민족이라고 동정하는 것은 값싼 허영일 뿐이었다.

지금도 수많은 아프리카인들이 기아와 질병에서 벗어나기 위해 문명의 혜택을 갈구하고 있는 사실을 부정할 수는 없다. 아프리카가 문명의 혜택을 받는다고 해서 나쁠 이유도 없다. 다만 그들이 오랫동안 계승해 온 정신문화가 훼손되지 않다는 단서를 덧붙인다면 말이다.

그녀가 나와 함께 한국으로 가면 행복할 것이라고 생각했던 것은 잘못이었다. 나는 내가 살아왔던 현대 문명으로 돌아가야 하고 난샤나는 아프리카에 고스란히 남겨두는 것이 그녀가 가장 행복할 수 있다는 것을 비로소 깨달았다.

그녀는 전쟁으로 고향이나 조국을 버리고 떠난다면 누가 아프리카를 지키겠느냐고 했다. 나에게 거부감을 주지 않으면서도 아프리카의 밤바람처럼 부드럽고 애조가 섞여 있는 말투는 내 마음을 애틋하게 흔들고 지나갔다.

나는 몇 시간 뒤에 탈출하는 항공기의 시간을 맞추기 위해 일어설 수밖에 없었다. 난샤나는 어느 사이 내 손을 꼭 쥐고 있었다. 우리는 서서히 일어나 마주보았다. 난샤나의 큰 눈동자에 아프리카의 별들이 슬픈 눈물방울처럼 초롱초롱 박혀 있었다. 그 눈동자가 나를 끌어당겼다. 나는 전율을 느꼈다. 누가 먼저랄 것도 없이 우리 둘은 서로의 입술을 탐했다. 다시 만날 기약도 없어서 더 슬프지만 강렬한 키스였다. 그 순간 내 맨발바닥으로부터 뜨거운 욕정이 마구잡이로 끓어올랐다.

잠시 뒤 아프리카 밤하늘의 영롱한 별빛이 우리 두 사람의 열기를 식혀 주었다. 알 수 없는 슬픔이 북받쳐 왔다. 난샤나의 호수처럼 큰 눈동자에는 별들이 여전히 물기를 머금은 채 일렁거리고 있었다. 아이들의 노랫소리가 다시 들려왔다.

— 별이 달이 되려고 해도 신이 정한 바 있어 무리한 얘기지 —

나는 자동차의 시동을 걸었다. 어두움 속에 홀로 서 있는 난샤나

를 뒤로 한 채 아프리카의 어두운 비포장도로를 서서히 달려가기
시작했다. 백미러에 난샤나의 모습이 꿈결처럼 사라지고 있었다.

아버지의 중국집

중국식당 도원(桃園)이 발칵 뒤집어졌다. 퇴근 시간 즈음 직원 탈의실에 도둑이 든 것이었다. 인도네시아 자카르타에서 온 주방장 보조인 차이밍이 수표를 넣어 둔 가방째로 도둑을 맞았다. 바쁜 점심시간을 앞둔 오전 시간엔 그녀로서는 도저히 짬이 없었다. 식당 일이 한가해진 오후에 잠깐 틈을 내어 가까운 은행에서 부리나케 찾아다 놓은 돈이었다. 차이밍에게 천만 원이란 돈은 엄청나게 큰 액수였다.

그 사건을 전해들은 사장은 굳어진 얼굴로 당장 핸드폰을 꺼내 들고 경찰에 신고부터 했다. 사장으로서는 식당의 이미지 때문에 쉽지 않은 행동이었다. 그래서 수사를 은밀하게 해달라는 주문을 경찰에 미리 부탁해 놓았다.

차이밍이 재빠르게 은행으로 뛰어가 분실신고를 했으나 허탕이었다. 범인이 수표를 현금으로 바꿔서 벌써 튀어 버린 뒤였다. 경찰관 한 명이 나와 건성건성 현장 조사를 마쳤으나 범인 색출에는 별 도움이 될 것 같지 않았다.

퇴근 시간이 지났으나 직원들은 서두르는 기색이 없었다. 도난 사고로 뻣뻣해진 분위기 때문에 다들 주방장 고씨의 눈치를 살피고 있는 셈이었다.

요리사경연대회도 벌써 하루 앞으로 다가와 있었다. 모 티브이 방송국에서 요리사를 주제로 한 연속극의 시청률이 높아지자 그 인기몰이로 한국요식업중앙협회에서 주관하고 그 방송국에서 후원하는 행사였다. 규모가 보기 드물게 큰 대회라서 그런지 생방송으로 방영한다고 했다. 시내의 유명한 중국식당 주방장들이 이미 참가 예비심사를 거쳐 열 명이나 초청된 행사였다. 도원에서는 주방장 보조인 춘식이와 차이밍, 두 명이나 참가하게 되었다. 차이밍은 다문화 외국인이라는 이미지를 내세워 오지랖이 넓은 사장의 로비 덕분에 출전 허락을 받았다. 직원들은 도원의 명예가 걸린 행사를 앞두고 도난 사고가 났으니 술렁댈 수밖에 없었다.

차이밍은 요리경연대회보다는 행사가 끝나고 고향 자카르타에 갈 수 있다는 행운 앞에 무게를 더 실어 두고 있었다. 그런데 전 재산을 털리고 말았으니 눈앞이 캄캄하고 아무것도 손에 잡히지 않았다. 그녀는 휴게실에서 멍하니 천장만 올려다보고 있는 형편이었다.

"차이밍처럼 착한 애한테 왜 그런 일이 일어났지? 어느 몹쓸 놈이."

차이밍과 가깝게 지내는 여직원이 하는 말이었다.

"걔 아버지가 고향에서 큰 중국식당을 하다가 망했다던대?"

"글쎄 누가 아니래. 자카르타에서 택시 세차까지 하며 어렵게 산대."

차이밍이 잃어버린 돈은 3년 동안 반반한 화장품이나 옷 한 벌 제대로 사 입지 않고 알뜰하게 모은 모갯돈이었다. 그녀가 모은 2천만 원은 자카르타에 있는 아버지에게 중국식당을 마련해줄 귀중한 돈이었다. 천만 원은 몇 달 전에 송금을 했고 나머지 천만 원을 도둑맞은 것이었다. 은행에서 만기 적금을 찾으면서 달러로 환전해 고향으로 바로 송금을 하지 못한 후회가 막심했다. 주방일로 바쁜 틈을 내어 잠시 나간 터라 은행에서 늑장을 부릴 수가 없어 수표만 챙겨서 나온 것이었다.

차이밍이 한국땅으로 건너온 것은 인도네시아보다 높은 급료 때문이었다. 그녀는 자카르타에서 대학 중에 중국음식 요리사 자격증을 이미 따 놓은 터라 취직하는 데는 별 어려움이 없었다. 처음 그녀는 3년만 고생하면 망해버린 아버지의 중국집 수준은 아니더라도 비록 작은 규모일망정 손수 음식점을 꾸려갈 수 있겠다는 계산을 해 놓은 터였다. 가족들에게 용기 잃은 모습을 보여주지 않기 위해 이른 아침부터 반바지 차림으로 땀수건 하나 목에 달랑 걸치고 택시 세차를 하는 아버지를 생각하면 차이밍은 곧잘 눈자위를 찍어내곤 했다. 계획했던 그 3년 만기가 바로 대회 이튿날이었다.

막 예순에 접어든 주방장 고씨는 차이밍을 별로 탐탁지 않게 여기고 있었다. 고씨가 그녀를 좋지 않게 여기는 것은 순전히 그의 자존심 때문이기도 했다. 그는 젊은 시절 국가공인기관의 전국요리사경연대회에서 대상을 수상한 경력을 가지고 있었다. 누가 뭐라고 해도 그가 대상을 받은 이력은 그 업계에서는 대단한 권위였다. 그런 고씨에게 20대의 새파란 이국 계집아이가 야금야금 도전해 오는 것 같아 그는 늘 떫은 감 씹은 표정이었다.

같은 중국 음식이라도 인도네시아와 한국의 조리방법은 달랐다. 지금은 많이 달라졌지만 육칠 년 전만 해도 인도네시아는 기름지고, 맵고 달디단 향신료를 많이 쓰는데 비해 한국은 담백한 것을 선호하는 편이었다.

차이밍이 도원에서 일한 지 일 년쯤 지나서였다. 직원회의에서 그녀가 의견을 내놓았다. 한국인도 요즘 매운 음식과 향신료를 즐기는 추세이니 인도네시아 음식으로 특선요리를 내놓자는 것이었다. 사장도 함께 참석한 자리였다. 사장이 긍정적으로 받아들여 몇 가지 요리를 손님들 식단에 선보이게 되었는데 예상보다 상당히 좋은 반응이 있었다. 그 특선요리 덕분에 도원의 매출이 단박에 상승기류를 타게 되었다. 그녀가 사장의 귀여움을 받는 것은 당연했다. 그 뒤부터 차이밍은 주방장한테 따돌림을 당하는 분위기를 맛보았다. 중요한 재료를 선정하는 회의 때 차이밍은 수시로 제외되었다. 의견 따윈 엄두조차 낼 수 없었다. 재료의 선별이나 간 맞추기까지 고씨가 정해 놓은 지시대로 움직여야 했다.

주방장 고씨는 고달프고 험난한 젊은 시절의 이력을 꽤나 다채롭게 지니고 있었다. 가방끈이 짧은 중학교를 끝으로 고향을 등지고 서울에서 별의별 직업전선을 다 전전했었다. 노동판, 목수일, 우유배달, 건물 유리창닦이를 끝으로 정착한 곳이 중국집이었다. 그의 젊은 시절은 자신의 입 하나 해결하기도 어렵던 때였다. 중국집 취직으로 홀에서 새우잠을 잤지만 억척스럽게 이겨내었다. 바닥 청소와 설거지를 시작으로 고참들로부터 국자로 머리통을 맞아가며 갖은 수모를 겪으면서도 오로지 기술 하나 배울 일념으로 사력을 다했었다. 그 시절은 시골에서 올라와 자신의 입 하나 해결하는 것만으로도 대견하다고 여기던 때였다.

오랜 각고 끝에 주방장이 된 고씨는 자신이 배운 대로 밑의 보조들에게 늘 엄격하게 교육을 시켰다. 수도꼭지에서 흐르는 물 한 방울, 양념이나 각종 재료들에 이르기까지 낭비라는 것을 몰랐다. 그런 신념으로 살아온 그도 이젠 죄 많은 나이 때문에라도 은퇴를 앞두고 있었다. 우선 시력과 근력이 떨어져 옛날처럼 모든 행동거지가 기름 먹은 자전거 바퀴처럼 수월하게 돌아가지도 않았다.

재산은 그런대로 모았다. 부인과 둘이 살만한 평수 작은 아파트도 하나 가졌고 그 부인이 심심풀이 삼아 초등학교 앞에 문방구를 열었는데 수입이 예상보다 꽤 짭짤한 편이었다. 고씨가 현역에서 손을 놓아도 남한테 아쉬운 소리 하지 않고 여생을 그냥저냥 즐길 만했다.

나름대로 명예로운 은퇴를 앞두고 있는 고씨는 얼마 전부터 심기가 몹시 불편하게 꼬이고 있었다. 자신의 주방장 자리를 물려줄 사람을 뜻대로 정하지 못한 이유가 첫째이고, 두 번째로는 차이밍이 도전해 오는 듯한 분위기 때문에 명치끝이 늘 더부룩하니 소화가 잘 되지 않았다. 그도 그럴 것이 20년 가까운 주방장 이력에 아직은 남에게 실력으로는 한 번도 밀린 적이 없었다. 인도네시아의 애송이 계집아이에게 쪽팔리게 밀린다는 것은 한껏 높은 자신의 틀거지가 허락하지 않았다. 사장은 그녀의 실력을 인정하고 있었고, 고씨가 제대로 된 후계자를 세우지 못하고 은퇴를 한다면 그야말로 차이밍이 자신의 자리에 냉큼 올라앉을지도 모르는 일이었다.

고씨는 남모르는 말 못할 속사정이 있었다. 또 한 명의 주방장 보조 춘식이하고는 아버지와 아들 사이나 마찬가지였지만 핏줄이 섞인 자식은 아니었다. 30여 년 전에 자녀를 생산하지 못한 고씨 집 앞에 누가 갓난아이를 버리고 간 것이었다. 아이를 싼 포대기 속 쪽지에는 이름과 생년월일만 또렷하게 적혀 있었다.

고씨 아들로 입적된 춘식은 학교생활을 거쳐 속 한 번 썩이지 않고 아주 반듯하게 성장해 흠 잡힐 데 없는 청년이 되었다. 고씨는 그런 춘식이 성인이 되자 어느 날 출생의 비밀을 사실대로 털어놓았었다.

"제 출생이 어떻든 저에게는 지금의 부모님뿐입니다. 지금까지 키워주신 은혜에 꼭 보답하기 위해서라도 열심히 살겠습니다."

그런 그가 군대를 다녀오더니 대학 복학할 생각은 않고 고씨에게 이제 독립을 해 혼자 힘으로 살겠다고 했다. 고씨는 그 말이 기특하고 키운 보람도 맛보아서 없는 돈에 전세방까지 마련해준 터였다.

몇 개월 나가 살던 춘식이 어느 날 자신도 요리사가 되겠다며 찾아 왔었다.

"아버지 밑에서 요리를 배우고 싶습니다. 좀 가르쳐 주십시오."

고씨는 춘식의 성정을 믿고 있었다. 졸업은 못했어도 대학물까지 먹은 놈이 청하는 뜻이 진지하여 선뜻 받아 준 것이었다. 그래서 춘식도 도원에서 일하게 되었지만 두 사람의 관계는 아무도 몰랐다. 심지어 사장도 까맣게 모르고 있었다.

2년 전에 춘식도 요리사자격증을 취득했으나 아직은 고씨의 수준을 뛰어 넘을 수는 없었다. 그는 눈썰미가 있고 손재주도 좋았다. 한 번 가르치면 실수하는 법을 몰랐다. 그래서 일찍이 고씨에게 인정을 받았으나 일 년 전부터 무엇이 틀어졌는지 삐뚜름하게 나가고 있었다. 성실하던 그의 나쁜 실상이 서서히 드러나기 시작했다.

그는 노름꾼들과 자주 어울려 다녔다. 월급날은 어김없이 그들과 함께 밤을 하얗게 지새우고 식당으로 출근했을 때는 이른 아침이었다. 충혈된 눈으로 주방 뒷문을 비죽이 열고 도둑고양이처럼 들어오기가 일쑤였다.

그런 주제에 부끄러운 줄도 모르고 후배 동료들에게 담뱃값까지 구걸한다는 소릴 전해들은 고씨는 기가 찰 노릇이었다. 동료 종업원들 중에서 그래도 대학물까지 먹었다는 녀석이 그 꼴이라니. 그런 일로 춘식은 고씨에게 욕을 된통 얻어먹은 적이 한두 번 아니었다. 차이밍에게 몇십만 원씩 여러 차례에 걸쳐 빌려간 돈도 벌써 백만 원이나 되었다. 춘식이 아예 갚을 생각도 하지 않는 것 같아 그녀는 진작에 포기한 눈치였다.

노름판에서 곱사등이로 앉아 밤을 꼬박 지새우다가 손을 털고 왔으니 주방일에 충실하지도 못했다. 처음에는 고씨에게 주방 구석으로 불려가 험한 말투에 우격다짐도 여러 번이나 받았었다. 이젠 고씨도 넌더리가 난 모양이었다. 더 이상 닦달하고 싶지도 않았다. 춘식이 아무리 자식이라 해도 나이가 벌써 서른이었다. 함부로 할 수도 없었다. 쫓아내려고 몇 번이나 별렀으나 닭똥 같은 눈물을 흘리며 두 번 다시 노름판에 끼어들면 손목을 자르겠다고 다짐하는 바람에 마음 약한 그가 번번이 물러서 주었다. 그것도 십여 차례가 넘어서자 참을성이 한계에 다다른 고씨가 춘식에게 버럭 소리를 내질렀다.

"야, 이 자슥아! 네 손모가지가 몇 갠데 매번 자르겠다고 지랄이냐? 어떤 놈은 손을 자르니까 발꼬락으로 화투장 잡더라. 에라, 이 염병할 놈아."

그 싸늘한 한마디가 효과가 있었는지 몰라도 춘식이 노름판을 들락거리는 횟수가 두드러지게 줄어들었다. 대신 못된 그 버릇이 술로 옮겨갔을 뿐이었다. 밤새도록 퍼마시고 들어와 아침부터 동생 같은 철가방들에게 영락없이 또 담뱃값을 구걸하는 꼬락서니를 목격한 고씨는 '저 자슥은 자존심도 없나벼? 쓸개 빠진 놈' 하고는 비위장이 뒤틀어져 버리기 일쑤였다.

고씨도 나름으로 조근조근 생각해 보니 아직 장가를 들지 않아서 그런가보다 하고 한동안 신경 써서 색싯감도 물색해 보았으나 그런 것도 아니었다. 하는 짓마다 영 글러먹었다. 타일러도 속수무책이었다. 도무지 개선될 기미가 보이지 않았다. 남의 귀한 집 딸아이를 덜렁 데리고 왔다가 개망나니 같은 짓을 평생 버리지를 못하면 그것도 참 난감한 일이었다. 그래서 며느리 고르는 일도 포기해 버렸다.

어쨌든 은퇴를 앞두고 20여 년의 주방장 생활에 딱 부러진 수제자 한 명 배출하지 못했다는 것은 자신 경력에 참으로 안타까운 일이었다. 고씨는 춘식을 도원에 처음 들였을 때 부자관계를 넘어서 성실하고 열성이 대단해 잔뜩 기대를 걸고 3년 반 동안이나 여러 가지로 뒷배를 보아준 터였다. 그런데 근간 일 년 사이에 염장만 불쑥불쑥 지르고 다녀 몹시 실망스러운 나날이었다.

이번 티브이 방송국에서 치르는 요리경연대회는 주방장 고씨의 뒤를 이을 사람이 얼추 결정되는 날이라는 말이 직원들 사이에 벌써 돌았다. 도원에서는 차이밍과 춘식이 대회 후보로 나선 만큼 사장은 믿는 구석이 있어 두 사람 중 우승자에게 줄 격려금조로 따로 이백만 원까지 내놓은 상태였다.

고씨는 보름 전에도 춘식을 알아듣게 타일렀다. 이번 대회만 잘 치르면 좋은 자리로 나갈 수 있도록 밀어줄 터이니 정신 바짝 차리고 열심히 하라고 격려까지 했었다. 그래서 그런지 근신하는 듯한 행동이 얼핏얼핏 엿보이기는 했으나 근자의 행실로 보아 언제 어떻게 사람 속을 왈칵 뒤집어 놓을지는 알 수 없었다.

하룻밤이 지나면 열리게 될 요리경연대회가 도원으로서는 중요한 행사이지만 차이밍은 아예 의욕을 잃어버렸다. 도난 사고가 일어나지 않았으면 대회가 끝나는 이튿날은 자카르타로 날아가 한국에서 3년 동안 고생한 결실을 맺는 날이기도 했다. 그 소중한 꿈이 좌절되고만 것이었다.

퇴근을 하면서 동료 몇 명이 차이밍을 위로하기 위해 도원 근처에 있는 집까지 따라왔다. 집이라고 해야 방 한 칸짜리 지하 셋방이었다. 허탈한 표정으로 앉아 있는 차이밍 대신 동료 한 명이 커피를 끓여 왔다.

"아무래도 뭔가 찜찜해."

"얘는 아까부터 뭐가 찜찜하다고 자꾸 그래?"

"생각해 봐. 우리 탈의실은 내실 안에 있잖아. 외부인이 들어왔을 리가 없어."

"그럼 내부 소행이란 말이야?"

"돈에 궁한 작자 아니겠냐고? 노름빚까지 지고 있다면 알만하잖아. 안 그래?"

동료 두 사람의 말을 빌리면 불성실한 행동으로 주위의 눈살을 찌푸리게 만드는 춘식을 범인으로 몰아가고 있었다. 그 말에 차이밍이 정색을 하고 나섰다.

"괜한 사람 의심하지 마. 돈을 제대로 간수 못한 나한테도 책임이 있으니까."

"고아로 자랐는데 친모가 일 년 전에 나타났다면서? 그러면 정신 바짝 차리고 잘 모실 일이지. 술은 그렇다 치고 노름이 뭐야 노름이? 빤하잖아?"

그녀들의 말처럼 춘식은 적어도 일 년 전까지는 성실하고 아무 문제가 없었다. 동료들이 알고 있는 대로 삼십 년 전에 사라졌던 친모가 일 년 전에 갑자기 나타나며 심한 가슴앓이를 하는 모양이었다. 어려운 수소문 끝에 찾아온 친모를 그는 도저히 받아들일 자세가 되어 있지 않았다. 그 문제로 혼자 방황하면서도 자신을 길러준 고씨에게 그 사실을 알리지도 못했다. 동료들이 그런 사정을 알게 된 것은 술자리에서 억병으로 취한 그가 자신의 괴로움을 중언부언 떠벌였기 때문이었다.

"춘식 씨 나름대로 집안 사정에 괴로움이 있겠지, 그렇다고 그를 이번 일과 연관시켜 의심하는 건 옳지 않아."

차이밍은 동료들의 말을 수긍하지 않았다. 그녀는 나름대로 춘식을 마음에 담고 있었다. 그녀가 생각하는 춘식은 결코 불순한 사람이라고는 생각하지 않았다. 일 년 전까지만 해도 성실하고 모든 일에 솔선수범하는지라 고씨뿐 아니라 사장까지도 그를 상당히 신뢰하고 있었다. 지금 그가 수렁에 빠져 허우적대는 것 같아도 갑자기 나타난 친모 때문에 일시적인 현상이라고 생각했다.

지난 봄날이었다. 도원 식구들이 날을 잡아 야유회를 갔었다. 주방 식구들은 말할 것도 없고 홀에서 일하는 직원 여덟 명, 납품업자들까지 포함해서 아예 스물대여섯 명이 승합차를 전세 내었다. 오랜만에 야유회를 나온 직원들은 들떠서 하루해가 어떻게 가는 줄도 모르고, 먹고 마시며 즐겼다. 사장 밑에 지배인이 있으나 고씨는 서열상 윗자리인 사장 옆에 앉아 있었다. 노래방기기도 한 대 준비해간 터라 모두가 자신의 기량을 뽐내는데 주저하지 않았다.

차이밍도 잘 부르지 못하는 노래일망정 차례가 돌아오자 한 곡 뽑아야 했다. 노래방기기에 없는 인도네시아 노래를 부를 형편은 아니었다. 유행은 지났으나 주얼리의 '베이비 원모타임'을 서투른 한국 발음으로 한 곡 불렀다. 어설프고 박자도 번번이 놓치면서 겨우 노래를 마치자 의외로 큰 박수가 터졌다. 차이밍이 노래를 부르는 동안 흥이 난 사장이 뛰어나와 노래와는 어울리지도 않는 개다리춤으로 직원들 배꼽을 틀어쥐게 만들기도 했다.

아침에 출발하는 차 안에서부터 술기운이 돌았던 춘식은 자신의 차례가 왔는데도 도리머리만 치고 있었다.

"사내가 말이야 나가서 하다못해 학교 종이 땡땡이라도 하고 들어와야지 그게 뭐냐? 불알값을 해야지."

사장이 야지랑을 부려도 꿈쩍하지 않았다. 직원들까지 성화가 일자 고씨가 춘식에게 한마디 했다.

"춘식아, 허구한 날 혼자서만 퍼마시지 말고, 이런 날 열나게 마시고 노래 한 곡은 뽑아야 하는 것 아냐? 화끈하게 분위기 좀 살려봐!"

그 한마디가 땅에 떨어지기도 전에 춘식이 벌떡 일어났다. 그는 노래방기기 앞으로 성큼성큼 다가가서 마이크를 냉큼 잡았다. 박성철의 '황진이' 노래가 한 곡 끝나자 모든 직원들이 큰 목소리로 앙코르를 외쳤다. 두 곡, 세 곡째까지 불러도 직원들의 열기는 식을 줄 몰랐다. 춘식의 노래 실력은 보통이 아니었다. 음색도 특이하지만 프로급이었다. 요리 잘하고, 노래 솜씨 일품이고 인물 또한 나무랄 데 없는데 왜 못된 버릇을 고치지 못하고 있는가 싶어 차이밍은 안타까웠다. 좋지 못한 버릇일랑 딱 부러지게 꺾고 참한 신부 얻어서 늦게 나타난 어머니일망정 잘 모시고 오순도순 살면 얼마나 좋을까 싶었다.

고씨도 그날따라 기분이 한껏 고조되었다. 마시지 못하는 술을 사장과 옆의 아가씨들이 거듭 권하는 바람에 몇 잔 들이켜 흥취가 나는 모양이었다. 엄격하기로 소문난 그도 술기운에 평소의 딱딱한 자세를 허물었다.

"내가 총각 때 만난 아가씨 하나도 노래는 기똥차게 불렀지."

고씨는 혼잣말처럼 주적거렸다.

"어머, 그럼 지금 살고 있는 부인이 첫사랑 아녀유?"

사장과 고씨 옆에서 간간이 술시중을 들던 얼굴이 둥글납작하게 생긴 홀의 아가씨가 콧소리를 약간 뒤섞인 충청도 말투로 들까불었다.

"이 아가씨가 뭘 모르시네. 첫사랑은 원래 깨지는 법이라고."

고씨는 아가씨가 집어 준 베트남산 마른 한치를 질겅질겅 씹으면서 천연덕스럽게 대꾸했다.

"어머, 주방장님 같이 멋지고 성실한 남자를 두고 왜 떠났대유?"

"아마 노래 귀신이 들씌웠을 거야. 알 수야 없지만 내 몸에 찌든 짜장면 냄새를 싫어했을 수도 있구."

"에구, 그 첫사랑이 눈이 삐었지. 복을 차버렸네유."

사장도 취했는지 춘식에게 농을 던졌다.

"어이, 춘식이도 이젠 결혼해야지? 멀리까지 갈 것 없어 가까운 데서 찾으라고, 내가 보기엔 차이밍이 괜찮은 것 같은데 어때? 말만 해. 국제 중매는 내가 서지."

사장의 말이 채 끝나기 무섭게 아가씨들의 야유가 분위기를 한층 고조시키며 춘식과 차이밍을 당황스럽게 만들었다. 뜬금없이 두 사람을 엮으려는 사장의 속셈을 헤아릴 수는 없지만 마신 술 때문일 게 분명했다. 차이밍은 사장의 그런 말을 농담이라 여기고 별 의미를 두지 않았다. 그러나 시간이 흐를수록 묘하게 그 말이 자꾸 가슴팍으로 헤집고 들어와 혼자 있을 때면 춘식의 얼굴이 뜬금없이 떠오르곤 했었다.

드디어 밤이 지나고 대회 날이 밝았다. 내키지는 않았으나 무거운 발걸음으로 차이밍은 출근을 서둘렀다. 도원은 직장인만큼 소중한 곳이었다. 도둑맞은 돈에 대해서는 경찰이 수사 중이니 어떤 결말이든 나리라고 마음을 추스를 수밖에 없었다. 고향 자카르타를 가는 것도 당장은 접어 두었다.

도원에 들어서자 동료들이 동정 어린 눈길로 그녀를 맞이해 주었다. 그러나 춘식만은 의외였다. 그녀를 거들떠보지도 않았다. 그런 춘식을 지켜본 동료들이 수군거렸으나 차이밍은 어깨 너머로 흘려들었다.

행사가 있는 날인 만큼 아침 조례가 간단히 끝나고 주방장 고씨가 춘식과 차이밍을 따로 불렀다.

"도원의 명예가 오늘 두 사람 손에 달렸다. 대회에 나가면 신중하되 평소 주방에서 하던 대로 편안하게 해. 춘식은 오늘이 마지막이라는 각오로 단단히 하길 바란다. 그리고 차이밍, 돈이 분실된 사건은 유감이야. 하지만 이번 대회에 꼭 우승을 해서 고향의 부모님을 기쁘게 해드려. 그래서 아버지의 중국집을 되찾아 놓아야지. 아무튼 두 사람 다 잘해 봐."

평소대로라면 자신을 따돌리곤 했던 고씨가 격에 어울리지도 않는 말투를 내놓는 바람에 차이밍은 눈물이 핑 돌았다. 무뚝뚝한 고씨에게서 그런 격려의 말을 들어본 것은 처음이었다. 그가 '아버지의 중국집'이란 말을 입에 올리자 차이밍은 그만 눈물을 쏙 뽑을 뻔했다. 고씨가 여태껏 엄격하기만 하고 인정머리 없는 사람인 줄 알았는데 뜻밖이었다.

아침부터 고씨가 춘식에게 관심을 가지는 것은 당연한 일이었다. 차이밍이 보기에 두 사람은 스승과 제자로서 하루 이틀에 맺어진 인연이 아니었다. 3년 넘게 춘식에게 갖은 애정을 쏟은 고씨의 입장이라면 오늘 치르는 대회가 어쩌면 절박할지도 몰랐다. 평소에 믿고 밀어주었던 춘식이 오늘 대회에서 우승해야만 고씨 자신의 위신에 걸맞은 일이었다. 그가 일찍이 춘식을 포기하고 다른쪽을 택했더라면 그 세월 동안 주방장 여러 명은 고운 면발 뽑듯이 수월하게 뽑았을 터였다.

춘식이 엉뚱한 일을 저지를 때마다 오늘은 틀림없이 요절을 내야지 하고 어금니를 앙다물고 출근한 고씨였었다. 그러나 막상 춘식의 얼굴을 마주치고 보면 차마 박절하게 대할 수 없는 인간다운 성정도 있지 않았나 하고 차이밍은 생각했다. 직장인으로서 근간에 결점이 생긴 춘식을 고씨는 자신의 후계자로 생각하고 지금까지 뒷배를 봐준 것은 사실이었다. 차이밍은 두 사람 사이의 속내는 잘 몰라도 스승과 제자의 특별한 관계라고 이해하고 있었다.

도원의 점심시간은 종전대로 영업을 하고 대회 시간은 오후 3시부터였다. 춘식은 아침부터 동료들에게 말 한마디 붙이지 않고 자신의 일에만 열중이었다. 간간이 주방장 고씨가 일러주는 말에 짧게 대답만 할 뿐 눈방울도 한 번 돌리지 않았다. 차이밍은 신경 쓰지 않으려고 노력해도 춘식의 그런 분위기가 공연히 긴장감을 재촉하는 데는 어쩔 수 없었다. 춘식은 열흘 동안 술도 한 방울 마시지 않은 것 같았다.

도원에서 점심시간이 거의 끝날 때쯤 출발하여 춘식과 차이밍, 고씨까지 세 명이 방송국 스튜디오에 먼저 도착했다. 고씨까지 동행한 것은 그가 심사위원으로 위촉되었기 때문이었다. 심사위원은 음식평론가를 비롯하여 모두 다섯 명이었다. 사장은 대회가 시작될 무렵 내빈 자격으로 참석하게 되어 있다고 했다. 점수에 고씨의 영향력도 있겠지만 그가 춘식만을 위해 특별하게 꼼수를 부릴 수는 없는 일이었다.

이번 대회는 도원의 명예가 걸려 있는 행사였다. 사장은 도원의 식구가 당연히 우승을 할 것이라는 확신이 있었고 그 여세를 몰아 홍보 효과도 얻을 수 있다는 영업적 전략을 가지고 있는 셈이었다. 그는 차이밍과 춘식의 실력을 지나치게 과신하고 있었다.

사장은 차이밍이 제안한 특선요리로 지금까지 톡톡히 재미를 보았으니 고씨에게 그녀를 특별히 배려하도록 당부도 해놓았다. 그녀를 통해 도원이 중국 정통요리의 원조라는 것을 입증해 보이고 싶었던 것이다.

홀 탁자들 위에는 조리기구와 예선 심사를 거쳐 결선에 올라온 요리사 10명이 사용할 똑같은 양의 재료가 앞앞에 나누어져 있었다. 대회에 참가하는 요리사들은 추첨을 통해 번호 순서대로 조리 식탁을 차지하게 되었다.

드디어 심사위원들과 요리사들이 속속 도착하자 행사의 막이 올랐다. 시간이 흐르면서 요리 다섯 가지 중 세 가지는 채점이 끝났다. 중간발표에 의하면 차이밍이 단연 선두이고 춘식과 다른 중국집 요리사가 동점으로 그 뒤를 바짝 쫓았다. 남아 있는 자유 요리 두 가지는 차이밍의 장기인 특선요리였다. 벌써 우열이 가려진 것 같은 분위기라서 고씨는 그저 담담하게 대회를 지켜볼 뿐이었다. 그는 먼저 세 가지 요리를 시식할 때부터 차이밍의 독특한 조리법을 다른 요리사들이 따라가지 못한다는 것을 꿰뚫고 있었다.

차이밍은 어느 사이 도둑맞은 돈에 대해서는 까맣게 잊어버린

듯 요리에만 열중이었다. 그녀는 재료 하나하나에 정성을 쏟았다. 수백 번씩이나 조리해 왔던 음식들이라 특별히 어려운 점은 없었다. 고씨가 일러준 대로 평소에 하던 방식대로 차분히 대회를 치르는 중이었다. 그럼에도 대회 시작 전에 도원에서 고씨가 일러준 격려의 말이 자꾸 머릿속을 맴돌았다.

주방장은 춘식을 끔찍이 생각하는 사람이었다. 자신의 후계 주방장으로 키우기 위해 3년 넘게 그를 부단히 후원해 왔었다. 그런 노력에도 불구하고 춘식은 근래에 와서 고씨의 뜻에 따르지 못하고 무단히 속을 썩였다. 고씨는 춘식의 행동에 실망한 나머지 생각을 고쳐먹을 수도 있음 직한데 그를 끝까지 지켜 주었다. 그렇다면 오늘 대회에서 그를 우승시키기 위한 준비를 단단히 했을 수도 있었다.

그런 생각으로 차이밍은 고씨가 아침에 춘식을 격려하는 자리에 그녀도 함께 불렀다는 점이 석연치 않아 혼란스러웠다. 고씨가 자카르타에 있는 아버지의 중국집을 되찾으라는 그 말은 그녀를 감동시키고도 남았다. 대회를 치르는 긴박감 속에서도 차이밍은 고씨를 여태까지 오해하고 있었다는 생각을 떨쳐버릴 수가 없었다. 그의 엄격함은 누구를 막론하고 일에 대한 게으름을 나무란 것이지 사람에 따라 편견을 가진 것은 아니었다는 생각이 들었다. 차이밍은 고씨에게서 장인다운 믿음이 물씬 풍긴다며 그의 따뜻한 인간미가 서서히 마음속으로 똬리를 틀고 들어왔다. 순간 번쩍하는 빛이 번개처럼 그녀의 머리를 냅다 들이쳤다.

춘식의 잘못을 바로잡아 줄 사람은 오직 고씨였다. 춘식은 고씨 앞에서 만큼은 고양이 앞의 쥐처럼 행동을 조심하는 편이었다. 그가 노름에 손을 완전히 끊었는지는 몰라도 이제 술만 자제를 하면 평소의 그의 인간됨으로 보아 그리 나무랄 점은 없었다. 그러나 차이밍에게 빌려 간 돈을 갚겠다는 의지가 없는 정신 상태라면 아직은 신뢰감이 떨어졌다.

하여튼 결점이 있는 춘식을 끝까지 감싸주는 사람은 그래도 주방장 고씨뿐이었다. 차이밍은 얼마 전에 춘식의 친모가 나타남으로써 그가 자란 환경을 대충 짐작하며 동정의 마음은 있었다. 그녀는 그의 출생에 대해 마음에 새겨 두지 않았다. 자란 환경이야 어떻든 이젠 성인이 된 만큼 자신의 행동에 책임을 지고 성실하게 자신을 위한 개발을 끊임없이 하면 그만이었다. 춘식이 자란 환경에 대해 동정은 갔으나 그가 만약 그런 일에 얽매여 노름과 술로 세월을 헛되이 보낸다는 것은 사내답지 않은 행동이었다. 젊은 날의 시간은 잠깐 뿐이니까 말이다.

어떤 말 못할 사정이 있는지는 몰라도 혈육의 정으로 찾아온 병든 어머니를 잘 모셔야 하지 않겠는가. 노름은 잠잠해졌다지만 직장생활을 하면서 이틀이 멀다하고 엔간히도 퍼마셔대는 술버릇은 몹시 딱한 일이었다. 하루는 차이밍이 춘식에게 동정 어린 충고를 해주었다.

"이젠 친어머니도 만났으니 얼마나 좋으세요. 더 열심히 일하셔야죠."

"야! 땅콩 같은 게, 뭘 안다고 까불어. 네 일이나 잘 챙겨. 시건방지게."

자신보다 나이가 어리고 키가 작은 것을 땅콩에 비유해 업신여긴 춘식의 말투에 그녀는 기분 나쁘지 않았다. 특별한 악의가 숨어 있다고 보지 않은 것은 야유회를 다녀 온 영향이기도 했다.

"진심에서 하는 말이에요. 댁의 주위에는 모두가 걱정하는 사람들만 있는데 그걸 왜 모르죠?"

"이봐. 땅콩! 주방장 자리가 탐나면 아주 그냥 네가 차지해버려. 난 그 따윈 관심 없다. 그리고 나한테 참견하지 마. 빌린 돈은 이번 월급 타면 당장 갚는다. 열받으면 콱 조져 버리는 수가 있어."

그 이후 아직 빌린 돈은 한 푼도 갚지 않았으나 그의 그런 말투도 요사이 와서는 많이 부드러워진 셈이었다. 그는 자신의 친어머니의 과거나 현재의 사생활에 대해 누가 조금이라도 집적거리는 것을 극단적으로 싫어했다. 궁금해서 안부라도 물을라치면 얼굴색을 바꾸고 죽일 듯이 눈방울을 부릅뜨는 통에 애당초 모른 척하는 게 상수였다.

드디어 대회 종료 시간을 알리자 요리의 마무리 손질에 민첩하게 움직였던 요리사들은 모두 손을 털었다. 춘식을 비롯한 요리사들의 얼굴은 모두가 약간 상기되어 있었으나 차이밍 표정만은 담담하게 여유로워 보였다. 심사위원들은 열 명의 요리사들이 만든 요리를 꼼꼼히 채점해 나갔다. 고씨도 그들 속에 섞여 최종 점수를 집계했다.

차이밍의 음식을 시식하던 고씨는 깜짝 놀라고 말았다. 잘못되어도 크게 잘못되었다. 그녀의 요리는 모든 재료를 충분히 고루 썼다. 그런데도 불구하고 두 가지 다 간이 맞지 않았다. 그럴 리가 없었다. 소금이나 간장통은 그녀의 조리대 위에 분명히 그대로 놓여 있었다. 앞서 조리한 세 가지 요리에는 간이 적당히 고루 배어 있어 어느 것 하나 흠 잡을 수 없이 훌륭했다. 그는 중간 점수를 채점할 때 벌써 차이밍을 이번 행사의 우승자로 지목하고 있었다.

차분하고 세심한 그녀가 그런 실수를 했으리라고는 믿기지 않았다. 고씨는 고개를 들어 차이밍을 쏘아보았다. 그녀는 조금도 동요하는 빛이 없었다. 동그란 검은 눈동자는 오히려 깊고 그윽하게 평온함마저 감돌았다. 그 눈빛에서 고씨는 아무 흔적도 찾지 못했다. 순간 고씨는 짧은 탄식을 내질렀다. 어떤 깨달음이 그의 뒤통수를 냅다 후려쳐 버렸다.

최종 집계점수가 발표되었다. 춘식이 1등이었고, 다른 중국집에서 참가한 요리사 두 명이 그 뒤를 이었다. 차이밍은 꼴찌였다. 발표를 지켜보던 사장도 이해가 되지 않았다. 그녀가 약간의 실수를 저질렀다 해도 2등은 거뜬히 했어야 옳았다. 사장이 고씨에게 물어 보았으나 간 맞추기에 문제가 있었다는 말밖에는 더 이상 듣지 못했다. 사장은 오로지 명성이 자자한 중국집들과 실력을 겨루어 자신의 직원이 우승을 했다는 것에 큰 의미를 두었지 더 이상 관심을 가지지 않았다.

차이밍이 끌지를 한 사건에 대해 고씨만 제대로 아는 듯했지 춘식도 정작 모르고 있었다. 우승을 한 춘식은 주방장 고씨가 펄쩍 뛰며 기뻐할 줄 알았는데 의외로 냉랭한 게 이상했다. 지나치며 수고했다는 말로 손으로 어깨를 한 번 툭 쳐주었을 뿐 별다른 말이 없었다.

고씨는 앞으로 두어 달 있으면 자신의 생일에 맞추어 은퇴를 해야 했다. 차이밍은 고씨의 고민을 뒤늦게야 이해할 수 있었다. 주방장 30년 경력에 옳은 수제자 한 명 내세우지 못했다는 게 그로서는 못 견딜 일이었다. 그는 끝까지 춘식을 믿고 바로 이끌어주기 위해 혼신을 다한 사람이었다. 더 능력 있는 예비주방장들을 얼마든지 키울 수 있었는데 왜 춘식만을 고집하였는지 차이밍은 처음에는 이해가 되지 않았었다. 그녀는 고씨가 늘 고집스럽고 엄격하다는 선입견을 가지고 있었지만 아침에 그가 던진 한마디의 격려는 아버지 같은 깊은 애정을 느끼게 하는 말이었다. 그녀는 이번 대회가 아니라도 인정받을 수 있는 시간이나 기회는 얼마든지 있었다. 차이밍은 두 사람을 위해 이번 대회를 포기하기로 결정을 하고 나자 무거운 짐을 내려놓은 듯 홀가분해졌었다. 차이밍이 대회를 중간에 포기하기로 결심한 것은 순전히 고씨 때문이었다.

이젠 요리대회가 끝났지만 차이밍은 도둑맞은 돈 생각으로 다시 마음이 무거워졌다. 여행사에도 연락하여 항공기 티켓도 취소해야 했다. 도원으로 돌아가 저녁 손님을 맞이할 준비를 할 시간이었다. 그녀가 흰 가운으로 갈아입고 주방으로 들어가자 고씨가 불렀다.

고씨는 조용한 음성으로 차이밍을 다독거렸다.

"돈이란 말이다 있다가도 없고, 없다가도 있는 것이다. 도둑맞은 돈은 손재수에 불과해. 아직 젊잖아? 다시 시작해. 아버지도 툭툭 털고 일어나는 네 모습을 보면 좋아하실 거야."

차이밍은 고씨의 그 말에 다시 눈물이 핑 돌았다.

고씨는 요리대회에서 우승을 포기한 차이밍의 사려 깊은 행동에 감명을 받았었다. 지금처럼 험난한 세상에 한발 물러서서 남을 배려하고 실천할 줄 아는 젊은이는 흔하지 않았다. 만리타국 한국에서 가족의 생계와 아버지의 망해버린 중국집을 찾아주기 위해 험난한 삶의 현장으로 뛰어든 아가씨였다. 그녀의 순수한 일상에 비해 고씨는 자나깨나 권위와 명예에 집착한 것 같은 자신의 행동이 차이밍 앞에 부끄러움으로 다가왔다. 자신의 우승을 포기하고 타인에게 양보라는 미덕을 행동으로 보여준 그녀에게 늦게나마 깨달음을 얻었다. 그는 차이밍을 딸처럼 생각하고 마음에서 진심으로 우러난 위로와 격려를 해주고 싶었다.

"지금 사장님이 찾고 계셔, 사무실로 가봐."

고씨의 말이 끝나자 차이밍은 사장에게로 갔다. 사무실로 들어서자 사장이 일어나 그녀의 어깨를 다독거리며 말했다.

"마음고생이 심했겠네? 주방장한테 모든 얘기 들었어. 돈은 곧 찾게 될 거야. 고향에 간다는 것 포기하지 말고 잘 다녀와."

말을 마친 사장은 우승자에게 줄 격려금과 가불금 봉투까지 두 개를 내놓았다. 극구 사양하는 차이밍에게 사장은 우격다짐으로 봉투를 건네주었다. 격려금 2백만 원과 가불이 3백만 원이었다. 충분하지는 않지만 차이밍은 불끈 솟아오르는 희망을 엿보았다. 항공기 티켓은 취소하지 않아도 되었다.

이튿날 이른 아침 차이밍은 한결 가벼워진 발걸음을 내디디며 인천 국제공항으로 가는 버스 정류장으로 나갔다. 그곳에는 의외로 춘식이 나와서 기다리고 있었다. 그의 말투는 변함없이 무뚝뚝했으나 표정은 한결 밝아 보였다.

"주방장님한테 얘길 들었어."

춘식은 그동안 보잘것없는 자신에게 관심을 가져준 것에 고맙다는 말을 남기며 누런 서류 봉투를 그녀에게 건네주었다. 비행기가 이륙하기 전에는 뜯어보지 말라고 당부를 했다.

드디어 차이밍이 탄 비행기가 인천공항을 이륙했다. 그녀는 감회가 깊었다. 단신으로 이국땅 한국으로 건너와 파산된 집안을 일으키기 위해 그동안 수많은 어려움을 감내하며 지내온 나날이었다. 여권 경신을 위해 일 년에 한 번씩 잠깐 다녀온 것을 제외하고 꼭 3년 만에 그리운 고향을 다니러 가는 것이었다. 파란곡절도 많았고 중국집 도원에서 크고 작은 갈등도 있었지만 그녀에게는 소중한 경험들이었다.

차이밍은 춘식이 건네준 누런 봉투가 생각났다. 봉투를 뜯어보니 그 속에서 달러 뭉치와 춘식이 쓴 메모지가 나왔다. 그녀는 무슨 일인지 영문을 몰라 메모지를 먼저 읽었다.

내용은 이랬다. 요리대회를 치르고 많은 것을 깨달았고, 못난 자신에게 그동안 베풀어준 호의에 고마움을 느끼며 그녀의 우정을 잊지 않겠다고 했다. 휴가가 끝나고 한국으로 돌아와 선의의 경쟁자가 되기를 희망한다며 자신도 찾아온 어머니를 이제 잘 모시고 열심히 노력하여 훌륭한 주방장이 될 것이라며 차이밍에게 용기를 내라고 격려해 주었다.

추신에는 빌린 돈 백만 원과 요리대회의 우승자는 자신이 아니라 당연히 차이밍이므로 상금 오백만 원도 당연히 그녀의 것이라고 달러로 환전했다는 내용이었다.

차이밍은 눈부신 구름 위로 불끈 솟아오른 비행기 창밖을 내려다보며 손수건으로 눈자위를 자근자근 누르고 있었다.

이스탄불 이스탄불

경호는 드디어 아내 미정이 이스탄불에서 서울로 돌아오고 있다는 연락을 받았다. 이스탄불에서 아내가 갑자기 자취를 감추고 꼭 일 년 만의 일이었다.

그동안 경호는 미정이 돌아오기를 묵묵히 기다렸었다. 시간이 지나면 반드시 돌아올 것이라는 나름대로 확신을 가지고 있었기 때문이었다. 아내의 자리가 비어 있는 동안 불편한 것은 이루 말할 수 없었지만 그다지 큰 변화는 없었다. 달라진 것이 있다면 초등학교에 다니고 있는 두 딸이 한 학년씩 올라간 만큼 키가 훌쩍 커 버린 것이었다.

아내와 함께 간 이스탄불 여행에서 혼자 돌아온 경호는 딸들에게 엄마의 행방을 예리하게 추궁받았다. 그는 진땀을 뺐다. 물론

회사일로 이스탄불에서 일 년 동안 체류하게 될 것이라는 변명으로 겨우 얼버무리긴 했었다. 아내는 회사일로 가끔씩 얼마간 집을 비운 일이 있었다. 경호가 그때 아무 근거도 없이 막연하게 일 년이라고 했던 그날이 공교롭게도 오늘 현실로 돌아왔다. 어쨌든 아내는 사라졌던 이스탄불에서 분명히 집으로 돌아오고 있었다.

일 년 전이었다. 일주일 동안의 외국 여행을 준비하면서 미정은 필요한 모든 것을 꼼꼼하게 챙겼다. 상비약은 물론이고 생리대까지 가방 속 가장자리에 다독거려 넣었다. 낯선 환경의 변화가 생리 주기를 앞당길지 모른다는 예상 때문이었다. 예금통장이나 가족의 각종 보험들까지 낱낱이 메모를 해서 가까운 친척에게 보관시켰다. 미정은 세상을 떠날 사람처럼 만약 발생할지 모를 사고에 대비해 세심하게 처리했다. 그런 모습을 경호는 가만히 지켜보고만 있었다.

해외여행이라고 했으나 일주일 동안 터키를 다녀오는 것뿐이었다. 회사 공장에서 생산하는 정수기 직매장을 앙카라와 이스탄불에 개설하는 협의 때문이었다. 경호는 회사의 대표이사였다. 혼자 다녀올 예정이었으나 모처럼의 해외여행이라 결혼 후 처음으로 부부가 함께 가기로 약속을 했었다.

두 사람은 회사 설립 때부터 십몇 년 동안 일에 매달려 여태까지 여행을 함께 한다는 것은 엄두를 못 내고 살았다. 이제 경호가 받는 연봉만으로도 가족의 생활환경이 많이 좋아졌다. 외국까지 지사를 둘 정도로 회사는 번창해 나갔다.

경호의 학창 시절은 고달프고 힘든 시기였다. 그는 대학 재학 중 형편이 어려워 군대 입영까지 서둘러야 했다. 막상 제대를 하고 나서도 나머지 대학 생활은 가까스로 졸업이나 할 정도였다.

졸업을 하고 사회로 나오자 그 또한 부닥치는 현실은 매섭고 차가웠다. 어렵지 않은 것이 없었다. 최소한의 의식주 해결을 위한 취업마저도 쉽지 않았다. 그동안 대학에서 익힌 학문의 이론이나 지식은 별로 소용없었다. 구인 광고를 보고 들이민 이력서는 좀처럼 진가를 발휘하지 못했다.

학창 시절에 만난 첫사랑 여자마저도 어느 날 그의 곁을 홀연히 떠나버렸다. 경호는 실의에 빠져 있었다. 그 와중에도 월세방에 병들어 누워 있는 홀어머니가 병원 문턱에도 가보지 못한 채 세상을 떠나 버렸다. 시신을 병원 영안실로 무턱대고 옮기기는 했으나 장례 비용의 마련이 막연했다.

어머니 시신을 염습하는 날이었다. 경호는 깜짝 놀랐다. 어머니의 시신을 염습하고 있는 사람은 앳되게 보이는 소녀였다. 비록 자신 어머니이기는 해도 죽은 사람에 대해 약간의 공포감마저 가지고 있던 그로서는 충격이었다. 그 소녀는 조그만 손으로 조심스럽고 능숙하게 염습을 해내었다.

경호가 걱정했던 장례 비용은 친구들 도움으로 간신히 해결을 보았다. 모자란 비용이 쉽게 처리된 것은 병원 직원가족에게 주는 할인 혜택을 경호가 받게 된 것이었다. 도움을 준 사람은 시신을 염습한 바로 그 소녀라고 했다. 친구 중에 그녀를 아는 사람이 있었다. 경호의 어려운 사정을 전해 듣고 그녀가 기꺼이 도움을 준 것이라고 했다.

경호는 어머니의 49제를 치르고 나서 그녀를 만났다. 그녀의 이름이 미정이었다. 그녀는 경호보다 2살 아래였으나 훨씬 더 어려 보였다.

미정은 대학을 졸업하자 바로 친척이 경영하는 병원 영안실 근무를 원하고 있었다. 가족들의 엄청난 반대에도 불구하고 그녀는 고집을 꺾지 않았다.

미정은 대학에서 간호학을 전공했으나 장례예식에 관심을 가지고 있었다. 연고자가 나타나지 않는 거리의 부랑자나 사고로 죽은 외국인 노동자들, 시신이 함부로 처리되는 과정을 목격하고 나서 직업에 대한 의식이 바뀌어 버렸다. 슬퍼할 사람도 없는 그들 시신을 보고 미정은 연민 같은 것을 느꼈다. 죽음이란, 살아온 과정은 다를지라도 이 세상에서 마지막 가는 길이었다. 육신이 한낱 쓰레기처럼 취급되는 것을 보고 미정은 자신의 주검도 믿기지 않아 슬퍼졌다.

"탄생과 죽음은 자연의 섭리예요. 탄생이 화려하다면 죽음은 엄숙함이죠."

미정은 모든 생물이 생을 마치고 자연으로 돌아가는 자체를 또 다른 시작이라고 표현했다. 생물이 죽으면 산화되고 거름으로 축적되어 다른 생명을 다시 탄생시킨다는 다분히 윤회(輪廻) 사상 같은 논리를 가지고 있었다. 그녀가 가진 자연에 대한 찬미를 듣고 있노라면 경호는 가끔 마음이 엄숙해지기도 했다.

　"자연은 표정이 없어 즐거워하거나, 슬퍼하거나, 격노하지도 않으며, 태양과 비, 바람과 함께 언제나 그 자리에 있을 뿐이죠."

　미정은 자연에 대한 나름대로의 철학을 가지고 있었다.

　"지구에서 자연을 훼손시키는 것은 유일하게 인간뿐이라고 해요. 그 훼손으로 피폐해지고 망가지는 것은 자연이 아니죠. 결국 멸종 위기로 치닫게 되는 미물은 자연의 순리를 경시한 인간들이 겠죠."

　이어 그녀는 인간의 죽은 시체가 땅속에서 용해되어 가는 과정을 소름이 돋을 정도로 적나라하게 묘사하기도 했다.

　"사람의 심장이 멈추면 시신은 이삼 일 후부터 부패하기 시작해요. 미생물에 의한 질소 화합물의 분해로 뇌수가 먼저 허물어지고, 기관지점막, 오장육부와 혈관, 몸속에서 유화수소나 암모니아 같은 가스가 발생해서 악취가 풍기기 시작하고, 이들 가스가 팽창하면서 말초 혈관이 파열되어 출혈 반점이 생겨요. 직장이나 방광이 압박을 받아 대소변이 흘러나오거나 입에서 오물도 튀어나오게 되죠."

그녀는 잠시 말허리를 끊은 채 경호의 표정을 흘깃 살폈다.

"어때요? 내 입에서 흘러나오는 단어들이 역겹죠?"

미정은 경호에게 대답할 기회를 주지 않고 그 분야에 전문가처럼 바로 말을 이어갔다.

"복부가 풍선처럼 부풀어 오르기 시작하면 가스의 압력을 받아 눈알이 불거지고, 곧이어 절지동물들이 몸에 달라붙게 되죠. 피부와 각막을 먹어치우는 곤충들에 의해 몸은 갈기갈기 해체되고, 몇 년 후에 시신은 앙상한 뼈다귀만 남아요. 세월이 흐르면 결국 뼈처럼 단단한 것들도 썩게 되죠."

그녀의 달변을 듣고 있는 동안 경호는 오싹한 전율까지 느끼며 금방이라도 토할 것 같은 욕지기를 겨우 참아내었다.

"생물이 썩어서 거름이 되는 것은 자연 속에 용해되는 한 과정이죠. 잘 썩은 좋은 거름은 다른 생명을 탄생시키는데 훌륭한 자양분이 되니까요."

그녀 말을 듣고 있노라면 인간은 대자연 앞에서는 한낱 초라하고 보잘것없는 티끌과 같은 존재일 뿐이었다.

여러 가지 어려운 일을 겪은 뒤라 자신에게 있어 삶이 고달픔이라고 생각했던 경호의 의식이 미정을 만나면서부터 차츰 바뀌어 갔다. 그는 한때 나약한 감상에 젖어 삶을 포기하려고 한 경험도 있었다. 그런 그가 그녀를 만나면서 절망이 희망으로 바뀌게 된 것이었다. 그녀는 지구에 있는 풀포기 하나에서부터 모든 사물에 이르기까지 사랑하지 못할 것은 없다고 했다. 그녀에게는 어려운 환경에 처해 있는 어떤 사물의 형태든 가리지 않고 자신을 던져서 섭생(攝生)의 방법을 일깨워 주는 마력을 지니고 태어난 것 같았다.

경호는 미정의 헌신적 사랑 앞에 고마움을 항상 잊지 않았다. 그가 어떤 어려움에 처해 있어도 그녀는 어머니 같이 넓고 깊은 따뜻한 마음으로 헤아리고 격려해 주었다. 경호는 시간이 흐를수록 그녀가 잠시라도 옆에 없으면 막막해지기도 했다. 각박한 세상에서 그나마 꿋꿋하게 살아갈 수 있게 해준 힘의 실체는 미정이었다. 그녀의 후의가 없었다면 버텨내기 어려웠던 일이 한두 가지가 아니었다.

경호는 정수기 시장이 아직 활성화되지 않은 한국에서 친구 몇 명과 사업을 시작했다. 대학에서 전공한 '생활과학' 분야와는 무관한 일이었다. 학교에서 배운 생활과학이 '인간의 복지와 생활 향상'에 기여할 수 있는 기회란 좀처럼 오지 않았다.

육체가 70퍼센트 이상이 물로 채워져 있는 사람과 모든 생물에게 식수 자체는 필수적이었다. 자연 환경의 파괴로 지구상의 식수는 차츰 고갈되어 가고 있는 추세였다. 그런 점을 착안해서 물의 사업이야말로 해볼 만한 가치가 있다고 경호는 결론지었다.

그는 판매 전략을 세운 대로 밤낮을 가리지 않고 뛰었다. 노력한 만큼 모든 일이 좋은 결과를 손쉽게 보장하는 것만 아니었다. 무수하게 시행과 착오를 거치면서도 절대 포기하지 않아야 했다. 그 결과 지금은 그런 대로 안정적인 경영을 할 수 있게 된 것이다. 그 이면에는 미정의 절대적인 정신적 후원이 컸었다.

이스탄불로 가는 직행 항공로는 이미 인천 국제공항에 개설되어 있었다. 한국에서 치른 월드컵의 위력은 대단했다. 미개척지였던 몇몇 국제 항공로가 그 영향으로 당장 활주로를 열었다.

월드컵 대회가 있기 전에 이스탄불로 가는 길은 매우 복잡했다. 특별한 경우가 아니면 유럽을 거쳐 주로 그리스에서 선박을 이용하는 편이었다. 월드컵 대회 직후 터키 정부의 요청이 있어 바로 항공로가 개설된 것이었다. 처음 개항을 할 때는 매주 두 편이었다가 지금은 세 편으로 늘어나 있었다. 인천에서 이스탄불까지 기내에서만 꼬박 12시간 30분을 죽치고 있어야 한다니, 경호는 기가 질렸다.

경호와 미정은 비행기 트랩에 올랐다. 노후에 혼자 살고 있는 친척 아주머니에게 아이들과 집을 맡겼다. 분위기가 단조로운 기내에서의 무료함을 건너뛰기 위해 경호는 잠을 청했으나 두 눈은 하릴없이 말똥거려지기만 했다. 미정도 마찬가지였다. 잡지나 신문을 뒤적거리는 것도 한계가 있었다. 그렇다고 두 부부가 타고난 재담이 있어 서로 옛이야기나 유머를 주고받을 성격들도 아니었다.

그들은 언어장애자처럼 말없이 눈만 깜박거렸다. 서로 따분한 생각이 들었지만 어쩔 수 없었다. 10년 이상 살을 비비고 살아온 부부인데도 외국 여행이라는 분위기에 편승해보았지만 젊은 신혼들처럼 기분도 들뜨지 않았다. 특별한 문화적 체험이 없고, 국내 여행마저 자주 함께 다니지 않았으니 이야기 소재의 부재이기도 했다.

미정은 좌석 배치를 다행히 창가로 받았다. 무료함을 대신할 기회를 잡은 듯 그녀의 눈은 가끔 창공 아래를 내려다보며 시시각각 변하는 지구 표면을 즐기고 있었다.

드디어 비행기가 이스탄불에 도착했다. 이스탄불 시간에 미리 맞추어 둔 경호의 시계는 저녁 8시 30분이었다. 13시간쯤 소요된 비행기 여행이었지만 몸살이 날 지경은 아니었다. 낯선 이국 공항의 정경 앞에 두 사람의 마음은 약간 설레었다. 기후는 지금 여름이 한창인 서울 날씨보다는 시원한 편이었다. 그들은 택시를 잡아타고 공항을 빠져나가 시내 호텔에 여장을 풀었다.

이튿날 두 사람은 앙카라로 날아가서 회사일을 계획대로 마치고 이틀 후에 이스탄불로 다시 돌아왔다. 앙카라에서 관광지 몇 곳을 둘러보았으나 인상적으로 특별하게 남아 있을 만한 볼거리는 없었다. 그곳은 지리적으로 유럽과 아시아의 한가운데 위치한 곳이었다.

앙카라는 문화와 상업의 교류지 역할 때문에 터키의 심장이라고 불렀다. 굳이 볼거리를 말한다면 아우구스트 신전과 율리아누스 대제의 기둥, 힛타이트 박물관, 암굴 교회로 유명한 괴뢰메 골짜기와 다른 형태인 비둘기 골짜기 등을 둘러보면서 교통은 주로 돌므즈라는 미니버스를 이용했다.

앙카라에서 돌아온 이튿날부터 두 사람은 이스탄불 유적지 관광에 전념하기 위해 호텔을 나섰다. 경호는 호텔을 나서면서 문득 서울에서 친구가 일러준 말이 떠올랐다. 그 친구는 모 대학교 언어인지과학과 교수였다. 그 교수는 유럽에 대한 지식이 해박했다. 특히 이스탄불은 제집처럼 들락거렸다.

"동양과 서양이 서로 섞이는 곳. 그래서 이스탄불을 낭만과 환상이 넘치는 도시라고 하지. 인간적 매력이 넘치는 사람일수록, 낭만과 숙연함을 아는 사람일수록, 이스탄불의 열병을 심하게 앓게 돼. 경호야, 이스탄불에 가면 네가 아니면 네 아내를 빼앗기게 된다는 그쪽의 속담이 있으니 부디 조심하라고."

경호는 농담 같은 그 친구의 말이 하필이면 왜 그 시각에 또렷하게 떠올랐는가 싶었다. 그는 어떤 불길한 예감이 스멀거리며 다가오는 것 같아 이내 도리머리를 쳤다. 미정이 빼어난 미모를 가진 것도 아니지만, 그녀가 지금까지 한눈을 팔아본 적도 없었고, 가정주부로서 오로지 남편과 아이들한테만 성실하게 마음을 쏟은 사람이었다.

결혼하고 나서 경호는 그녀에게 시신 염습 일은 제발 그만 두라고 종용한 일이 있었다. 미정은 쉽게 포기하지 않았다. 그 일에 손을 놓게 된 것은 둘째 아이가 태어나고 나서였다.

큰아이는 또래 아이들보다 키가 좀 작았다. 그녀는 아이가 정상적으로 성장하지 못한 책임이 자신에게 있다는 것을 자책하고 있었다. 어머니로서 충분하게 보살피지 못해서 영양 균형이 깨졌다는 것이었다. 그때부터 남에게 자선 사업 하듯 해온 직업을 고스란히 접었다. 자식의 양육을 남에게 맡기지 않겠다는 의지가 결연했다. 자기 자식을 손수 바르게 기르지도 못하는 주제에 남에게 헌신하는 행동은 자기모순이라며 뜻밖에도 그날로 책상을 정리하고 집에 들어앉아 버렸다. 이제 평범한 여느 가정주부들처럼 일상에 순응하며 사는 것 같았다.

가정주부로서 지금까지 충실하기만 한 그녀가 친구가 일러준 말처럼 무슨 바람피울 일이 있어 낯선 이국땅에서 그런 염을 내겠는가. 경호는 그런 생각 끝에 쓴웃음을 지었다.

서울에서 경호가 이스탄불 출장 이야기를 꺼냈을 때였다. 미정은 동그란 눈을 반짝대며 놀랄 정도로 그 여행에 대한 집착을 가졌었다. 그러더니 함께 가겠다고 적극적으로 나섰다. 다른 곳은 몰라도 이스탄불은 이번 기회에 꼭 한번 가보고 싶다며 강한 의지를 내비추었다.

"이스탄불은 마케도니아와 페르시아, 그리고 로마, 비잔틴과 오스만 제국으로 이어진 곳이야. 열강들이 십수 세기를 거치면서 홍하고 망하면서 다시 새로운 역사가 일어나는 현장이었으니까 굉장할 거야. 러시아 피오르트 대제가 이스탄불을 지배하는 것은 세계의 반을 차지하는 것이라 했지 아마."

그녀의 이스탄불 상식이 총동원되었다. 흥했다가 망하고 또다시 시작되는 역사의 현장을 이번 기회에 두 눈으로 꼭 보고야 말겠다고 기염을 토했다. 그녀 입으로부터 내면에서 잠자고 있던 전문가적인 이스탄불의 역사가 거침없이 쏟아지고 있었다.

미정은 그곳에 가면 대단한 어떤 일이 기다리고 있을 것 같은 예감을 미리 감지한 것인지도 몰랐다. 경호는 강박적으로 여행을 떠나고 싶어 하는 그녀를 말릴 수 없다고 판단했다. 미정이 무슨 일에 한번 집착하기 시작하면 끝장을 보는 성격이라는 것을 너무나 잘 알았다.

경호가 파경을 맞을 뻔한 회사일로 실의에 빠져 드러누워 있을 때였다. 그녀는 단번에 그를 일으켜 세운 마력을 지녔었다.

"일어나요. 절망은 없어요. 모든 것은 새로 시작한다는 마음으로 하세요."

어떤 업종이든 경쟁 상대는 있기 마련이었다. 경호의 정수기회사는 경쟁업체가 조작한 수질검사에서 불리한 판정을 받았다. 하루아침에 날벼락을 맞은 셈이었다. 정수기의 수질오염 측정결과가 매스컴에 보도되자 소비자들 심리는 예민한 반응을 보였다. 쏟아져 들어오는 정수기 반품 문의와 할부금 결제 거부로 회사는 당장 부도가 날 지경이었다. 그때 집에 들어앉아 있던 미정이 팔을 걷어붙이고 나섰다.

그녀는 공정성이 결여된 사설기관에서 실험한 내용을 믿지 못하겠다고 반론을 제기했다. 경쟁업체에서 매수한 사설기관과 일간지에 대해 그녀는 반박 성명을 당장 내었다. 환경부까지 교묘하게 끌어들여 공개 실험을 요청했다.

결과는 경호 회사의 정수기가 최적이라는 판정을 받았다. 한 번 실추된 오명은 쉽게 회복되지 않았으나 그녀가 위기 상황에 적극적으로 대처하는 방법은 주위 사람들에게 교훈을 일깨워주었다. 공정성이 언론에 기사화됨으로써 상당한 이득도 얻었다. 회사 제품을 돈 한 푼 들이지 않고 전국에 광고한 셈이었다.

터키의 다른 지역은 어떤지 몰라도 이스탄불은 해양성 기후라서 그리 덥지 않았다. 경호와 미정은 역사적 유적지에서 오랜 문명의 중첩된 토양 위에 다양한 사람들이 환희와 또는 절절한 아픔으로 살다간 흔적들을 피부로 한 번 느껴보고 싶었다. 유적지의 거대한 건축물로부터 바닥에 깔려 있는 돌멩이 하나까지 깊은 사연과 당시의 생생한 삶의 모습이 섬세하고 감동적으로 복원되어 다가오는 것 같았다. 감정 표현을 잘하지 않는 경호에 비해 미정은 도시의 작은 돌조각 틈을 비집고 올라온 풀포기 하나에서도 의미를 찾았고, 건축 구조에서도 동양과 서양을 비교했다. 그녀의 눈에 이스탄불은 진기한 것밖에 없었다.

토인비가 역사의 도시 이스탄불을 보고 인류문명의 살아 있는 거대한 옥외 박물관이라고 한 말도 실감으로 느껴졌다.

1500년 동안 성당과 회교 사원으로 번갈아 사용되다가 지금은 박물관으로 바뀐 아름다운 성 소피아 사원을 둘러보고 두 사람은 골든 혼으로 발걸음을 옮겼다. 골든 혼은 보스포러스 해협을 사이에 두고 아시아 지역인 동쪽은 거주 지역이었고, 유럽 지역 서쪽은 상업 지역이었다. 골든 혼은 구시가지와 신시가지로 나뉘어져 있었다. 그곳은 신의 축복을 받은 곳이라고 할 만큼 아름다웠다. 골든 혼은 온통 바다로 둘러싸여 있어 다양한 생선이 많았다.

이스탄불의 남대문 시장이라 불리는 그랜드 바자르 거리는 수많은 상점에 수만 개의 상품들이 진열되어 있었다. 특히 양탄자의 화려한 아름다움에 도취된 여행자들은 가게 앞에서 쉽게 떠날 줄을 몰랐다.

오스만 제국이 첫 번째로 건축한 톱 카프 궁전과 보스포러스 해협을 끼고 장중하게 서 있는 두 번째 궁전 돌마바흐체의 화려함을 돌아보고 미정은 잠시 슬픔에 빠졌다. 호화로운 축조물은 남아 있지만 소멸되어 간 군상의 자취가 무상하게 느껴졌기 때문이었다.

14톤의 금과 은 50톤이 들어간 초호화 실내 장식으로 꾸민 돌마바흐체는 엄청난 감동을 주었다. 베르사이유 궁전을 짓고 나서 과다지출로 몰락한 루이 왕가처럼 오스만 제국도 화려한 궁전을 짓고 결국 망국으로 굴러떨어졌다.

　두 사람은 보스포러스 해협과 흑해가 맞닿은 지점에 있는 아나톨루 요새에 올라섰다. 내려다보이는 흑해의 푸른 물빛이 너무나 아름다웠다. 미정은 그 아름다움에 탄복한 나머지 눈물을 흘리고 말았다. 그녀는 바닷물에 몸을 던지고 싶은 충동을 가까스로 짓눌렀다.

　빡빡한 일주일 동안의 여정에도 불구하고 경호와 미정은 피곤한 줄을 몰랐다. 이스탄불은 그만큼 두 사람의 혼을 흔들어 놓았다. 이제 하룻밤만 자고 나면 서울로 돌아가야 했다. 터키에서 정수기 직매장 개설 협의도 원만하게 끝난 상태였다. 이스탄불 근교의 전체 유적은 말할 것도 없고 골든 혼의 아시아와 유럽 지역 구석구석을 샅샅이 살펴본 두 사람은 이스탄불 관광에 대체로 만족하고 있었다.

　두 사람이 여행을 통해 느낀 터키 민족들의 역사의식은 상당한 수준이었다. 유물을 잘 보존하고 자연의 섭리를 이해하며 순응하는 사람들이었다. 박물관 그림에 나타난 그들의 옛날 군주나 조상들은 한결같이 악의라고는 찾아볼 수 없었다. 터키의 국기에 있는 초승달처럼 굴곡이 진 눈썹과 기다란 코, 한일자 입술, 그런 모습은 위엄보다 친숙한 이웃 할아버지로 다가왔다. 캬리예 박물관 천장 중앙에 그려진 예수 얼굴도 터키인들의 조상을 많이 닮아 있었다.

이스탄불에 있는 수많은 사원이나 궁전의 지붕 양식은 거의가 돔 형태였다. 경호가 높은 곳에서 내려다본 시내에 산재해 있는 돔 지붕들은 여인들의 거대한 유방이 흩어져 있는 것처럼 보였다. 지붕이 어머니의 젖무덤 같은 성전에서 종교의 참다운 교리의 젖을 먹은 터키인들의 의식은 순수한 감성만 가지고 있을 수밖에 없을 것 같았다.

경호와 미정은 골든 혼의 석양을 즐기기 위해 다시 호텔을 나섰다. 마지막 스케줄이었다. 이스탄불 해안 어느 곳을 가나 낚시하는 사람들로 붐볐다. 이스탄불 남자들은 대개 다 낚시가 일상처럼 보였다. 그곳 사람들은 햄버거보다 가게에 매달린 커다란 고깃덩어리를 얇게 썰어 주는 케밥을 즐겨 먹었다.

보스포러스 해협 다리 위에도 낚시꾼들이 즐비했다. 두 사람은 다리 부근에서 고등어 샌드위치를 사서 맛있게 먹었다. 그곳에서 꼭 맛보아야 할 음식이라고 했다. 경호는 입맛에 맞는지 연거푸 두 개나 먹었다.

골든 혼 구시가지에서 트램이라는 전차가 두 사람의 다리품을 덜어 주었다. 구시가지 실케 지역은 먼 거리를 달려온 화려한 유럽 오리엔탈 특급열차의 종착지였다.

그들은 골든 혼 해협을 조망할 수 있는 언덕으로 향했다. 성역 묘지에서 언덕으로 바로 이어지는 곳에 '피에르 로티'라는 이정표가 보였다. 그 길을 따라 올라가면 자그마한 언덕이 나왔다. 피에르 로티는 언덕 위에 있는 카페 이름이었다.

피에르 로티는 프랑스 소설가였다. 이름도 없는 소설가 피에르가 이스탄불 여인과 사랑에 빠진 이야기는 단번에 그를 유명하게 만들었다. 카페에는 로티가 사랑한 여인의 초상화를 걸어 놓았다. 초상화의 여인은 한 남자를 사랑에 빠뜨린 얼굴치고는 너무 평범해 보였다.

'저 이스탄불 여인의 매력은 과연 무엇이었을까?'

경호는 초상화의 얼굴을 보며 진정한 사랑이란 결국 내면이 중요하지 외적 요인이 작용하는 것은 아닐 것이라고 생각했다.

곧 석양 무렵이 되자 카페 언덕에서 내려다보이는 해협의 바다는 황금빛으로 변했다.

"자연의 축복과 역사적 유적을 동시에 간직한 곳이 이스탄불 말고 또 있겠는가."

나폴레옹도 극찬을 했다는 곳이었다.

미정과 경호는 황홀한 골든 혼의 석양에 취해서 그곳을 떠나기 싫었지만 발길을 돌려야 했다.

두 사람은 저녁 무렵에야 마지막 관광이 될 밸리 댄스 공연장으로 갈 버스를 일행과 함께 탔다. 그들은 저녁 8시쯤 우치사르에 있는 밸리 댄스 공연장에 도착했다. 화려한 거리에 있을 것으로 생각했던 공연장은 야외에 있었다. 두 사람은 거대한 토굴처럼 생긴 건물 입구로 다가갔다. 그 앞에는 횃불 든 사내들과 여자들이 페르시아의 전통 무희 복장을 한 채 음악에 맞추어 흐느적거리듯 춤을 추었다. 미정과 경호는 터널처럼 생긴 긴 통로를 따라 들어갔다.

통로 끝에서 원형으로 된 큰 마당이 다가왔다. 그곳이 공연장이었다. 관람석은 마당을 중심으로 빙 둘러가며 3층으로 된 계단이었다. 그곳은 벌써 관광객들로 꽉 들어차 있었다. 요리 먹고 술 마시는 그들의 소음으로 공연장 안이 떠들썩했다. 이슬람교 영향으로 음주는 원칙적으로 금하고 있으나 일부 관광지에서는 예외적으로 허용하고 있었다. 8시부터 10시까지는 먹고 마시는 시간이었다. 각종 음료수와 야채 요리 살라타, 피자 같은 피테, 케밥처럼 생긴 구운 고기를 달라고만 하면 거의 무제한으로 배달해 주었다. 먹고 마시는 천국이 바로 그곳이지 싶었다.

드디어 10시가 되자 모든 불이 꺼졌다. 공연 시작을 알리는 나팔 소리가 울리고 하얀 옷을 입은 남자 무희들이 나와서 빙글빙글 돌아가며 춤을 추었다. 수피 춤이라고 했다. 그 춤이 끝나자 갑자기 요란한 터키 의상을 차려 입은 한 무리의 남녀들이 몰려나왔다. 그들의 춤은 한동안 계속되었다. 불을 뿜어내는 춤, 칼을 던지고 받는 춤, 각종 묘기를 부리며 매우 흥미롭게 진행되었다.

광란의 춤사위가 끝났다. 곧이어 밸리 댄스가 시작될 모양이었다. 처음부터 이상야릇하게 흘러나오는 음악은 사람들을 흥분시키기에 충분했다. 성숙한 여체가 어둠 속에서 서서히 모습을 드러내었다. 경호는 중요한 부분만 가린 여인의 벌거벗은 육체에서 형언할 수 없는 쾌감을 느꼈다. 이 세상에서 가장 아름다운 것은 역시 여인의 나신(裸身)을 빼고는 없을 것 같았다. 서서히 율동하기 시작하는 여인의 육체는 그 많은 관객들의 숨소리까지 빨아들였다. 경호 역시 밸리 댄스의 율동에 따라 아득히 먼 고대 페르시아 시대로 빨려 들어가고 있었다.

미정은 관능미 넘치는 댄스의 율동에 온통 넋을 빼앗기고 있는 경호와 달랐다. 그녀는 그곳에서 눈길을 거두어들인 지가 벌써 오래되었다. 한국의 피리처럼 생긴 카발을 불고 있는 청년 악사에게 시선을 붙박아 놓고 있었다. 그 청년은 희미한 조명 아래서도 병색이 완연해 보였다.

그의 눈은 코브라 눈을 닮아 있었지만 광채는 없었다. 피로에 젖은 눈이 가끔 껌벅일 때마다 절망감이 흘러나왔다. 바구니에 갇힌 채 피리 소리를 따라 춤추는 코브라처럼 청년 악사도 동굴 속에 갇혀 있는 신세인지도 몰랐다. 그 청년은 자신의 피리 소리를 먹고 살아가는 것처럼 보였다.

악사들이 연주하는 잔잔한 선율이 갑자기 폭풍을 일으키듯 웅장한 소리로 변할 때는 관객들의 몸은 통째로 뒤흔들렸다. 사라져 간 제국시대의 찬란했던 이스탄불 조상 혼(魂)들이 그 소리를 따라 어둠 속에서 말을 타고 질풍처럼 달려 나오는 환상을 느꼈다.

경호는 무의식중에 미정을 쳐다보았다. 그때 그는 미정의 시선이 예사롭지 않다는 것을 느꼈다. 그녀는 청년 악사에게 붙박아 놓은 눈길을 그때까지 거두어들이지 않았다. 경호는 그런 미정이 왠지 불안스럽게 불쑥 다가왔다.

공연이 끝나자 무희와 악사들이 자리를 떠났다. 열광의 도가니 속에 들떠 있던 관객들도 자리에서 일어나 웅성거리며 출구로 몰려나갔다. 경호와 미정도 그들 틈에 섞여 움직이고 있었다. 미정은 출구로 나가면서 단 한마디도 하지 않았다. 그녀는 잃어버린 물건을 찾기라도 하듯 가끔 주위를 휘둘러볼 뿐이었다. 경호에게는 관심도 두지 않았다.

밖으로 나가자 광장에는 호텔 쪽으로 가는 버스가 시동을 걸어 놓고 기다리고 있었다. 줄지어 버스로 다가가는 두 사람이 트랩을 오를 차례였다. 미정이 갑자기 자리를 이탈했다. 화장실을 다녀오겠다며 순식간에 어두운 광장 너머로 사라져 버렸다. 경호는 너무나 순간적이라 말을 붙일 틈이 없었다. 그의 뇌리에 번개처럼 불길한 예감이 스쳤다.

'아, 그녀는 돌아오지 않을 것이다.'

미정은 카발을 불고 있던 악사의 절망적인 슬픈 눈빛을 따라간 것 같았다. 함부로 다루어지는 부랑자들의 시신을 보고 영안실 염습 일을 단번에 맡기로 결정했던 그녀였다. 그녀는 좌절에 빠진 것 같은 악사를 구제하고 싶은 마음이 순간적으로 꿈틀거렸는지도 몰랐다.

경호가 서울에서 처음 이스탄불 출장 말을 꺼냈을 때였다. 그때 그녀는 이스탄불로 당장 달려가고 싶다는 충동을 일구었다. 그 실체가 바로 단 한 번도 본 적이 없는 카발을 불던 그 청년 악사와 교감이 있었던 것은 아닌가 하고 경호는 착각을 할 정도였다.

'만약 예상대로 악사를 따라가 버린 사태가 일어났다면, 아내는 그 상황을 나한테 과연 어떤 말로 이해시킬 수가 있을까?'

물론 그녀가 자신의 돌발적 행동에 대해 잠시 갈등을 빚기는 할망정 악사를 구제하기 위한 결심을 했다면 번복될 것 같지는 않았다. 지금까지 가정에만 틀어박혀 잊어버리고 있었던 자신의 자아를 되찾았는지도 몰랐다. 미정은 상대의 절망이 무엇이든 상관하지 않았다. 경호가 지금까지 경험한 것으로 보아 그녀는 한번 결정하면 어떤 절망이든 희망으로 바꾸어 놓을 수 있는 능력을 충분히 가지고 있었다.

'나를 구제한 것처럼 말이야.'

경호는 혼잣말로 중얼거렸다.

이국땅에서 절망감에 빠진 생면부지의 악사를 구제하기 위한 그녀의 마음은 이미 굳어버린 것 같았다. 누구도 돌이킬 수 없었다.

미정이 그런 생각을 굳히고 있었다면 그 일에 대해 경호가 얼마나 이해를 하게 될지 그것은 그리 중요하지 않았다. 그녀는 아직까지 그릇된 일을 한 적은 단 한 번도 없었으니까.

경호는 자신의 예감이 맞다면 텅 빈 호텔방에서 뜬눈으로 밤을 꼬박 지새웠다.

　이스탄불의 비파 호수가 달의 여신을 사랑에 빠뜨렸다고 하더니, 경호는 카발을 불던 이스탄불 악사에게 어이없게도 아내를 빼앗겨 버린 셈이었다. 경호는 톱카프 궁전 전시장에서 보았던 물소 뿔처럼 휘어진 단검이 문득 떠올랐다. 그는 에머럴드가 박힌 화려한 단검을 당장 뽑아 들고 달려가 악사와 미정의 가슴을 무자비하게 찌르고 싶은 충동이 일었다.

　아침이 밝아 왔다. 미정은 끝내 호텔로 돌아오지 않았다. 경호는 쓸쓸한 고뇌를 씹으며 일어섰다. 친구 조언이 생각났다.

　"이스탄불에 가면, 네가 아니면 네 아내를 빼앗기게 된다."

　그는 간밤에 일어난 모든 정황으로 보아 미정이 나타나지 않을 것이라는 결론을 내리자 더 이상 지체할 이유가 없었다. 서둘러 이스탄불 공항으로 나갔다.

　마침 일요일이라 아이들이 집에 있었다. 아내가 돌아온다는 소식에 아이들은 들뜬 마음으로 서성거렸다. 미정이 돌아오는 공항에 마중을 나가자고 성화를 부렸다. 경호는 아무 감정을 드러내지 않은 채 집에서 차분히 기다리는 게 좋을 것 같았다. 아이들 기분에 호응해주지 못하는 자신이 미안했다. 아이들은 경호 주변에 흐르고 있는 묘한 분위기를 알아차리기라도 한 듯 더 이상 어깃장을 부리지 않았다. 미정이 도착할 시간이 가까워지자 아이들은 환성을 지르며 아예 밖으로 몰려나갔다.

시간이 조금 흐르고 드디어 그녀가 아이들 손을 잡고 아파트 현관으로 들어섰다. 오랜만에 보는 그녀 얼굴이 햇볕에 약간 거슬린 채로 기미가 가뭇하게 끼어 있었다.

'아내가 첫아이를 가졌을 때 저랬지 아마?'

경호는 야위어진 그녀 얼굴 탓만은 아닌데 자신도 모르게 갑자기 눈물이 왈칵 쏟아지려는 것을 짓눌렀다. 글쎄, 그런 것이 연민인지 애정인지 경호는 알 수가 없었다.

아이들과 오랜만의 해후가 끝나고 두 부부만 거실에 남았다.

"아이들한테는 당신이 외국에 체류한 이유를 회사 비즈니스 때문이라고 적당히 둘러댔어."

경호가 두 사람 사이의 침묵을 깨뜨리고 말문을 먼저 열었다. 그런 다음 곧바로 선걸음에 방 안으로 들어갔다. 그는 옷을 갈아입고 미리 챙겨 놓은 여행 가방을 들고 나왔다.

"마침 잘 왔어. 난, 오늘 밤 출장을 떠나야 해."

경호는 짧은 한마디를 남기고 주저 없이 현관문을 열었다. 그는 뒤도 돌아보지 않고 아파트 단지를 빠져나가 사라져버렸다. 미정의 뇌리에 어떤 예감이 번개 치듯 스쳤다. 경호가 지금 떠나면 돌아오지 않을 것이라는.

막상 그녀가 돌아오자 경호는 떠나버렸다.

'그의 표정에 절망은 보였지만, 문제는 없어! 다시 시작할 수 있

어.'

   그녀는 중얼거리며 현관에서 경호가 사라진 아파트 단지 끝 모퉁이를 바라보고 있다가 돌아섰다. 갑자기 바람이 불어왔다. 이스탄불의 비릿한 바닷바람처럼 느껴졌다. 순간 미정은 깊숙한 복부로부터 꿈틀거리는 생명력을 느끼며 헛구역질을 왈칵 솟구쳐 올렸다.

라이카의 별

　사람들은 나를 '벨카'라고 불렀다. 나는 소련 도시의 뒷골목이나 공원에서 흔히 볼 수 있는 떠돌이 잡종개였다. 이름을 해석하자면 '다람쥐'라는 뜻이었다.

　1960년 8월 19일은 동료인 스타엘카와 나에게는 평생 잊을 수 없는 날이었다. 암컷인 스타엘카와 수컷인 나는 소련 군사우주센터에서 세계 우주과학자들의 관심 속에 스푸트닉 5호를 타고 우주를 향해 발사되었다. 발사대에서 카운터가 끝나는 순간 천지가 진동하는 폭발음 때문에 우주선에 타고 있던 우리는 앞발로 눈을 가리고 공포에 질려 있었다.

　잠시 후 우주선이 대기권을 벗어나자 비로소 우리는 평온함을 되찾고 정상적인 심장 박동을 느끼게 되었다. 1만6천 미터 상공에서 바라본 지구는 무척이나 아름답고 신비스러웠다. 마치 팔레트 위에 선명한 청색과 흰색의 물감을 풀어놓은 것처럼.

우리 떠돌이 개들은 공원이나 거리 뒷골목에서 무리를 지어 어슬렁대며 지저분한 쓰레기통을 뒤지거나 버려진 먹이를 찾아 헤매는 것이 일상이었다. 그런 보잘것없는 떠돌이 신세인 '작은 화살'이라 부르는 스타엘카와 내가 우주선에 함께 탑승하게 된 것은 평생에 더 없는 큰 행운이었다.

스푸트닉 5호에는 스타엘카와 나 외에도 수십 마리의 생쥐도 함께 실려 있었다. 소련 과학자들에 의해 우주선이 대기권 밖으로 날아간 것은 세계에서 여섯 번째였고, 지구의 생명체가 로켓에 탑승하여 우주여행에 성공한 것은 우리가 두 번째였다.

스타엘카와 나는 혹독한 훈련을 받은 경험으로 우주선이 발사되어 대기권을 벗어나는 데는 큰 어려움이 없었다.

소련과 미국의 우주경쟁이 불붙게 된 것은 세계 2차대전이 끝나면서 시작되었다. 당시는 어느 나라도 우주과학의 우위를 놓고 장담하지 못했다. 두 나라는 우주 미개척지의 문을 누가 먼저 열 것인가를 놓고 치열한 자존심 경쟁을 벌였다.

미국은 머큐리 계획으로 항공우주국 '나사(nasa)'를 설립해 운영하고 있었으나 어느 날 소련이 먼저 우주선 스푸트닉 1호를 발사해 버렸다. 미국은 발 빠른 소련에게 충격을 받았다.

그즈음 미국은 우주 계획을 공개로 하였으나 소련은 철저하게 비공개 원칙을 고수하고 있었다. 양국이 진행하고 있는 계획에서 중요한 과제로 떠오른 것은 지구의 생명체가 우주의 무중력 상태에서 과연 견뎌낼 수 있느냐 하는 의문이었다. 그 답변을 얻기 위해서는 인간을 대신할 생명체를 우주로 보내야만 했다. 미국은 침팬지 등 영장류를 선택했으나 소련은 스트레스를 덜 받을 것이라는 점을 고려해 지능이 앞서 있다고 판단한 개를 선정하게 되었다.

스타엘카와 내가 일곱 마리의 동료 개들과 함께 모스코바 근교 공원에서 군인들에게 생포된 것은 우주로 날아가기 6개월 전이었다. 군인들에게 우리가 끌려간 곳은 소련 군사우주연구소였다. 우리 떠돌이 개를 인수받은 사람은 육군 하사관 출신인 조련사 스티코프였다. 얼굴이 흐루시초프를 닮은 그는 성질이 좋은 사람이었다. 우리는 훈련에 돌입하기 전 스티코프에 의해 여러 차례에 걸쳐 적응 테스트를 치렀다. 그 결과 스타엘카와 내가 제일 우수한 점수로 선발되었다. 우리는 이튿날부터 조련사에게 우주에서의 임무와 환경에 적응하게 될 훈련을 엄격하게 받았다. 스티코프가 훈련 때는 아주 무서웠지만 자유 시간에는 우리와 장난을 치며 잘 놀아 주는 다정다감한 친구였다.

우리보다 앞서 훈련을 받고 우주로 간 개는 '라이카'였다. 라이카는 러시아어로 단순히 짖는 개라는 뜻이었다. 본명은 곱슬머리 암컷으로 '큐드라프카'라고 불렀는데 과학자들은 약간 길고 어려운 이름보다 잡종명인 단순한 라이카로 불렀다. 그에 비해 우리는 군사우주연구소의 조련사 스티코프에 의해 벨카와 스타엘카라는 예쁜 이름을 명명 받은 셈이었다. 서로 의지하며 우주선을 타게 된 우리들에 비해 라이카는 혼자서 공포를 안은 채 우주를 향해 날아갔었다.

라이카는 군인들에게 잡히기 전 암컷인데도 불구하고 공원에서 수십 마리 떠돌이 개들의 무리를 이끄는 우두머리였다. 라이카도 공원에서 우리 무리와 함께 몰려다니다가 과학자들의 지시를 받은 군인들에 의해서 생포된 것이었다.

우두머리가 별안간 잡혀 가자 공원의 동료 개들은 한동안 술렁거렸다. 그때만 해도 라이카가 우주선을 타게 되리라고는 아무도 상상하지 못했다. 영문을 몰랐던 동료들은 한동안 라이카를 걱정하며 무사히 빨리 돌아오기만을 기다리고 있었다. 우리가 제일 걱정하고 있었던 것은 군인들에 의해 식용으로 희생되지는 않을까 하는 우려였다.

유난히 장난기가 심한 라이카였으나 남다른 용기가 있고 동료들을 항상 따뜻한 가슴으로 지켜 주었다. 그는 거리 뒷골목의 떠돌이 개들과 구역 분쟁이 발생하면 수컷들보다 언제나 먼저 앞장서 무리를 이끌고 제압을 했다. 음식의 분배도 언제나 공정하게 다루었다. 라이카는 먹이 순위에 있어 우두머리임이 분명한데도 나이가 많아 체력이 부실한 선배나 어린 동료들에게 먼저 차례를 내주

었다. 어진 그의 행실은 동료들에게 좋은 본보기가 되었다. 무리
들은 그에게 순종하고 따를 수밖에 없었다.

특히 내가 라이카를 잊지 못하는 것은 그의 아름다운 마음씨 때
문이었다.

어느 날 나는 공원 쓰레기통에서 뒤져낸 상한 음식을 먹고 식중
독에 된통 걸렸었다. 떠돌이 개들은 웬만큼 상한 음식에도 견뎌낼
수 있는 면역체가 발달해 있었다. 그러나 그날만큼은 달랐다. 비
소나 쥐약을 먹은 것처럼 핏발선 내 눈에서는 파란 불꽃이 일었고
밤새도록 토사곽란에 시달려야 했다. 밤이 깊어지기도 전에 모든
창자는 텅 비어 버렸다. 더 토해낼 것이 없었다. 기력은 모조리 소
진되어 눈알 굴릴 힘도 남아 있지 않았다. 날이 새기도 전에 죽음
이 시커멓게 커다란 입을 벌리고 기다리고 있는 것 같았다.

맥박은 겨우 유지되었으나 기진맥진하여 희망의 끈을 아예 놓아
버리고 있을 때 밤새도록 내 곁을 지켜 준 것은 라이카뿐이었다.
그는 눕지도 않고 앉은 채 나를 계속 지켜보고 있었다. 아무 움직
임도 없이 눈알만 겨우 굴리고 있는 나를 앞발로 머리를 쓸어 주
거나 의식을 잃지 말라고 엉덩이도 가끔씩 쳐주었다. 그는 간간이
자신의 입 속에 물을 머금고 와서는 내 입에 흘려 넣어주기도 했
다. 라이카는 아침이 밝을 때까지 내 옆을 꿋꿋이 지켜 주었다. 그
의 노력으로 심각해질 수 있는 탈수현상을 면했다.

죽음의 위기에 처한 내 옆을 라이카가 아침까지 지켜 주지 않았

으면 밤 사이 나는 다른 구역의 공격성이 강한 떠돌이 개들의 '밥'
으로 사라질 수도 있었다. 떠돌이 개들에게는 항상 먹이가 부족한
상황이었다. 죽음의 문턱에 다다른 방치된 동물은 굶주려 있는 떠
돌이 개들에게는 손쉬운 표적이었다. 나는 라이카가 나에게 보여
준 동료애와 애정을 평생 잊을 수가 없었다. 그 뒤부터 나는 라이
카에게 더욱 복종하고 따르게 되었다.

우리가 홀레(교접)를 붙는 것은 인간들처럼 쾌락을 위해서는 아
니었다. 종족을 퍼뜨리고 보존하기 위한 행위에 불과했다. 수컷은
자신의 유전자를, 암컷은 강한 수컷의 유전자를 받아들이기 위해
노력할 뿐이었다. 라이카에게 나의 정자를 들이밀기란 쉽지 않은
일이었다. 그의 판단이지만 내가 강인한 체력으로 자리잡을 때까
지는 많은 시간이 필요했었다. 내가 동료 수컷들을 제압하고 그들
중 비로소 일인자가 되었을 때 라이카는 나를 조용히 받아들였었
다. 그러나 라이카는 발정기가 왔음에도 불구하고 새끼를 잉태하
지 못했다.

남자 인간들은 한심스럽게도 자신들의 정력을 위해 우리 수컷
개들의 기다란 생식기를 다투어 선호하지만 아무런 근거도 없다.
우리가 교미 시간을 오래 지속하는 것은 수컷의 성기와 그 힘 때
문이 아니고 암컷의 꽉 조여지는 질 내부의 구조 탓이다. 질 속으
로 들어간 수컷의 생식기가 결합 상태로 시간을 오래 지속하는 이
유는 나쁜 바이러스를 차단하고 이미 들어간 내부의 정충을 얼마

간 보호하기 위함인 것이다. 수컷의 생식기에 뼈가 있는 것 또한 오랫동안 결합 상태를 유지하기 위한 신체적 조건에 불과하다.

홀레가 끝나고 질 속을 빠져나온 수컷의 길쭘해진 물건이 검붉게 부을 수밖에 없는 것은 암컷의 질 근육이 교접 중에는 엄청나게 수축하기 때문이었다. 우리 수컷들의 생식기는 유전자와 종족의 보존을 위해 엄청나게 혹사당할 뿐이었다. 그런 고통이 따르는 우리들의 생식기를 정력에 좋다고 도나 개나 선호하는 인간들의 작태가 한심할 뿐이다.

라이카가 우리보다 먼저 스티코프에게 훈련을 받고 우주선을 타고 떠난 것은 결코 우연이 아니었다. 떠돌이 개들의 우두머리라서가 아니라 그는 우리들보다는 남다른 재능을 가지고 있었다. 그의 식견은 우리들로서는 도저히 이해할 수 없는 특별한 것이었다. 평소에도 언제인가는 우주로 날아갈 것이라고 입버릇처럼 말하고 있었다. 알 수 없는 강력한 힘이 우주의 어느 곳에선가 자꾸 자신을 끌어당긴다고 했다. 자기 선조들의 고향이 우주에 있기 때문에 그렇다는 것이었다.

어느 날 그가 나한테 물었다.

"고대로부터 태양계에 속한 유성에서 지구 표면으로 떨어지는 운석이 몇 갠 줄 아니?"

내가 대답할 수 있는 질문이 아니었다. 나는 고개를 살랑살랑 흔들었다.

"내가 어떻게 아니 그걸, 몰러."

"일 년에 이천 개 정도는 되지."

라이카는 까마득한 먼 옛날 운석을 타고 지구로 날아온 미생물이 진화하여 현재의 생명체를 만든 것이라는 가설이 허무맹랑한 것만은 아니라고 했다.

"세계의 과학자들이 다투어 로켓을 개발하고 쏘아 올리는 집념 자체가 지구에서 인간을 태어나게 한 우주의 어느 별엔가는 있을 조상 찾기가 아니고 뭐겠니, 안 그래?"

나는 그가 가진 지식에 대해 약간은 의심스러웠었다.

"라이카, 네가 그런 사실을 어떻게 알고 그러니?"

"우주에서 자연 환경이 가장 좋다는 지구에 익숙해져 버린 인간들이 왜 삭막한 별로의 여행에 끊임없이 도전을 하겠나? 나처럼 자기 선조들의 고향에 대한 회귀 본능이 아니라고 단정할 수만은 없잖아?"

자신의 말에 별다른 반응이 없자 라이카는 풀씨를 예로 들며 다시 말을 이었다.

"바람에 날려 씨앗을 퍼뜨린 풀씨는 적당한 환경을 만나면 그곳에 정착하여 새 생명을 피우는 것처럼 삼십억 년 전에 태양계 유성에서 떨어진 어느 운석을 타고 온 미생물이 만약 지구 최초의 생명체라고 한다면, 그 점에 대해서는 누구도 딱 부러지게 부정할 수는 없을 거야. 우주과학자들의 연구가 활발한 것은 그런 전제하에 그것을 증명하기 위한 작업이라고 볼 수밖에 없잖아."

그가 주장하는 대로라면, 인간 선조가 외계에서 왔다는 가능성을 배제할 수 없는 대목이었다.

우주여행을 갈망했던 라이카가 떠난 뒤 지금껏 돌아오지 않는 원인을 굳이 든다면 그의 선조들이 살고 있는 어느 행성을 찾아 갔는지도 모를 일이었다. 우리 떠돌이 개들 중 하필이면 라이카에게만 왜 그런 회귀 현상이 일어났을까? 꼬집어 설명할 수는 없지만 라이카의 유전자가 연어들처럼 회귀 본능이 강하게 작용했기 때문이 아닌가 싶었다.

공원에서 라이카가 처음 군인들에게 잡혀 갔을 때였다. 우리는 그의 소식이 궁금했으나 알 길이 없었다. 라이카가 군인들에게 잡혀가고 나서 그의 소식을 듣게 된 것은 6개월 뒤였다. 그가 탑승한 우주선이 발사되기 며칠 전이었다. 소련의 국영방송을 통해 그의 소식은 전 세계로 전파를 타고 나갔다. 유인 우주 비행시대가 오기 전 인간보다 먼저 우주 궤도에 도달할 지구의 생명체 라이카를 거창하게 소개해 주었다. 라이카의 짖는 소리가 방송을 타고 흘러나왔다. 사람들은 그 소리를 단지 개의 짖는 소리로만 들었을 뿐이었다. 나는 그가 짖는 의미를 알아들었다. 그때 나는 라이카와 텔레파시를 통해 교감을 잠깐 나누고 있었다.

우리 떠돌이 개들은 인간과는 달리 오감의 발달이 월등했다. 시각, 청각, 후각은 인간의 상상을 훨씬 뛰어 넘었다. 덧붙이자면 예언이 불가능하다고 하는 사상(事象)의 예지력 또한 탁월했다.

라이카는 나에게 분명히 말해 주었다. 그는 군인들에게 잡혀 가서 스티코프에게 받은 훈련과 곧 우주를 향해 떠나게 될 과정을 아주 짧게 설명해 주었다.

"기왕 훈련까지 마쳤으니 우리 선조들을 만나기 위해서라도 당당하게 우주로 떠나갈 거야, 두고 봐."

라이카의 결의는 과연 대단해 보였다.

"그런데 지금 당장 참기 힘드는 것은 공원에서 함께 뛰놀았던 너와 동료들 얼굴이 보고 싶은 거야."

그 대목에서는 목소리가 침울해졌다. 우리는 공원 스피커 밑에 빙 둘러앉은 채 눈물이 핑 돌았으나 라이카의 용기 있는 목소리에 격려의 박수를 힘껏 쳐주었다.

그날부터 라이카는 소련의 떠돌이 개들에게 영웅이 되었다. 인간보다 먼저 별나라를 여행한다는 것은 꿈도 꾸지 못할 동화 속에서나 있을 법한 이야기였다. 우리는 한동안 라이카를 부러워하는 일방 우러러 보았다. 특히 공원구역 출신 우리 떠돌이 개들에게는 자존심을 한껏 부추긴 계기가 되었다.

세계에서 지구의 생명체가 우주선을 타고 대기권 밖으로 올라가 성공한 기록은 라이카가 처음이었다. 1946년 미국은 곤충인 파리를 로켓에 실어 먼저 쏘아 올렸고, 이어 쥐와 원숭이 등을 보냈지만 우주선 자체의 오류로 생존여부를 확인할 수 없어 모두 실패로 끝나고 말았다.

　스타엘카와 내가 스티코프에게 받은 훈련 과정은 스푸트닉 2호를 타고 우리보다 앞서 우주로 간 라이카와 별반 큰 차이가 없었다. 라이카는 혼자서 고달픈 훈련을 견뎌 내었고, 우주로 갈 때에도 잘 다녀오라는 스티코프의 애정 어린 격려는 받았지만 혼자서 외로움을 감당해야만 했다. 스타엘카와 나는 함께 훈련을 받았고 우주에도 동행을 했으니 서로 적지 않은 위안이 되었다.

　나는 수컷이지만 라이카와 스타엘카는 성별이 같은 암컷이었다. 소련 과학자들이 암컷인 라이카를 처음 선택한 것은 나름대로의 이유가 있었다. 우주선을 타게 될 생명체는 좁은 공간에서 오랜 시간 앉아서 버틸 수 있는 상당한 지구력이 필요했다. 암컷이 새끼들에게 수유를 할 때 오래도록 앉아 견딜 수 있는 본성은 우주여행에서 장점이었다.

　소련의 떠돌이 잡종견들은 무리지어 다니면서 먹이도 부족한 극한 상황에서 생존하는 방법을 알았다. 시베리아의 혹독한 추위도 견뎌낼 수 있는 생태적으로 강한 체질을 가졌다. 집에서 애완용으로 호의호식하며 길들여진 개들에 비해 인내력 또한 뛰어났다. 과학자들은 우주선을 타게 될 떠돌이 개들의 그런 장점을 높이 평가했다. 암컷이 수컷보다는 성품이 조용하다는 장점도 추가되었다.

　스푸트닉 2호 때는 좁은 공간의 우주선에서 적응하기 위해서는 생리 현상의 장점도 따졌다. 특히 오줌을 눌 때 수컷처럼 한쪽 다리를 들지 않는 암컷의 습성도 플러스 요인이었다. 생리 현상은 앉은 자리에서 배설하면 곧바로 배변통에서 연소되었다. 라이카의 우주복은 우주선 본체에 고정되어 있어 움직이는데 부자연스러웠다. 선실의 여러 장치들과 배선으로 연결되어 있어 일어서거나 앉는 정도이지 돌아서지는 못했다.

선실에는 산소 발생과 이산화탄소 제거, 15도의 온도 조절, 식량의 재고 등 각종 신호 장치가 부착되어 있어 복잡하고 어수선했다. 라이카는 훈련을 통해 그런 어려운 기능을 충분히 숙지하고 있었다. 우주선에는 지구의 생물이 무중력 상태에서도 온도와 습도만 조절해 주면 생존 가능한지의 실험장치도 당연히 구비되어 있었다.

스타엘카와 나는 빛과 소리에 반응하는 훈련부터 시작했다. 섬광을 보면 5초 이내에 레버를 당기는 동작이 쉴 사이 없이 반복되었다. 연습과정에서 실패를 할 경우 스티코프로부터 발바닥에 기분 나쁜 가벼운 전기 충격이 가해지면 자신도 모르게 신음 소리가 튀어나왔다. 물론 성공하면 얼굴이 환해지는 조련사에게 바나나 환을 상으로 받았다. 지구에서 훈련을 받을 때보다 우주에서는 평균 1초 정도의 늦은 반응이 나타난다는 계산도 스티코프는 잘 숙지하고 있었다.

인간들이 우주 정복을 위해 지속적으로 온갖 지혜를 다 짜내고 있지만 내 눈에는 억지로 비춰졌다. 환경오염이 심각해지고 기후

변화에 따라 언젠가는 지구도 파멸을 맞게 될 것이었다. 그 대비책으로 우주 개발을 서두른다지만 엉뚱한 발상 같았다. 엄청나게 들어가는 우주 개발 비용을 먼저 지구 환경 살리기에 쏟아부어야 하지 않겠는가? 환경오염과 온실가스가 발생하지 않도록 지금부터라도 철저하게 관리만 잘 한다면 우주에서 지구보다 더 나은 낙원이라고 일컫는 별이 있기나 할까. 지구의 이웃 별인 화성에도 물과 공기는 없다는데 말이다.

라이카하고는 달리 스타엘카와 나는 지구로 귀환하는 프로그램에 맞춰져 있었으나 틀림없이 보장된 것은 아니었다. 만약 돌발 사태가 발생하면 죽음은 필연적이었다.

라이카가 탑승한 스푸트닉 2호는 예정일보다 3일이나 늦게 쏘아 올려졌었다. 우주센터에서 로켓의 결함이 발견되었기 때문이었다. 다행이었으나 라이카는 까닭을 모른 채 3일간이나 좁은 선실에 갇혀 있어야 했다. 라이카 때문에 이미 닫혀 버린 우주선의 문을 열게 되면 가득 채워 놓은 엄청나게 비싼 연료의 손실이 너무 컸었다.

발사가 지연되자 우주선 내부의 온도가 지나치게 낮아졌다. 과학자들은 서둘러 선실에 호스로 열기를 불어넣는 해프닝을 벌였다. 한바탕 소동 끝에 문제를 해결한 과학자들은 겨우 한숨을 돌리고 발사를 위한 마지막 점검을 순조롭게 이어나갔다.

라이카가 타고 있는 스푸트닉 2호가 발사되기 바로 몇 시간 전에 우주센터 공식발표가 우리 떠돌이 개들의 귀를 의심하게 만들었다. 우주로 날아가게 될 라이카는 살아서 돌아오지 못할 것이며 그곳에서 죽음을 맞이하도록 설계되어 있다는 내용을 담담하고 짧게 밝히는 것이었다. 공원에 설치된 스피커를 통해 갑작스러운 소식을 들은 우리 동료들은 슬픔을 감추지 못했다. 라이카가 그 소식을 들었는지는 몰라도 만약 알았다면 그의 충격 또한 만만하지 않았을 것이었다. 다행히 라이카는 우주선 안에 갇혀 있어 외부의 발표를 알지 못하고 있었다. 조련사에게 잘 다녀오라는 위로의 말은 들었지만 라이카는 자신의 죽음이 자신의 의지와는 다르게 진행되고 있다는 사실을 몰랐다. 우리는 그 발표가 충격이었고 라이카가 몹시 가엾게 생각되어 견디기가 힘들었다. 나는 라이카에게 예정된 죽음을 사실대로 차마 발설할 수가 없었다.

당시 소련의 우주 정책은 우주선의 대기권 진입 여부를 우선으로 꼽았지 선체의 회수 기술에 대한 예산 확보는 되어 있지 않았다. 소련 군사우주연구소의 발표는 비록 짐승일지라도 한 생명에 대한 무책임한 발언이었다. 사람과 짐승의 외형이야 어떻든 모든 생물체의 생명은 너나없이 소중한 것이었다. 누구도 한 생명의 죽음에 대해서는 간섭할 수가 없다. 만약 라이카가 자신의 죽음을 알고 있었다면 순순히 응하지는 않았을 것 같았다. 그는 6개월 동안 과학적 바탕 위에 쌓여진 훈련으로 여러 가지 기능을 축적하고 있었다. 라이카는 자신이 숙지한 과학적 능력을 십분 발휘한다면 우주선에서의 탈출이 가능할지도 모르는 일이었다.

소련 당국은 스푸트닉 2호가 발사되고 일주일 뒤, 우주선에 머문 라이카는 7일 만에 독극물이 든 음식을 먹고 안락사 되었다고 발표했다. 언론에서는 라이카의 숭고한 희생으로 인간의 우주여행 가능성이 활짝 열렸다고 연일 들썩거렸다. 유럽 동물애호가 단체는 라이카의 죽음에 대해 그의 의사를 철저히 깔아뭉갠 참혹한 살생이라고 비난하며 추모운동을 벌였다.

나는 소련 당국의 안락사 발표를 믿지 않았다. 그런 발표가 있고 나서도 라이카와 나는 인간이 갖지 못한 예지력으로 며칠간 교신을 더했기 때문이었다. 당국의 발표 시각에도 라이카는 우주를 유영하며 친구들의 그리움을 노래하고 있었다.

우주를 여행하던 라이카는 지구를 향해 지속적으로 건강한 생체 신호를 보내 주었다. 그가 우주를 향해 날아간 날부터 나는 텔레파시를 통해 그와 가끔씩 교신을 나누었다. 교신 자체가 명확하지 않은 것도 있었으나 라이카는 열흘 내내 건강했고 삶의 의지를 강하게 표현했었다. 그는 우주여행이 의외로 만족스럽다는 투였다. 라이카가 만족하고 있다고 생각한 것은 그가 노래를 보내 준 것처럼 누구에게도 간섭받지 않는 우주에서의 평화로움 때문이 아닌가 싶었다.

그가 우주선에서 자신의 임무 외에 할 일이 있다고 말한 것은 자기 선조들이 살았던 고향의 별을 찾는 일이었다. 새삼스럽고 엉뚱한 일도 아니었다. 그가 늘 꿈꾸어 오던 일이었다. 나는 라이카가 어떤 식으로든지 살아서 지구로 돌아오기를 간절히 빌었다. 라이카가 떠난 뒤 그가 그리워 밤하늘에 뜬 무수한 별들을 헤아리며 잠을 이루지 못한 날도 허다했었다. 내가 라이카를 누구보다 더 그리워하는 것은 꼭 그와 흘레를 붙은 일이 있어서가 아니라 특별한 우정 때문이었다.

어느 날이었다. 라이카와 나는 떠돌이 개들을 잡아 동남아로 수출하는 개장수들에게 함께 잡힌 경험이 있었다. 라이카와 나는 끌려가면서 수시로 기회를 엿보았었다. 마침 기회가 온 것은 며칠 뒤 한밤중이었다. 우리는 감시가 허술한 틈을 타서 목에 비끄러맨 밧줄을 이빨로 끊고 철조망을 뛰어넘어 탈출을 시도했었다. 그 일로 라이카는 뱃구레가 철조망에 찢겨 깊은 상처가 났고 나는 뒷다리에 골절상을 입었다. 산속으로 겨우 피신한 우리는 안도는 했으나 부러진 뒷다리가 아물 때까지 내 행동은 부자연스러울 수밖에 없었다. 뱃구레에 깊은 상처가 났음에도 라이카는 불편한 몸으로 내가 회복할 때까지 먹을 것을 정성껏 조달해 주었다. 나는 라이카에게 두 번이나 큰 신세를 진 셈이었다.

우주로 날아간 열흘 뒤 라이카는 우주에 남은 채 별이 되겠노라는 노래를 끝으로 더 이상 그와는 교신이 되지 않았다.

라이카가 우주에서 열흘 동안 나를 향해 간간히 메시지를 보낸 것 중에는 자신의 외로움을 노래한 것도 있었다.

화산의 폭발처럼 천지가 진동할 때
우주선이 떠오르고
로켓의 뜨거운 열이 얼굴을 핥는다.
작은 몸이 공포에 떨고 있을 때
우주선은 대기권 밖으로 치솟았다.
아득히 멀어진 지구는
눈이 시리도록 아름다운
팔레트 위의 선명한 청색과 흰 물감이었다.
그러나 친구가 없는 우주에는
외로움만 쌓이네.

우주에서 그가 보낸 메시지를 받고 이름을 불러 보았다.

"라이카! 나야 벨카. 모두가 너를 그리워해. 우리가 함께 뛰놀던 공원에서 네가 돌아오기를 기다리고 있단다. 무사히 꼭 돌아와야 해."

라이카의 대답이 들려왔다.

"나도 너희들이 그립단다. 벨카 고마워!"

라이카는 우주 공간의 가까이와 멀리에서 다양한 색채로 빛나는 수많은 별들 속에서 유영하고 있었다. 그는 잠시 후 잠들어야 할 시간이라며 교신을 끝내었다.

이튿날 아침 풀잎의 이슬이 깨기도 전에 우주를 향해 나는 라이카를 불러 보았다. 아무런 대답이 없었다. 그는 작은 상자 속에서 아직 잠에서 깨어나지 않은 모양이었다. 잠시 뒤 다시 불렀다. 라이카가 잠에 취한 목소리로 겨우 대답을 했다.

나는 라이카의 첫마디에 놀랐다. 그는 대뜸 선조의 고향인 별을 찾기 전에는 지구로 돌아오지 않겠다는 것이었다. 그 말 속에는 소련 당국에서 발표한 자신의 정해진 죽음에 대해서 알고 있는 것 같은 낌새가 비쳤다. 그렇다고 그 사실을 내 입으로 밝힐 수는 없었다. 만약 그가 탈출할 계획이라도 세웠다면 더없이 다행한 일이기는 했다. 그 탈출이란, 예정된 죽음을 감지한 라이카는 소련 우주센터의 지시를 받지 않고 이탈해서 계속 우주에 남아 있겠다는 말로도 해석될 수 있었다. 라이카는 덧붙여서 추억이 있는 공원이나 나와 동료들이 그리운 것은 사실이나 이제 지구로는 돌아가지 않겠다고 다시 강조했었다.

"라이카, 그게 무슨 말이야? 여기에 있는 공원과 거리는 네가 뛰놀던 곳이 아니냐?"

"벨카, 우주에서 보는 지구가 아름답고 신비스럽기는 해. 그러나 그곳은 평화가 없잖니? 그리고 인간들은 자신들의 이기심만 중뿔나게 내세우고 남을 배려할 줄을 모르잖아."

나는 뭐라고 대답할 수가 없었다.

인간들은 인체과학의 발전을 위한다는 명분 아래 무지한 동물들을 실험 대상으로 삼아 살상을 일삼아 왔다. 억울하게 죽어간 동물들은 원숭이, 개, 쥐, 돼지, 고양이, 침팬지, 심지어 초파리까지 다양했다. 멀쩡한 동물들이 과학자들에 의해 실험용 암세포를 투여받고 영문도 모른 채 고통 속에서 서서히 죽어갔다. 목숨을 잃은 그들이 받는 보상은 없었다. 연구소 실험실 뒤쪽에 제단이 하나 마련되어 있었다. 그곳에서는 연구소 직원들이 일 년 동안 실험으로 죽인 동물들의 영혼을 위로한답시고 합동 위령제가 형식적으로 한 번 치러질 뿐이었다.

각종 실험에서 이미 죽어간 동물들처럼 과학자들은 라이카 따위의 생사에는 관심을 크게 가지지 않았다. 안전이 전혀 보장되지 않은 상태에서 살아 있는 동물의 생명을 담보로 한 실험은 인간의 이기심으로밖에 볼 수 없었다. 비록 떠돌이 개일지라도 생명은 소중했다. 인간의 잔학성은 비판받아야 마땅한 것이었다.

"인간이 스스로 모험에 뛰어드는 이유가 무엇인지 아니? 그것은 자신의 명예와 부(富)를 탐하기 때문이야."

라이카가 그 말끝에 덧붙인 것은, 인간의 도전정신은 희생보다 성공이라는 달콤한 유혹이 너무 강하기 때문에 달려드는 것이라고 했다.

어느 날 밤이었다. 라이카가 노래를 또 들려주었다.

평화로운 우주에
외로움이 밀려든다.

별 속에 하나 둘
그리운 얼굴들을 새겨 넣고
그들을 향해 외친다.
애들아! 나야, 라이카!
메아리도 없는 우주에서
별을 헤아리며 노래하지만
쌓이는 것은 적막함이네.

노래를 마친 라이카는 눈물을 한 방울 떨어뜨렸다. 그 눈물은 아주 작은 별똥별이 되어 우주에서 반짝하고 빛났다. 라이카는 그 노래를 마지막으로 더 이상 소식을 전해 오지 않았다. 나하고도 교신이 끊어진 셈이었다.

라이카는 스타엘카와 나처럼 목숨을 보장받을 수 있는 우주여행이 아니었다. 라이카는 처음 훈련받을 때부터 철저하게 혼자였다. 그가 자신의 예정된 죽음을 알게 되었다면 그 시점은 우주로 날아간 뒤가 아니었나 싶다. 말은 하지 않았지만 그가 들려준 노래를 보면 우주 공간에서 그가 제일 견디기 힘드는 것은 밀려드는 막막한 외로움이었을 것이라는 생각이었다.

어쨌든, 스푸트닉 2호에 탑승한 라이카의 우주 활동은 당시 국제 지구물리의 해에 계획했던 성과를 훨씬 뛰어 넘는 수준을 거두었다. 라이카가 탔던 스푸트닉 2호는 지구를 2천5백 번 선회한

후 대기권으로 진입하면서 공기와 접촉하여 불타 버렸다는 공식 발표가 있었다.

　소련 군사우주센터에서 우주견으로 스타엘카와 내가 선발되었을 때 나는 잔뜩 기대감에 부풀어 있었다. 일단 우주로 날아가기만 하면 라이카의 흔적을 발견할 수 있을 것이라는 기대감 때문이었다. 라이카가 안락사 되었다지만 그동안의 여러 가지 정황을 살펴보면 쉽게 납득할 수 없었다. 그의 용기나 지혜로 보아 의외로 우주의 어느 공간에서 살아 있을 것이라는 심증이 들기도 했다. 나는 기왕 우주로 갈 바에는 라이카도 찾아야겠다는 마음이 굳어져 있었다. 그래서 더욱 열심히 훈련을 받았었다.

　스타엘카와 나는 라이카의 뒤를 이어 우주로 향해 쏘아 올려졌고 우리는 라이카가 노래했던 우주의 아름다움과 평화로움도 확인할 수 있었다. 우주선 안의 모든 조건은 쾌적하고 안락했다. 우주선 내에서의 행동반경은 제한되어 있었지만 옆에 함께 자리한 스타엘카와 나는 서로 의지가 되어 외로움은 몰랐다.

　라이카에 비해 우리가 우주에 머무는 시간은 턱없이 적었다. 불과 24시간뿐이었다. 나는 정신을 바짝 차렸다. 스타엘카와 나는 우주를 유영하며 머무는 동안 눈도 한 번 깜박이지 않았다. 줄곧 우주 공간을 지켜보았다. 일순간의 방심으로 스쳐 지나가는 별 사이에서 떠돌 라이카와 만날 수 있는 기회를 놓쳐 버릴 수는 없었다. 그를 만나게 되면 함께 지구로 돌아올 수 있을 것이라는 생각도 여투어 놓았다. 그 희망은 24시간 안에 이루어지지 않으면 물거품이었다.

그런 노력에도 불구하고 라이카의 흔적은 어디에도 나타나지 않았다. 우리가 탄 우주선은 아쉬움을 뒤로한 채 지구로의 예정된 귀환 프로그램에 따라 움직여야 했다. 라이카는 우주에서 영원히 사라진 것일까? 만약 그가 유영하는 별이라도 되었다면 자신의 흔적을 스스로 나타내지 않는 한 알아볼 수는 없었다. 까마득하게 더 넓은 우주의 이루 다 셀 수도 없는 크고 작은 별 틈에서 과연 어떤 방법으로 그를 찾아낼 수 있겠는가. 라이카가 죽지 않았으면 도대체 어디로 사라진 것일까?

스타엘카와 나는 소련 군사우주선 스푸트닉 5호의 탑승 임무를 무사히 마치고 지구로 귀환했다. 스타엘카와 나는 세계 최초로 우주 궤도 비행을 마치고 살아 돌아온 동물이었다. 우리에게 베풀어진 환영은 대단한 것이었다. 그러나 환영 행사에서 나는 즐거움을 느낄 수 없었다. 사라진 라이카의 행적을 찾지 못했기 때문이었다. 우주선 귀환의 성공 행사가 우리에게는 별 의미를 가져다주지 못했다. 라이카가 말한 인간들의 이기심을 부추긴 행사일 뿐이었다. 스타엘카와 나에게 돌아온 축하 선물은 고작 조련사 스티코프가 특식으로 챙겨 주는 사흘 남짓의 고깃국이었다.

우리가 무사히 귀환하자 동물애호단체에서 라이카의 추모운동을 다시 벌였다. 소련은 세계의 여론을 무시하지 못했다. 소련은 군사우주센터에 라이카의 기념비를 세웠고 추모곡, 기념우표도 만들었다. 그것마저도 우리에게는 의미 없는 일이었다. 인간들의 동물들에 대한 생명 경시가 달라지지 않는 한 우리는 여전히 인체 과학 및 우주과학의 발전을 위해 희생당할 뿐이었다.

스타엘카와 나는 우주에서 지구로 귀환한 뒤 특별대우를 받았다. 거리의 떠돌이 개들처럼 먹이를 찾아서 평생 헤매지 않아도 되었다. 나하고 짝을 지은 스타엘카는 스티코프의 보살핌으로 여섯 마리의 예쁜 새끼를 낳았다. 그중 한 마리는 소련 수상 흐루시츠프가 미국 대통령 캐네디의 딸 캐롤라인에게 선물로 보냈다.

나와 스타엘카의 결합으로 낳은 새끼 한 마리가 미국으로 건너가던 그날 밤 나는 우주센터 뜰에서 별똥별 하나가 길게 빗금을 그으며 날아가는 것을 바라보았다. 그 별똥별이 라이카가 보낸 흔적일까? 그러고 보니 그 별똥별이 라이카의 눈물을 닮은 것 같기도 했다.

나는 우주과학연구센터에서 스타엘카와 예쁜 새끼들과 함께 부족한 것을 모르고 지냈지만 언제나 한쪽 가슴은 텅 빈 것 같았다. 밤마다 이슬 젖은 마당에 홀로 나와 앉아 하늘의 별들을 헤아리며 사라진 라이카의 흔적을 찾아보고 있었다.

언젠가 내가 죽어 영혼이 되어 우주로 날아가면 그곳에서 라이카를 만날 수 있을까? 오늘도 밤하늘을 바라보며 라이카의 별을 헤아려 보았다.

진딧물의 미로

두터운 회색구름이 여름 하늘을 뒤덮고 있었다. 후텁지근한 것을 보니 금방 소나기라도 한줄기 쏟아질 기세였다. 날씨처럼 정효와의 약속 때문에 인섭의 마음은 무거웠다. 한 달 전 정효를 만났을 때 직장에서 받은 휴가 보너스가 고스란히 날아갔었다. 그녀가 또 무슨 엉터리 수작을 부릴지 얼른 짐작이 되지 않았다.

인섭은 동네에서 좀 떨어진 정효와 약속한 먹자골목 코너에 있는 '포 유(for you)'라는 카페로 들어갔다. 문을 열자 에어컨 냉기가 그의 콧속으로 시원하게 밀려들었다. 도로 쪽을 향하고 있는 카페의 창문들은 넓고 높아서 거리 풍경이 훤히 내다보였다. 토요일 오후의 카페는 술손님이 들기에는 아직 이른 시간이었다. 홀에는 여자 손님 둘밖에 없었다. 그녀들은 테이블 하나를 사이에 놓고 누구를 기다리는지 출입문에 가끔 신경을 쓰며 수다를 떨고 있었다. 인섭은 평소 즐겨 앉는 창가 쪽에 자리를 잡았다.

화려한 치잣빛 원피스로 차려입은 주인 나경미가 미소를 머금은 채 그에게 다가왔다. 삼십대 후반인 그녀는 나이가 믿어지지 않을 정도로 몸맵시가 돋보였다.

"저, 정효, 아, 아직 안 왔죠?"

인섭의 말투가 약간 어눌했다. 나경미는 얼굴에 부드러운 미소를 지으며 대답 대신 고개를 끄덕이며 손사래를 쳤다. 인섭은 그녀에게 주문을 했다.

"우, 우선 시원한 매, 맥주 두, 두 병 주세요. 아, 안주는 아, 알아서 주구."

그의 말투가 아무래도 부자연스러웠다. 나경미가 물수건을 쓰겠느냐고 말없이 손 닦는 흉내를 내었다. 이번에는 인섭이 손사래를 쳤다. 꼭 언어 장애자들이 수화를 하는 듯했다.

인섭은 결혼하고 몇 년 뒤 심한 중이염을 앓았다. 그때부터 청각 기능이 손상되어 웬만한 큰소리 아니면 잘 알아들을 수가 없었다. 언어 장애도 그때 함께 온 것이었다. 병원 치료를 겸해 온갖 수단과 모진 단련을 다 동원한 끝에 그나마 상대가 지껄이는 된소리와 입의 움직임만으로도 말뜻만은 대강 알아들었다. 장애가 있는 인섭과 정효와의 불편한 관계를 나경미는 어느 정도 알고 있었다.

맥주와 안주가 나왔다. 접시에 넉넉하게 담겨 있는 것은 늘 땅콩과 마른멸치였다. 카페 메뉴에는 없는 안주지만 인섭이 그것만 고집해서였다. 시계를 보니 약속 시간 여섯 시가 이미 지났다. 시간 관념이 도통 없는 정효가 도착하려면 으레 30분 이상은 더 기다려야 했다.

나경미가 자그마한 예쁜 손으로 금방 따라 놓고 간 맥주잔 위로 하얀 거품이 바글거렸다. 갈증을 느낀 인섭은 잔을 들어 단숨에 맥주를 비웠다. 눈자위가 찡할 정도로 트림이 콧속을 찔렀다. 그는 문득 정효와 헤어졌던 때가 떠올랐다.

정효는 결혼 몇 년 뒤 경험도 없으면서 가전제품 대리점 사장 자리에 바람이 들었다. 어깨 너머로 들은 상식만 가지고 그녀는 기어이 고집을 부려 사업을 시작했다. 누가 그렇게 되기를 바란 것처럼 얼마가지 않아서 보란 듯이 부도를 맞고 말았다. 그 여파로 대출 담보로 묶여 있던 하나밖에 없는 아파트까지 날려버렸다.

그녀는 한 번의 사업 실패가 성에 차지 않았는지 얼마간 남아 있었던 돈까지 사그리 들고 나가 커피숍을 하다가 그 마저도 말아먹었다. 인섭은 그 충격인지는 몰라도 청각 장애에 이어 언어 장애까지 왔다. 그는 다니던 제약회사에 사표를 내지 않을 수 없었다. 정효와의 사이에서 낳은 딸 은별이가 네 살 때였다.

생활은 서서히 바닥으로 곤두박질치기 시작했다. 그는 장애인이라는 딱지 때문에 다른 직장으로의 이직은 엄두를 낼 수 없었다. 그렇다고 손을 놓고 앉아 굶을 수도 없는 안타까운 노릇이었다.

실패한 사업의 원망이 인섭에게 서서히 날아들었다. 가족을 부양해야 할 가장이 장애가 되었다고 해서 그 의무를 피할 수 없다며 정효는 아침에 눈만 뜨면 돈 벌러 나가라고 들볶았다.

얼마가지 않아 그녀가 먼저 경제적 어려움을 슬기롭게 극복하지 못하고 낮부터 바깥으로 나돌았다. 밤늦게 들어올 때는 술냄새까지 풍겼다. 정효는 노래방에서 도우미 일을 한다고 했다. 그 일을 하는 것은 오직 자신의 허영기와 헤픈 씀씀이의 해갈을 위해서였다. 인섭은 막노동판이라도 나가려 해도 혼자 남게 될 어린 딸이 발목을 잡았다. 정효가 집을 비우면 인섭은 하루 종일 집에서 딸 은별이와 함께 있었다. 월세가 밀린 지하 원룸은 언제 빼라고 할지 몰라 불안한 상태였다.

침침한 지하방의 빗금이 오르내리는 티브이 화면은 아무리 두들겨도 요지부동이었다. 그는 사다리 타기를 하는 흐릿한 화면에 시선을 붙박아 놓고 자정이 넘도록 아내를 기다렸다.

그런 생활 1년 만에 결국 그녀는 이혼을 요구해 왔다. 위기를 극복해 본 경험이 없는 그녀가 결론에 도달한 것은 능력이 부족한 남편과 헤어지는 길밖에 없다고 했다. 무능한 남편과 죽을 때까지 의리를 지키며 진흙구덩이에서 허우적대는 것은 죽기보다 싫다고 지껄였다. 인섭은 정효의 허영기와 부족한 인내력으로 보아 언제인가 그런 날이 오리라는 예상을 하고 있었지만 막상 당하고 보니 비참한 생각이 들었다.

인섭은 정효를 수차례 설득하다가 고집을 꺾지 않자 그녀가 준비해 온 서류에 말없이 도장을 눌러 주었다. 그는 눈물이 핑 돌았다. 그 모습을 정효에게 보이지 않으려고 화가 난 것처럼 화장실로 휭하니 들어가 버렸다.

창밖 거리에는 어느새 비가 쏟아지기 시작했다. 나경미가 밖에 내놓았던 장미 화분을 들고 들어왔다. 활짝 핀 꽃송이들은 변종형으로 도토리만큼이나 작은 흑장미였다. 앙증맞은 장미 송이가 그녀의 치잣빛 바탕 원피스에 자잘하게 박힌 하얀 국화와 조화를 잘 이루었다. 그녀의 표정은 물장사하는 여자라기에는 나긋함이 없고 어딘지 모르게 항상 굳어 있었다. 나경미는 손님들에게 필요 이상의 말은 하지 않았다. 인섭한테는 예외였다. 나이답지 않게 인섭의 점잖은 행동이 그녀에게 신뢰를 준 모양이었다.

그녀는 장미 화분을 인섭이 앉아 있는 바로 옆 구석 창가에 갖다 놓았다. 비를 흠뻑 맞은 장미가 무척 싱싱해 보였다. 인섭이 시계를 보았다. 약속 시간은 벌써 30분이나 지났다. 컵에는 두 번째 따라 놓은 맥주의 거품 띠가 어느새 얇아져 있었다. 인섭은 맥주잔에는 손대지 않고 멸치만 가끔 집어서 씹었다. 창가 화분의 장미 줄기에 깨알만한 초록 물방울들이 대롱거렸다. 물방울들이 초록으로 보이는 것은 바깥에서 들어온 투과된 빛 때문이라 생각했다.

무심결에 바라본 장미 줄기의 초록 물방울 하나가 위를 향해 조금씩 움직였다. 낮은 곳으로 흐르는 성질을 가지고 있는 물방울이

위로 움직이는 것이 인섭에게는 의아했다.

그는 갑자기 초록색 잔에 맥주가 먹고 싶어졌다. 나경미를 손짓해 불러 초록색 잔을 부탁했다. 그녀는 주스잔으로 사용하는 길쭉한 6각형의 초록색 컵을 쟁반에 받쳐들고 왔다. 앉은자리에서 6각형 잔을 통해 올려다본 나경미의 얼굴 피부가 파충류 껍데기처럼 일그러져 버렸다. 인섭은 잠시나마 나경미를 모욕한 것 같아 얼른 고개를 떨어뜨렸다.

인섭은 조금 전 따라 놓았던 냉기가 사라진 말 오줌 같은 맥주를 초록색 컵에 옮겨 부었다. 마술을 부린 것처럼 거품이 치솟았다. 초록색 컵에 비치는 맥주 색깔이 애매모호해졌다. 무슨 색이라고 해야 할지 적절한 단어가 생각나지 않았다. 인섭은 초록색을 유난히 좋아하는 정효의 얼굴이 떠올랐다. 그는 그녀와의 좋지 않았던 기억을 지워 버리듯 맥주를 입안에 조금씩 흘러 넣고 잘근잘근 씹었다.

창가 장미 줄기에 붙어 있는 초록 물방울은 쉬지 않고 꾸준히 오르고 있었다. 인섭은 자세히 보기 위해 창가로 바싹 다가가 물방울에 눈을 들이대었다. 움직이는 것은 물방울이 아니라 물기 젖은 진딧물이었다. 진딧물의 몸통이 터질 것처럼 통통했다. 꼬물대며 줄기를 오르고 있는 진디물의 뒤를 언제부터인지 개미 한 마리가 따르고 있었다. 화분에는 흙 갈이를 하는 속성상 개미가 정착하기 어려울 터인데 개미의 출현 또한 괴이했다. 흙갈이를 할 때 아마 묻어서 따라 왔는지도 몰랐다. 인섭은 형태가 서로 다른 곤충들끼리 공생을 잘 이루는 모습이 좋아보였다. 헤어져 살고 있는 정효와 자신은 미물들보다 못하다는 생각이 슬며시 뇌리를 파고들었다. 진딧물이 식물에게 피해를 주는 것은 사실이지만 개미와의 공생 입장에서 보면 생존을 위한 방법이었다. 지구상의 모든 생물들이 서로 먹고 먹히는 것은 자연의 순리였다. 지구의 생태계에 정작 피해를 주고 있는 것은 자연을 대수롭지 않게 여기는 인간들이라는 다큐멘터리를 어느 티브이 채널에서 본 것 같았다.

자연 속의 생물들은 결코 정효처럼 배신 따위는 하지 않았다. 진딧물의 배설은 생리 작용에 의한 것이지만 개미에게는 고급 식량이었다. 먹이사슬 체계이기는 하지만 보잘것없는 아주 미세한 몸의 진딧물이 배설을 통해 개미와 나누는 것은 나름대로 착한 본성이라고 생각했다. 정효의 어긋난 의식을 곱씹어 보면 씁쓸한 생각이 들었다.

돋보기로 보아야 할 정도로 아주 작은 진딧물에 비해 상상할 수 없는 큰 몸집을 지닌 그녀가 아닌가. 또 감각 기능에만 의존하는 여타 동물에 비해 인간은 사고력이 있지 않은가. 사고력을 가진 인간이라면 선한 쪽으로 진보해야 하는데 그녀는 왜 자꾸 그릇된 쪽으로 기울어지는지 모르겠다. 그녀의 본질 자체가 탐욕으로만 이루어진 것 같았다.

진딧물이 개미에게 주는 것처럼 인섭은 정효에게 늘 단물만 주었다. 그것에 대한 보상은 지금까지 그녀가 할퀴고 간 상처뿐이었었다. 그녀는 철저하게 그를 이용만 했다.

정효 부모는 여자 중, 고등학교 부근에 조그만 분식점을 운영했다. 그녀 부모는 운이 좋아 목돈을 좀 거머쥐자 대형 갈비식당을 욕심내었다. 얼마 뒤 은행 대출과 사채를 끌어들여 비싼 권리금을 주고 무리하게 갈빗집을 인수하게 되었다. 식당은 2년을 넘기지 못하고 문을 닫아 버렸다. 식당을 시작할 때 거금의 사채를 빌려 준 사람은 바로 정효 이모였다. 정효 부모는 빚에 쫓기자 세 살 된 자식까지 버리고 비정하게 줄행랑을 놓아 버렸다.

그 소식을 듣고 추운 겨울 날씨에 허둥지둥 달려간 이모 앞에는 온기도 없는 싸늘한 방에서 하루 종일 울어 목이 쉰 어린 계집아이 하나뿐이었다. 그녀는 도주한 사촌 동생 부부가 괘씸했으나 차마 정효를 그냥 내버려두고 올 수가 없어 집으로 데리고 왔다. 아이를 데리고 있으면 언제인가 저희들이 나타나겠지 하는 바람도 없지 않았다. 이모는 정효를 불쌍하게 생각해서 딸처럼 길렀다. 그러나 세월이 수없이 흘러도 그들은 끝끝내 종무소식이었다. 정효가 시집가는 날까지도 부모들은 감감한 채 연락이 없었다.

그 당시 정효 이모는 동네 시장 안에서 남편과 함께 정육점을 운영했다. 남편이 죽자 혼자서 장사를 했으나 나이가 들고 차츰 일이 힘에 부치자 그 업을 정리하고 규모가 제법 큰 하숙집을 인수하게 된 것이었다. 나이가 많아서 정효와 둘이서 살고 있던 그 이모는 인섭이 총각 때 머물렀던 하숙집 주인이었다.

인섭이 정효를 만난 것은 서른 살 때였다. 그가 정효와 함께 결혼생활을 시작한 날부터 앞날을 대비해 세운 계획은 도무지 이룰 수가 없었다. 그는 씀씀이가 헤픈 정효의 낭비벽 때문에 골치가 아팠다. 무리한 사업으로 결혼 초에 어렵게 마련했던 아파트와 얼마간 저축해 놓은 목돈마저 날려 버렸다. 그런 일을 치르면서 결혼 생활은 차츰 파경으로 빠져들기 시작했고, 결국에는 헤어지는 것으로 두 사람 관계에 종지부를 찍고 말았다.

그녀와 찢어지고 난 후 새벽부터 막노동판을 돌면서 새로운 직장에 나갈 때까지는 먹는 것이나 옷 따위에 신경 쓸 여유가 없었다. 이제 인섭은 전세방도 마련했고 매달 얼마씩 저축까지 하고 살았다. 그는 대학 졸업 후 취득해 놓은 임상병리사 자격증 덕분에 시내의 모 보건소로 출근을 했다. 여러 해 실직 상태인 그의 어려운 처지를 보건복지부 고위직에 있는 고향 선배가 마침 결원이 생긴 보건소 그 자리에 장애인 고용법을 적용해 알선해 준 것이었다.

정효가 만나자고 한 까닭을 얼추 짐작은 할 수 있으나 이제는 무골호인처럼 그녀의 뜻에 맞춰 마냥 건성건성 넘어 가지 않고 옳고 그름은 따져야 했다. 그녀와 그는 지금 부부 관계를 유지하고 있는 것도 아니었다. 그런데도 인섭은 거미줄에 걸려든 곤충처럼 그

녀에게서 헤어나지를 못하고 있었다. 막상 두고 봐야겠지만 오늘
만큼은 무슨 일이 있어도 달라져야겠다고 여러 번 다짐을 하고 나
온 터였다.

정효가 재혼한 남편은 시장에서 임대업을 하고 있는 5층짜리 건
물 주인이었다. 나이가 25년이나 차이가 나는 영감이라고 했다.
그녀는 돈에 현혹되어 재혼을 했지만 빠듯하게 그때그때 생활비
나 타 쓰는 것 같았다. 그래서 모자라는 돈의 갈증을 해소하기 위
해 자신에게 가끔씩 찾아오는 것임을 인섭은 잘 알았다.

헤어지고 얼마간 연락을 끊었던 정효는 인섭이 일 년 전에 직장
을 구하자 어떻게 알았는지 그를 찾아와 끈질기게 괴롭혔다. 그동
안 돈 때문에 찾아온 것만도 열서너 번은 되었다. 그녀는 인섭을
만날 때마다 제 주머니에 차고 있는 돈처럼 내놓라고 졸라댔다.
앞세우는 것은 꼭 딸 은별이었다. 돈이 쓰일 용도는 아이의 생일
이다, 학교 성적이 올랐다, 보약이다, 학원비다 하며 은별이 핑계
뿐이었다. 인섭은 딸아이를 들먹대면 이상하게 모질게 다잡았던
결심도 이내 무너져 버렸다. 그녀가 이혼할 때 아이의 양육권을
악착같이 놓치지 않으려고 한 것도 지금까지의 수작을 보면 알조
였다. 자신에게서 돈을 우려내기 위한 하나의 구실이었다.

개미가 진딧물에게 단물을 얻기 위해 뒤를 따르는 것은 적으로
부터 보호를 해 주는 명분이 있었다. 미물의 세계에서도 주고받는
것이 있는데 그녀는 일방적인 요구뿐이었다.

그녀의 탐욕은 끝 간 곳을 몰랐다. 그런 심성은 빚 때문에 자식까지 내팽개치고 도망간 그녀의 비정한 부모의 유전자를 물려받은 것이 틀림없었다. 정효가 이모의 근면하고 검소하며 알뜰한 생활습관에 일찍 눈떴더라면 지금쯤 아마 삶의 질은 상당히 달라졌을 것이었다. 두 사람은 경제 파탄을 맞지 않아도 되었고 당연히 헤어지지 않았을 것이고, 잘 살고 있을 것이 분명했다.

그는 카페로 나오기 전 오랜만에 이발과 목욕을 하고 더운 날씨에도 새 양복을 입었다. 정효에게 꾀죄죄한 모습을 보이기 싫어 손톱도 말끔하게 깎아서 손질을 했다. 인섭이 총각 때 정효를 한눈에 빠져 버리게 만든 그의 매력은 아직도 건재하게 살아 있었다. 그는 청각 장애라는 것만 빼면 30대 후반의 건강한 사내였다. 주위에서 인섭을 보고 왜 재혼을 하지 않느냐고 했다. 그는 그럴 마음이 전혀 없었다. 그렇다고 해서 정효에게 어떤 미련이 남아서 그런 것은 아니었다. 백 년까지 함께 살겠다고 혼인 서약까지 해 놓고서도 가난하고 귀머거리가 되었다고 해서 남편을 헌신짝 버리듯 한 그녀였다. 세태가 그런 판이니 정효뿐 아니라 어떤 여자인들 다를 게 없지 싶었다.

그는 여태 살아오면서 타인에게 터럭만큼도 해가 되는 짓을 하지 않았는데도 자신에게는 엄청난 고통과 수난이 따랐다. 그럴수록 바르게 살려고 아무리 노력을 해도 하나도 달라지지 않았다. 인섭은 신을 원망했고 결국에는 믿던 종교도 버렸다. 더 이상 신은 없다고 외쳤다. 현실의 절박한 고통에서 당장 구원받는 게 더 중요하지 죽어서 아무리 천당이나 극락이 있다 한들 무슨 소용이 있겠는가 싶었고 신이 있다는 것도 믿을 수 없었다.

내리고 있는 빗줄기가 좀처럼 멈출 기세가 아니었다. 카페의 출입문이 열리고 드디어 정효가 들어섰다. 그녀는 물이 뚝뚝 떨어지는 접은 우산을 문 입구의 항아리 속에 박아 넣었다. 정효는 인섭을 금방 알아보고 창가 구석자리로 다가왔다. 그녀는 오늘도 초록색 티셔츠에 하얀 바지를 입고 있었다. 몸에 착 달라붙은 티셔츠가 터질 것처럼 미어져 나온 가슴을 돋보이게 했다. 잘록한 허리가 엉덩이의 선을 잘 살려 내었다.

인섭은 탐스런 그녀 가슴이 자신의 돈으로 만들어진 것이라 생각하니 기분이 별로 좋지 않았다. 몇 달 전 정효는 자신의 절벽 같은 유방 확대 수술을 해야 한다고 오백만 원이나 후려 갔었다. 재혼한 영감과 헤어지게 되면 당신이 먹여 살릴거냐고 협박하면서 가져간 돈이었다. 처녀 때부터 가슴이 좀 빈약하기는 했으나 심각할 정도는 아니었다. 함께 살고 있는 영감의 환심을 사기 위해 자신의 구렁이 알 같은 돈을 털어 간 것이었다. 그렇게 투자를 하고도 아직 영감의 경제권을 독점하지 못했다고 하니 공연히 울화가 치밀었다.

영감의 자녀들은 모두 결혼을 해서 나가 산다고 했다. 노인은 본처가 살아 있을 때도 경제권만은 내놓지 않은 구두쇠였다. 정효는 영감에게 갖은 간살을 다 떨었지만 뜻대로 되지 않았다. 결코 편하지 않은 그런 생활을 버텨내고 있는 그녀가 인섭에게는 불안으로 다가왔다. 곧 그런 불안의 불똥이 언제 어떻게 튀어서 자신한테로 되돌아올지 알 수가 없기 때문이었다.

바람직하지 못한 환경에서 자라고 있는 은별이를 생각하면 마음이 아팠다. 당장이라도 딸을 데려오고 싶었다. 인섭은 이제 자리가 잡혀가고 있으니 예전처럼 가족이 함께 모여 살고 싶은 생각도 문득문득 들기도 했다. 그러나 자존심이 상하는 일이었다. 돈에 눈이 멀어 늙은 영감의 후처로 간 그녀를 지금 받아들인다는 것은 입맛 떨어지는 일이었고 치욕이라는 생각이 들었다. 중고품 물건이야 사고팔 수도 있고 고쳐서도 쓴다지만 여자의 경우 인섭의 정서로는 다른 이야기였다. 정효의 바르지 못한 생활이 달라지지 않는 한 생각해 볼 가치도 없었다.

"자기, 일찍 왔어? 막 나서려는데 비가 쏟아지지 뭐야."

엄연히 남남인데 아직도 '자기'라는 호칭을 쓰는 말투가 못마땅했다. 약속 때마다 번번이 늦게 오는 것은 상투적인데 당연한 것처럼 둘러대는 뻔뻔스러움이 옛날이나 지금이나 하나도 달라지지 않았다.

그녀가 맞은편에 앉자 금방 눈으로 가득 들어차는 커다란 유방이 인섭은 거슬렸다. 유방은 마치 초록색 진딧물의 몸통이 풍선처럼 커져 버린 것 같았다. 정효는 못마땅한 그의 눈길쯤은 의식하지도 않았다. 되레 가슴을 돋보이게 하려고 허리를 꼿꼿하게 세운 채 티셔츠 자락을 잇달아 밑으로 잡아당기고 있었다. 인섭은 그 가슴을 포커로 사정없이 찔러 버리고 싶었다. 구멍 뚫린 진딧물의 풍선 같은 몸통에서 초록 액체가 낙수처럼 흘러내릴 것 같았다.

"뭘 먹을 거야?"

인섭은 탐탁하지 않은 마음과는 달리 조용한 목소리로 메뉴판을 정효 앞으로 밀어 주었다.

"우선 커피부터 한 잔 마셔야겠어. 그 노랭이 영감 앞에서는 커피 마시는 것도 눈치가 보여. 커피를 마시지 않으면 온종일 머리가 흐리멍덩해. 일도 손에 잡히지 않고."

정효는 하루 종일 커피를 입에 달고 살아야 했다. 커피숍을 할 때 매상에 신경 쓰느라 손님이 사주는 대로 들이킨 습관 때문이었다.

인섭은 나경미를 불렀다. 정효가 주문받기 위해 온 그녀를 쌀쌀 맞게 쏘아보았다. 정효는 귀밑머리를 쓸어 올리며 퉁명스럽게 커피를 주문했다. 그녀의 태도를 보면 인섭이 '포 유 카페'에 자주 오는 이유를 나경미 때문이라고 생각하는 것 같았다. 주문을 한 정효가 메뉴판을 신경질적으로 덮어 버렸다. 인섭에게 향하고 있는 나경미의 은근한 눈빛을 용납하지 않겠다는 투였다. 갑자기 서먹해진 분위기를 수습하듯 인섭이 입을 열었다.

"그래, 오늘은 무슨 일이야? 은별인 잘 있지? 요즘은 애가 전화도 뜯하더군."

정효는 그의 말에 대답도 하지 않고 담배부터 피워 물었다. 그녀는 깊숙이 빨아들인 담배 연기를 인섭의 얼굴 쪽으로 길게 내뿜었다. 인섭은 담배를 피우지 않았다. 그는 손으로 살랑살랑 연기를 쫓으며 짜증스러움을 애써 삭혔다.

"자기, 나 방 하나 얻어야겠어. 돈 좀 빌려 줘. 영감 집에서 나올 거야."

인섭은 기급할 정도로 화들짝 놀랐다.

"뭐라구? 영감 집에서 나온다니, 그게 무슨 소리야?"

"도저히 견딜 수가 없어. 어디 가서 파출부로 뛰어도 그게 낫겠어. 돈은 쥐꼬리만큼 주면서 밤마다 하는 짓은 변태야."

인섭은 가슴이 덜컥 내려앉았다. 정효는 절반도 태우지 않은 담배를 재떨이에 신경질적으로 비벼 끄더니 물을 한 모금 마셨다. 그리고는 새 담배를 꺼내 다시 입에 물었다. 무엇에 쫓기고 있는 사람처럼 불안해 보였다. 그녀는 노래방 도우미로 나갈 때부터 담배를 피우기 시작했다. 수전노라는 영감한테 시집가더니 스트레스를 받은 탓인지 골초처럼 담배가 늘었다.

"별 소릴 다 하네. 그 집에서 손 털고 나온다고 뽀족한 일이 있는 것도 아니잖아? 참고 끝장을 봐야 되는 것 아냐?"

인섭의 말에 정효가 몸을 파르르 떨었다.

"그 영감탱이 날 속였어. 호적에 나하고 은별이 이름을 여태껏 올려놓지도 않았어. 젊은 여자 얻어 놓고 재미만 보겠다는 심보지 뭐야. 나쁜 자식!"

영감은 정효가 그 집에 들어가는 조건으로 은별이까지 받아 주겠다고 했었다. 그렇게 장담을 받아 놓고 막상 들어가니 은별이를 인섭에게 보내라고 어깃장을 놓은 모양이었다. 그 바람에 한동안 시끄러웠다고 했다. 생활비 외에 일정액의 용돈을 주겠다고 했지만 그 약속은 지켜지지 않았고, 영감은 정효가 떠날지언정 자기가 움켜쥐고 있는 돈주머니만은 절대 헐지 않겠다는 배짱이었다.

이제 와서 그런 영감이 싫다고 하는 정효의 말뜻은 대충 이해되었지만 속내의 진의는 알 수 없었다. 그녀는 영감한테서 노인 특유의 노린내가 심하게 난다고 투덜거렸다. 아무리 향수를 퍼부어도 사라지지 않는 냄새 때문에 머리가 절레절레 흔들어 진다고 했다. 요즈음은 영감 옆에 가는 것도 노골적으로 꺼려하는 모양이었다. 부부란 역시 엇비슷한 나이끼리 살을 비비고 살아야 된다고, 갈라설 때 자신이 저지른 행동에 대한 부끄러움도 모르고 남의 말하듯 떠벌였다.

그녀는 노린내가 심한 영감을 대할 때마다 자신에게 고분고분했던 인섭의 싱싱한 몸을 그리워하고 있는지도 몰랐다. 만약 인섭이 지금이라도 자신을 받아들일 눈치가 엿보이면 주저 없이 당장 보따리를 싸들고 나올 기세였다. 인섭에게 저지른 뻔뻔스런 지난날의 배신행위를 보면 일말의 양심도 없이 그렇게 하고도 남을 여자였다. 인섭은 수전노라는 영감과 정효 사이에서 은별이가 천덕꾸러기 취급당하는 것이 곤혹스러웠다. 앞에 앉아 있는 그녀를 보니 이런저런 생각 끝에 슬며시 울화가 치밀었다.

"별이 엄마 알다시피 내가 무슨 돈이 있어? 얼마 전에도 몽땅 털어 갔잖아."

인섭은 정효의 오백만 원짜리 가슴을 다시 째려보았다. 정말 돈이 아깝다는 생각이 들었다. 밤마다 어떤 변태 행위를 요구하는지는 몰라도 그런 영감을 즐겁게 해주기 위해 자신의 주머니가 털린 걸 생각하니 구역질이 날 지경이었다. 탁자 밑 무릎 위에 있는 두 손으로 저 풍선 같은 가슴을 대번 쥐어뜯고 싶었다.

"자기는 직장도 있고 신용이 있으니까 은행에서 대출받을 수 있잖아. 내가 한 달에 얼마씩이라도 갚을 테니까 힘 좀 써 줘 응? 제발."

장미 줄기의 위쪽 끝에 다다른 진딧물이 어느 사이 아래로 내려가고 있었다. 진딧물의 배설을 얻기 위해서 개미는 충직한 시종처럼 그 뒤를 묵묵히 따랐다.

그녀는 집요하게 돈 이야기밖에 하지 않았다. 진딧물의 뒤를 따르는 개미도 끈질기기는 마찬가지였다. 정효가 무엇을 한 번 요구하기 시작하면 인섭이 결국 허락하지 않고는 못 배겼다. 옆에 바싹 붙어 앉아 똥그란 눈으로 빤히 올려다보며 숨을 못 쉴 정도로 짓졸라대면 굴복하게 마련이었다.

그녀가 카페 안으로 들어올 때는 얼굴에 수심의 흔적이 엿보였으나 어느새 발그레한 빛이 감돌았다. 돈 이야기를 할 때만큼은 그녀 얼굴은 특유의 표정으로 밝아지고 생기가 넘쳐흘렀다. 관상학적으로 남편에게 내조할 형이라는 그녀의 주걱턱에 강한 의지가 나타나고 눈이 반짝반짝 빛나기 시작하면 인섭은 긴장되었다.

창밖의 빗줄기가 굵어지기 시작했다. 바람이 불면서 천둥과 번개까지 내리쳤다.

"내가 새 직장에 나간 지 이제 얼마나 되었다고 그래? 지금 내 형편에 그만한 돈을 어디서 구해? 나한테 그런 부탁은 이제 무리 아냐?"

인섭이 거절하는 단호한 말투가 그녀로서는 뜻밖일 수도 있었다. 인섭은 이미 결심을 하고 나왔었지만 금방 뱉은 싸늘한 말투가 스스로 의심스러웠다. 그렇다고 주워 담을 수도 없었다. 인섭은 정효를 바라보았다. 비록 수전노 영감과 그의 자식들 틈바구니에서 그녀가 숨을 못 쉬고 산다지만 몸치장 하나는 예외였다. 그녀는 그 취미에 대해서만은 의외로 게으름 따위를 용납하지 않았다. 옷매무새가 흐트러지거나 피곤한 모습을 보이는 것은 곧 여자로서의 패배라고 생각하고 있었다.

인섭은 여느 날 같았으면 정효의 그런 체취에 홀려 잠자리라도 하고 싶은 충동을 느꼈을 터인데 그런 기분이 싹 달아나 버렸다. 그녀를 바라보고 있으면 마음이 활활 불타오르던 예전과는 사뭇 달랐다. 조금 전에 정효 입으로 전해들은 수전노 영감의 노린내를 지겹도록 느낀 탓도 있지만 돈 이야기 때문에 신경이 몹시 곤두서 있었다.

인섭은 정효와 갈라서며 딸 은별이를 빼앗기지 않으려고 부단히 애를 썼었다. 그런 몸부림이 헤어지더라도 은별이를 통해 그녀와의 끈을 이어가기 위한 수단은 아니었다고 자신 있게 말할 수는 없었다. 그러나 이제는 아니었다. 그녀와 관계를 더 지속한다는 것은 자신에게 파멸만 따를 뿐이라는 의식이 분명해졌다.

어쨌든 정효는 미모를 갖춘 아직도 젊은 여자임에는 분명했다. 수전노 영감도 풍선같이 부풀어 오른 그녀의 허영을 꿰뚫어본 것 같았다. 돈주머니만은 헤프게 열 수 없다고 선을 딱 부러지게 그은 것만 보아도 알조였다.

연애 시절을 거쳐 결혼 생활 중 짧으나마 은별이를 낳기 전 일 년 동안은 그런대로 불타오르던 두 사람의 사랑이 있었다. 그 흔적은 그녀에게 부대끼는 동안 어느 사이 가물거리며 멀리 사라져 버렸다. 인섭은 그 이유를 알았다. 그녀가 목마르게 갈구하는 것은 오직 돈뿐이었다. 그녀가 재물에 대한 탐욕을 버리지 않는 한 참다운 사랑의 의미를 회복하기란 어려운 일이었다.

장미 줄기를 내려오던 진딧물이 나아가지를 못하고 머뭇거렸다. 뒤 따르던 개미가 앞으로 나갔다. 떨어져 줄기에 붙어 있는 장미 잎을 개미가 제거했다. 진딧물이 다시 움직이고 개미는 여전히 그 뒤를 따랐다. 두 곤충의 공생은 성실할 뿐 변함이 없었다.

"은별이를 생각해서라도 어떻게 융통 좀 해봐. 애가 요즘 눈칫밥 먹고 학교 다니느라 너무 말랐어. 내가 죽일 년이지. 별이 아빠! 정말이지 이천만 원만 부탁해. 응?"

또 애꿎은 은별이를 슬쩍 끌어들였다. 인섭은 갑자기 갈증을 느끼며 나경미에게 맥주 두 병을 더 시켰다. 정효가 게걸스럽게 먹어치울 맛있는 안주 따위 주문하고 싶지 않았다.

"내가 냉정한 것 같지만 정효도 한 번 생각해봐. 나도 지금 바닥 생활을 하고 있잖아?"

인섭은 가져온 맥주에 화풀이를 하듯 잔에 넘치도록 부었다.

"그렇다면 천만 원이라도 우선 해줘. 이자는 걱정 말구. 내가 꼬박꼬박 넣을 테니까. 정말이야. 나를 못 믿겠어?"

조금 전 인섭이 따라 준 맥주잔을 잡은 그녀 손이 바르르 떨렸다. 자신의 감정을 잘 다스리지 못할 때 일어나는 현상이었다. 창밖 거리에는 새카맣게 몰려온 빗줄기가 세차게 쏟아져 내렸다. 빗소리가 두 사람 사이의 긴장감을 부추겼다.

"돈은 어려워. 별이 땜에 그렇다면 나한테 보내라구. 내가 키울 테니까."

"아무리 헤어졌다지만 어쩜 그렇게 매정하게 굴지? 내가 아무렇게 되어도 좋다는 뜻이야?"

정효의 입에서 은별이를 넘겨주겠다는 말은 결코 나오지 않았다. 그녀의 얼굴이 갑자기 일그러졌다. 예전 같으면 그런 표정도 매력이었으나 이젠 별 감흥이 없었다.

"오늘, 나 집에 들어가기 싫어."

인섭은 갑자기 돌변한 것 같은 정효의 말뜻을 모르는 바가 아니었다. 그녀는 인섭에게 돈을 챙겨 받은 날은 언제나 큰 인심이나 쓰듯이 옷을 훌훌 벗고 알몸이 되었다. 그리고 침대에서 일이 끝나기 무섭게 옷을 꿰어 입고 휑하니 수전노 영감에게로 가 버렸다. 인섭은 혼자 누운 채로 빈 방의 천장을 멍하니 올려다보며 도대체 이게 뭐하는 짓인가 싶었다.

그녀는 가슴 확대 수술을 하고 나서 은별이를 데리고 나타났었다. 아이 옷을 사입힌다고 함께 가자고 했다. 옷을 사고 저녁도 먹었다. 물론 인섭의 주머니에서 돈이 나갔다. 정효는 딸애를 집으로 먼저 돌려보내고 아이의 컴퓨터를 사야겠다고 또 짓졸라댔다. 돈을 해주겠다는 승낙을 겨우 받아낸 그녀는 또 옷을 홀랑 벗었다. 수술한 정효의 가슴은 정말 훌륭했다. 인섭은 오백만 원짜리 가슴을 한 번 만져보고 싶었다. 그녀는 인섭이 내민 손을 밀치며 펄쩍뛰었다. 한쪽만이라도 만져보자는 그의 애원도 소용없었다. 박물관에 전시되어 있는 국보급 보물처럼 그것만은 절대로 허용하지 않았다. 그날 그는 정효의 가슴 근처에는 얼씬도 못해보고 싱겁게 교접을 끝내 버렸다.

"정효도 이젠 좀 달라져야 하지 않겠어? 달리기 선수처럼 매일

헐떡거리는 각박한 생활이 감당이나 돼? 자신하고 은별이, 나한테도 아무 도움이 되지 않잖아? 이젠 이쯤에서 나하고 관계도 정리하자구."

정효의 눈에서 파란 불꽃이 튀어나올 것 같았다. 그녀는 맥주잔을 으스러지도록 움켜쥐었다. 그녀의 표정을 보면서 인섭은 자신도 모르게 가슴이 답답해졌다. 곧 폭발할 것 같은 그런 날이 언젠가 한 번쯤은 오리라는 예상을 했던 것 같기도 했다.

"자기, 정말 많이 변했네. 나는 비록, 내 지랄 같은 성격 땜에 이렇게 되었지만, 그래도 은별이 아빠의 따뜻한 마음 때문에 어려워도 버티고 있었어. 난 이제 어떻게 살지?"

하마터면 그녀의 절박한 말에 속아서 인섭은 눈시울을 적실 뻔했다. 앞뒤가 맞지 않는 정효의 말이 얼핏 듣기에는 진실 같아도 눈빛은 여전히 먹이를 눈앞에 둔 이리처럼 굴리고 있었다. 그녀는 인섭의 나약한 마음을 언제라도 제대로 이용할 줄 알았다. 아직도 시들지 않고 있는 자신의 젊음으로 충분히 그를 사로잡을 수 있다고 생각하고 있었다. 그러나 이제는 자신의 뜻대로 쉽게 먹혀들지 않는 게 좀 혼란스러운 모양이었다. 그녀는 갑자기 목을 비틀어 주방 쪽에 있는 나경미를 쏘아보았다. 마침 나경미가 두 사람을 위한 서비스 안주라며 과일 한 접시를 가지고 다가왔다. 정효의 빗나간 감정으로 예기치 못한 긴장이 감돌았다.

다행히 아무 일도 벌어지지 않았다. 인섭은 안주를 놓고 돌아가는 나경미의 뒷모습에 잠시 눈길을 던졌다. 언제나 조용하고 말이 없는 여자였다. 당장 같아서는 그녀에게 청혼이라도 해보고픈 심정이었다. 잠시 뜬금없는 생각 끝에 앞에 앉아 있는 정효를 바라보니 측은해졌다. 인섭은 약해지려는 마음을 추슬렀다. 정효의 아름다움이 여전히 빛을 잃지 않고 건재하고 있다지만 인섭의 눈에는 꽃뱀이 벗어놓고 간 색바랜 허물이었다. 인섭은 이제 그녀에게 단물을 줄 수 있는 진딧물은 아니라고 생각했다. 정효는 자신의 허욕을 버리지 않는 한 언제까지고 미로에 빠진 채 허우적거릴 게 뻔했다. 인섭은 그녀와의 관계를 그쯤에서 정리하는 게 좋을 것 같았다.

"자기, 마지막 부탁이야. 천만 원은 꼭 좀 해 줘."

그녀의 말투가 애원으로 변했다.

"돈 이야기는 이제 그만하자구."

싸늘한 냉기가 두 사람 사이를 가르고 지나갔다. 정효의 시선이 다시 나경미를 표독스럽게 쏘아보았다.

"좋아, 은별이는 자기가 데려 가도록 해."

여직 그토록 애지중지하는 것 같았던 은별이마저 그까짓 돈 때문에 포기하겠다고 했다. 모성애까지 내팽개칠 만큼 그녀에게는 돈의 가치가 더 소중한 것일까?

"좋아, 한 번 생각을 해보지."

인섭은 답답했던 가슴이 한결 홀가분해졌다. 그녀에게 여태 숨을 못 쉴 정도로 왜 웅크려 지냈는지 도무지 이해가 되지 않았다. 거리로 훌쩍 뛰어 나가 쏟아지고 있는 비를 흠뻑 맞으며 마음껏 달려보고 싶은 충동이 일었다. 이젠 오백만 원짜리 그녀 가슴이 어떻게 되든 신경 쓰고 싶지도 않았다.

인섭이 생각해 보겠다는 소리에 정효는 목적을 이룬 것이라 여기는 것 같았다. 그녀는 화장실을 다녀오겠다며 자리를 비웠다. 그 사이 인섭이 벌떡 일어났다. 그는 주방 쪽으로 잰걸음을 놓더니 탁자 위에 있는 가위를 집어 들었다. 바지 뒤 주머니 패스포트에서 소중히 간직하고 있는 가족사진 한 장을 끄집어내었다. 은별이 돌 때 정효와 셋이 함께 찍은 사진이었다. 그는 가위로 정효의 사진만 잽싸게 잘라내었다. 마음에 항상 남아 있는 그녀에 대한 앙금을 말끔히 도려낸 기분이었다. 잘라낸 사진을 다시 자잘하게 썰어 냅킨에 싼 채 주방 쓰레기통에 얼른 던져 버리고 손을 털었다.

장미 줄기를 오르내리던 진딧물이 어디론가 사라지고 없었다. 개미도 보이지 않았다. 쏟아져 내리던 빗줄기를 하늘은 어느새 서서히 거두어들이고 있었다.

직지, 홍덕사의 검은 나비

　박병선 박사, 그녀가 프랑스 파리 '잔 가르니' 병원에서 죽었다는 소식을 전해 듣게 된 것은 먼저 외신을 통해서였다. 그리고 며칠 뒤 프랑스를 출발한 그녀의 유골함이 공항에 도착했다. 그 유골함은 국립서울현충원의 충혼당에 안장된다는 것이었다. 나는 그녀가 생존 시 서울에서 서너 차례에 걸쳐 인터뷰를 한 전력이 있었으므로 그녀의 죽음이 남다른 의미로 다가왔다.

　나는 고인과 오랫동안 우정을 나눈 지기도 아니었고 단지 몇 번 인터뷰를 한 경험밖에 없었다. 그런데도 마음이 끌리게 되는 것은 그녀에 대한 존경심 때문이었다. 그리고 이승에서 마지막으로 하직하는 그녀의 모습을 멀리에서나마 조용히 지켜보고 싶기도 했다. 나는 동작동 국립묘지로 가기 위해 카메라가 든 가방을 둘러

매고 서둘러 사무실을 빠져나왔다.

국립현충원은 아직 이른 시간이었지만 안장식 준비를 위한 절차를 마무리 하느라고 관계자들이 부산하게 움직이고 있었다. 행사를 치르기에는 겨울로 접어든 11월 말의 날씨 치고는 그다지 춥지 않아서 다행이었다. 나는 그녀가 묻히게 될 묘지 쪽으로 먼저 발걸음을 옮겼다.

그곳은 사람들이 없었다. 그녀가 묻히게 될 구덩이를 미리 자그마하게 파놓은 곳이 보였다. 시신을 화장하였으므로 매장을 하는 것처럼 구덩이가 클 필요는 없었다.

나는 그 구덩이를 바라보며 고려의 비구니 묘덕과 박병선 박사가 실제로 몇 번에 걸쳐 보았다는 검은 나비를 떠올리며 몇 년 전 서울에서 만났던 그 시간 속으로 끌려 들어가고 있었다.

몇 년 전이었다.

프랑스에서 귀국한 박병선 박사는 무척이나 바쁜 일정에 쫓기고 있었다. 서울에서 그나마 인터뷰 요청이 이루어질 수 있었던 것은 파리에 있던 그녀에게 전화로 미리 약속을 받아 놓았기 때문에 가능한 일이었다.

만날 장소는 남산 기슭에 있는 쾌적하고 조용한 한정식 식당이었다. 그곳은 비빔밥과 김치 맛으로도 이미 이름이 난 명소였다. 그녀가 오랜 이국생활에서 한국 음식을 많이 그리워했을 것이라는 선입견으로 그곳을 약속 장소로 정해 놓았다.

　서울의 한복판에 있는 남산의 온갖 나뭇잎들은 가을의 단풍으로 한창 무르익어가고 있는 계절이었다. 남산이 비록 산의 규모는 작아도 서울 근교의 그 유명짜한 북한산이나 도봉산의 풍광에 결코 뒤지지 않았다. 겉으로 보기보다 속속들이 살펴보면 의외로 감탄할 곳이 많았다.

　나는 약속 장소에 이십여 분이나 일찍 나가서 좀 초조히 기다리고 있었다.

　언론의 특종이란 게 비록 한국만 그런 것이 아니라, 어느 나라건 떠들썩하게 며칠만 지나고 나면 언제 그랬냐는 듯 금세 시들해지기 마련이었다. 세계 제일의 금속 활자 역사를 가진 고려의 '직지'를 프랑스에서 처음으로 박병선 박사가 고증했을 때만 해도 온 세상이 떠들썩했었다. 그 다음으로 조선 왕실 '외규장각 도서'가 발견되었을 때에도 대단한 열기로 온 나라 안이 들끓고 있었다. 그러나 그 열기는 세인들의 관심에서 식어진 지가 오래되었다.

　모 여성 잡지사에 기자로 근무하는 나는 편집국장과 상의 끝에 그 점을 노렸다. 세인들의 관심이 멀어졌을 때 새로운 관점에서 직지와 묘덕, 그리고 박병선 박사와의 연관성을 밀도 있게 다루어 멀어져간 직지의 열기를 다시 한번 뜨겁게 지펴 보고 싶었다.

　직지라는 책을 만드는데 엄청난 시주를 한 고려 비구니 묘덕의 생애, 그리고 직지를 찾아내기까지 박병선 박사가 겪은 숱한 사건과 뒷이야기들을 특종으로 다룬다는 것은 의미 있는 작업이라고 생각되었다.

여자 수행원과 약속 장소에 함께 모습을 나타낸 박병선 박사는 팔십 세를 넘긴 고령의 노인답지 않은 정정한 외모에 나는 조금 놀랐었다. 우선 희고 말끔한 피부가 단연 돋보였다.

우리는 일상적인 인사치례를 마친 뒤 식사를 시작하면서 직지에 대한 이야기로 자연스레 옮겨갈 수밖에 없었다. 그녀는 그곳 한정식의 담백한 음식이 의외로 자신의 입에 맞는다며 칭찬을 아끼지 않았다. 나는 그곳을 약속 장소로 잡은 것을 다행으로 여겼다.

식사가 끝난 뒤에도 식당 위쪽의 유리 자재로 벽을 친 야외 정자로 자리를 옮겨 갔다. 그곳에서 차를 음미하면서 인터뷰를 계속하기로 했다. 그녀는 나이에 비해 무척이나 건강해 보였다. 날씨가 약간 쌀쌀했으나 개의치 않았다.

그녀는 한국에서 생산되는 전통차를 천천히 음미하면서 검은 나비와의 인연부터 먼저 끄집어내기 시작했다.

"내가 처음 직지를 만났을 때는 도서관 구석의 어둑한 외진 곳이었어. 그곳에서 꿈에 자주 나타났던 검은 나비의 실체를 처음 보았어. 도서관의 구조상 나비가 그곳까지 날아들어 올 환경은 아니었는데도 그랬어."

그녀는 검은 나비와의 인연을 무척 소중하게 다루고 있었다.

"내가 직지에 대한 관심을 가지고 있을 때부터 검은 나비 한 마리가 내 꿈에 자주 나타났었어요. 직지를 만나고 시간이 지나면서 그 나비가 고려의 여승 묘덕이라는 생각이 자꾸 들기 시작했지."

"그럼 검은 나비와 고려의 묘덕하고는 어떤 관계로 추정할 수 있습니까?"

손으로 찻잔을 끌어당기던 그녀는 나의 질문에 잠시 동작을 멈추고 창밖 먼 허공으로 시선을 향했다. 금방이라도 검은 나비가 나타날 것 같은 분위기였다.

"내 꿈에 나타나기 시작했던 그 검은 나비가 하루는 어느 암자로 나를 이끌었어. 그 꿈은 너무나 생생했지. 그 암자에는 여승이 홀로 예불을 드리고 있었는데. 나는 그 여승을 본 순간 눈에 많이 익숙한 얼굴이라는 생각이 들었어. 그런데 좀처럼 생각이 나지를 않는 거야. 나중에야 꿈에 본 그 여승이 묘덕이 아니었을까 하는 나름대로의 의심을 해보기 시작했어. 시간이 흐를수록 그 생각이 확실해지고 있었어요."

"꿈에 나타난 여승의 얼굴이 묘덕으로 확실해졌다고 하셨는데 지금도 그 생각엔 변함이 없으십니까?"

"그럴 수밖에 없는 게 내 어릴 때의 친구나 친지, 내 주위로 스쳐간 인물들까지 기억의 앨범에서 모두 끄집어내 보았지만 도무지 꿈속 암자에 있던 여승으로는 아무도 오버랩되지 않았어."

그녀가 파리 국립도서관의 아무도 찾지 않는 외진 한국 서적 코너에 우연히 갔을 때였다. 어디서 날아들었는지 검은 나비 한 마리가 책모서리에 앉아 날갯짓을 하고 있었다. 꿈에 자주 나타났던 그 검은 나비였다. 박병선은 직감적인 호기심이 발동해 그 책을 뽑아 들었는데 그 책이 바로 '직지'였었다. 그녀는 직지의 마지막 장에 쓰여 있는 간행 기록을 보고 소스라치게 놀라지 않을 수 없었다. 무려 육백여(1377)년 전 청주 홍덕사에서 금속 활자로 인쇄되었다는 기록이 또렷하게 붙박여 있었기 때문이었다. 그녀와 직지는 그렇게 해서 처음으로 만나게 된 것이었다.

그 당시 프랑스 사학자인 '꼴랭드 뻴랑시'와 '모리스 꾸랑'도 만약 직지에 인쇄된 간행 기록이 사실이라면 독일의 '구텐베르크' 금속 활자 보다 무려 70년이나 먼저 사용되었다는 추정을 하지 않을 수가 없다고 했다.

박병선은 그때부터 직지가 세계 최초의 금속 활자임을 밝혀내기 위해 인쇄술에 대한 연구를 시작했다. 그러나 그 과정은 어려움이 너무 많았다. 프랑스에는 중국과 일본에 관한 인쇄술 관련의 서적은 있지만 한국의 인쇄술 서적은 어디에도 없었다.

그녀는 한국에 있는 여러 친구나 친지들에게 한국의 인쇄술 관련 서적을 구해달라고 부탁을 해보았지만 아무런 성과를 얻지 못했다. 박병선은 고민 끝에 프랑스 내에 출판되어 있는 중국과 일본의 인쇄술 관련 서적들을 샅샅이 뒤져서 정보를 입수하고 시골의 전통 대장간 등을 돌아다니며 금속 활자 인쇄술에 대한 연구를 지속적으로 이어나갔다.

감자와 지우개 등을 이용하여 자료에 필요한 금속 활자와 목판 인쇄술의 차이점도 밝히기 위해 노력을 기울였다. 집에서 이루어진 실험에서는 세 번의 화재를 겪어야 했다. 납으로 활자를 만들기 위해 납을 녹이다가 큰 화재를 낸 것이었다. 세 번째 화재에서는 아파트 내부를 홀랑 태워 버려 가재도구는 물론 연구 자료 등이 모조리 소실되어서 한동안 거리로 나앉는 신세가 되기도 했었다.

그녀는 온갖 난관을 극복하면서 마침내 청주의 '직지'가 금속 활자로 인쇄되었음을 증명하기에 이르렀다. 그녀의 연구 성과는 1972년에 프랑스 국립도서관 주최로 개최된 '북스' 전시회와 그 해 개최된 '동양학 학자대회'에서 다시 발표되어 그곳에서도 인정을 받게 되었다.

그러고 나서 박병선은 다시 '외규장각 도서'를 찾기 위해 백방으로 노력을 기울이고 있었다. 마침내 옛날 함께 근무했던 동료 직원의 우연찮은 제보로 베르사이유 국립도서관 별관에서 외규장각 도서를 찾아내는데 성공을 했다. 그 별관은 파손된 서적만 보관하는 곳이라지만 실제로는 대부분 방치된 것이나 마찬가지였다.

파리 국립박물관은 박병선이 '직지'를 찾아내 고증했을 때만해도 자신들의 일처럼 대단한 열광으로 격려를 아끼지 않았지만 다시 '외규장각 도서'까지 찾아내려고 하자 태도가 달라져 버렸다.

그들은 싸늘하게 그녀를 권고사직시키고 말았다.

그녀는 파리 국립도서관을 떠나자 오히려 홀가분한 자유의 몸이 되어 있었다. 비록 국립도서관을 떠났지만 그녀의 명성이 프랑스에서 차지하고 있는 위치는 이미 확고했다. 박병선은 프랑스에서 계속해서 한국을 알리거나 유럽의 여러 지역에 보관되어 있는 한국 문화재의 관련 자료를 수집해 나갔다. 찾아낸 자료들을 연구하는 일방 또 숨어 있는 한국 독립운동 자료들도 찾기 위해 하루도 쉬지 않고 동분서주하고 있었다.

"일제 강점기의 상해 임시 정부는 프랑스 영역 조계(租界)에 있었으므로 치외법권 지역이었으니까 당연히 임시 정부에 관련된 자료들이 많을 거라고 생각했지."

그녀는 자신의 생각대로 자료들을 찾아내고 연구하여 2006년에 프랑스 소재 한국 독립운동 자료집 1권을 출간했는데 아무런 이유도 없이 한국 정부의 지원금이 갑자기 끊어져 버려 안타깝게도 더 이상 진전이 없었다고 했다.

서울에서 태어난 박병선은 아버지와 큰오빠가 일제 강점기에 서울에서 사업을 하고 있었다. 그들은 비밀리 중국에서 활동하던 독립운동단체용 자금을 조달하며 조국의 독립을 위해 지원금을 아끼지 않았던 인물들로 뒤에 알려지게 되었다.

그녀는 서울대학교 사범대학 사학과를 졸업하고 이듬해에 6·25를 겪은 뒤 프랑스 유학을 결심하고 있었다. 고국을 떠나기 전 모교의 은사들에게 인사를 다니던 그녀에게 이병도 선생이 심상치 않은 당부를 해왔다.

"병인양요 때 프랑스 군대가 강화도에서 약탈해 간 문화재의 행방을 찾게."

은사의 그 한마디는 프랑스 유학이 숙명처럼 받아들여졌고 그 순간부터 약탈당한 문화재를 찾는데 모든 노력을 기울이기로 결심하게 되었다.

한국 최초의 프랑스 유학생이 된 박병선은 프랑스인들이 한국에 대한 이해가 거의 없다는 사실을 깨닫고 소르본대학에서 역사를 전공하였다. 그녀는 프랑스 각계각층의 인사들을 만나면서 한국의 유서 깊은 역사와 전통을 알리고자 부단한 노력을 기울이고 있었다. 그런 사명감 때문에 유학 생활을 하면서 오로지 학업에 남다른 열정을 가질 수밖에 없었다. 그리고 한국 문화재에 대한 많은 정보를 얻기 위해 파리의 모든 도서관을 부지런히 드나들며 수많은 서적을 섭렵하기 시작했다. 그녀의 잦은 도서관 출입은 도서관 직원들 사이에 좋은 반응을 얻어 입에 오르내렸고, 특별연구원으로 채용되기까지 했다.

유네스코가 1972년을 '세계 도서의 해'로 선포하자 프랑스에 있는 각 기관들은 세계 도서의 해를 기념하기 위해 각종 행사를 기획하게 되었다. 프랑스 국립도서관에서는 동양과 서양을 망라한 수많은 책들에 대해 각 나라 언어권별로 선별과 해제를 담당할 책임자를 정해 놓았다. 그러나 한자 문화권의 동양을 담당할 마땅한 실무자가 파리국립도서관에는 없었다. 그래서 박병선을 영입하여 한국 서적의 선별과 해제를 맡기게 된 것이었다.

나는 박병선을 만나게 되면서 직지를 발굴하게 된 업적도 중요하게 생각했지만 그 책을 탄생하게 만든 고려의 묘덕이라는 여승에 대해서도 깊은 관심을 가지고 있었다.

묘덕이 고려 왕실의 공주였든, 명문 귀족의 규수였든, 또 그녀가 왜 '백운화상 경운'이 쓴 글을 찍는데 엄청난 시주를 했는지 그것이 제일 궁금했다. 경운을 흠모했을까? 그렇지 않으면 그의 제자로서 명을 받았는가? 그것도 아니면 그녀가 지은 죄를 속죄받기 위해 시주를 했을까? 하는 의문을 풀기 위한 나의 관심은 박병선에게로 쏠릴 수밖에 없었다.

"박사님께서는 지금까지 독신으로 계셨는데 특별한 이유라도 있습니까?"

그녀는 나의 질문에 알 듯 말 듯한 미소를 띠며 말했다.

"묘덕의 실체에 대해서는 아직 확실하게 밝혀진 것이 없지만 나는 그녀가 처녀로 늙었다고 생각해. 그녀가 왕족이었든, 귀족의 규수나 또는 비구니였든 간에 처녀라고 생각하는 건 내 직감이 그렇다는 거야. 한국의 유능한 교수들이 그 분야에서 묘덕에 대한 연구를 하고 있어 다행이야, 언젠가는 그 실체가 밝혀지겠지."

묘덕의 출생이나 결혼 생활, 가족 관계 등 모든 것들이 지금으로서는 정확하게 밝혀진 것이 거의 없는 상황이었다. 묘덕은 자신이 가진 불교 신앙으로 경운이 쓴 글을 금속으로 인쇄하는데 재정적 도움을 준 사실과 경기도 양평에 있는 윤필암의 건립이나 지공선사의 부도비를 세우는데 시주를 한 사실들은 그녀가 받은 계첩의 기록에서만 알 뿐이지 어디에도 명확한 기록이 없어 출생에 대한 것은 겨우 추정만 할 뿐이었다.

박병선도 국내의 학자들이 연구한 수준에서의 묘덕에 대한 실체를 알고 있을 뿐이었다. 그러나 기자라는 나의 예민한 감각으로 느낄 수 있는 것은 다른 각도로 다가왔었다. 검은 나비와의 인연만 해도 그렇다. 어쩌면 그녀는 우리가 알 수 없는 영역을 통해 묘덕과 교감을 나누고 있을 것이라는 예감을 떨쳐 버릴 수가 없기 때문이었다.

"내가 처녀로 늙은 것은 결혼이라는 굴레를 쓰고서는 도저히 학문 연구에 정진할 수 없었기 때문이야."

"그렇다면 박사님 처녀 시절에 주변을 서성이며 관심을 가지고 있던 남자들이 전혀 없었습니까?"

나의 짓궂은 질문에 그녀는 조용히 미소를 흘리며 찻잔을 권했다.

"왜 없기야 했겠어. 나를 도와 주셨던 훌륭한 분들이 여럿 계셨지만 도무지 결혼으로 이어지지는 않았어. 우리 문화재에 대한 나의 애정은 그분들이 나에게 쏟는 관심보다는 훨씬 위에 있었기 때문에 그랬던 것 같아."

박병선은 국내 학자들이 묘덕의 생애를 연구한 발표에서 고려 충선왕의 사위인 정안군 허종의 후실이었을 것이라고 가정하는 것은 많은 문제점을 안고 있다고 했다. 그녀는 자신의 학문과는 다른 분야이므로 의견을 내놓을 수 없었지만 나와의 인터뷰에서는 묘덕이 처녀였다고 주저 없이 말한 것에 대한 묘한 의문을 안고 있었다. 그리고 그녀가 한국의 빼앗긴 문화재를 찾는 일에 전념하느라고 결혼을 못했다는 말에는 검은 나비와 고려시대의 여승 묘덕의 관계까지 뒤섞여 있어 나의 호기심을 유발하고도 남았었다.

"박사님 심증으로 묘덕이 처녀로 늙었다고 하셨는데 그럴만한 정황이라도 있습니까?"

"고려 때 계첩을 받는 것은 아주 어릴 때에도 가능한 일이었고, 학계의 연구 결과를 인용해 보면 묘덕이라는 이름 자체는 보살명이거든. 그녀도 계첩을 받은 시기가 어릴 때라서 그때는 아직 출가하지는 않았을 거라는 생각이 들어."

고려에 들어온 인도의 고승 지공선사에게서 계첩을 받은 묘덕의 나이를 추정하면 어린 시기라는 결론이 나온다. 그녀의 법명인 '묘덕'이라는 의미를 살펴보면, 위로는 불법의 진리를 구하고 아래로는 중생을 제도하는 보살의 도를 두루 닦아서 미묘한 공덕을 원만히 갖추라는 뜻을 지닌 이름이었다.

"묘덕의 남편이라고 가설한 정안군 허종이라는 인물을 살펴보면 그의 정실은 고려 충선왕의 외동딸 수춘옹주였거든, 그녀가 죽고 일 년 뒤에 정안군이 바로 죽었다고 했는데 그들의 생몰 연대와 묘덕의 생애를 비교해 보면 들어맞지 않는 게 많아."

"묘덕이 후처였거나 후실이 아니더라도 내연의 여인이었을 수도 있지 않습니까?"

"그럴 수도 있겠지. 그런데 말이야, 충선왕이 사위인 정안군에게 한 말을 새겨보면 그게 아니란 게 입증이 돼."

고려의 기록에는 충선왕의 아들 충숙왕이 아직 왕의 자리에 오르기 전 원나라에 있으면서 고려에 있는 매제 허종(정안군)을 불러들였다. 그곳에는 충숙왕의 아버지인 충선왕도 북쪽을 돌아서 연도(북경)에 머무르고 있었다. 그때 충선왕이 사위인 정안군 허종을 만나자 그의 손을 잡고 울면서 '나에게 딸이라고는 하나밖에 없는데 자네와 함께 이십칠 년 동안이나 함께 살면서 아무런 문제가 없으니 그게 모두 나의 복이 아니겠는가.' 하면서 허종에게 귀한 선물을 많이 주었다는 기록이 남아 있었다.

고려 때의 귀족이라면 후실을 두어서 여자 문제로 골치가 아팠을 것이었다. 그런데도 정안군 허종이 여자 문제가 없었다면 후실이 아예 없었거나 정실 수춘옹주를 끔찍이 사랑했다는 말로 해석할 수도 있었다. 그리고 수춘옹주가 죽은 이듬해에 허종이 바로 따라 죽었다고 한다. 죽은 아내를 못 잊어 그리워하다가 병을 얻어 죽을 정도면 정안군은 여자들 간의 골치 아픈 후실은 아예 두지 않았을 수도 있었다.

"묘덕이 정안군의 후실이 아니었다고 하더라도 그녀가 교류한 인물들을 살펴보면 박사님의 말처럼 과연 처녀로 늙었을까 하는 의구심이 들뿐더러 지금의 상식으로는 도무지 믿기지 않습니다."

묘덕이 당시 교류를 한 인사들을 살펴보면 인도의 승려인 지공과 나옹, 백운 등 당대의 선걸(禪傑)들은 물론이고 지선, 지수와 사찰 건립에 협조한 여러 승려와 북원군 부인 원씨, 구성군 부인 이씨, 영평군 부인 윤씨 등과 백운의 저작 간행에 출판 경비를 시주한 사대부층의 부인들뿐만 아니라 당대의 문장가이며 정치가인 김계생(金繼生), 이색(李穡) 등과도 교류가 활발했던 것을 보아 그녀의 성격이 개방적이어서 상당히 사교적이었다고 볼 수 있었다.

"산문에 출가하여 처녀로 늙는다는 것은 재력도 있어야 하겠지만 불심만 깊다면 가능한 일이지, 당시에는 사대부 가문의 규수들도 신앙이 깊으면 혼기가 왔어도 불가에 출가하는 일이 많았다고 해. 내가 처녀로 늙은 것은 어쩌면 묘덕과 같은 운명을 타고 나서 그런지도 몰라. 묘덕은 직지를 만들었고 나는 그것을 찾아내는 일을 맡았으니 말이야. 나는 직지를 만나면서부터 내 자신이 묘덕의 분신이 아닌가 하고 그런 착각이 문득문득 들 때가 있었어. 이제는 그런 관념들이 사실인 것처럼 내 안에 자리를 틀고 들어앉아 버렸어요."

"박사님의 종교는 천주교로 알고 있는데 불교와의 개인적인 갈등은 전혀 없었습니까?"

"이건 종교와는 다른 문제지. 그리고 어느 종교든 교리는 한 가지뿐 아니겠어요? 불교에서 흔히 말하는 중생을 바로 이끌어 구제하는 것. 바로 그런 이치겠지요. 교인들이 자신 스스로의 무거운 짐을 쉽게 내려놓지 못하는 것은 결국 수양 부족이에요. 어느 종교든 상관없이 스스로의 교리를 바르게 믿고 그것을 실행하는 자세가 매우 중요하다고 생각해요."

그녀는 묘덕이 받은 계첩과 계법에 대해서도 상세하게 알고 설명해 주었다.

"불교의 계법에서 중요하게 다루는 것 중에 하나가 있는데 한 번 들어 보시겠어요."

그녀의 말에 내가 자세를 고쳐 앉자 진지한 표정으로 입을 열었다.

"즉, 무생계(無生戒)는 모든 성인이 태어나는 땅이요. 온갖 선이 생겨나게 하는 터이다. 터전을 닦지 않으면 성과 선이 어떻게 설 수 있으랴. 이것은 마치 모래를 삶아 밥을 지으려는 것과 같으니 어찌 이루어질 날이 있으랴. 또한 똥 덩어리를 깎아 향을 만들려는 것과 같으니 끝내 이루어질 수가 없다. 괴로움의 바다를 건너려면 반드시 자비의 배를 빌려야 하고 어두운 거리를 밝히려면 반드시 지혜의 횃불을 붙여야 한다. 그러므로 일체의 중생들도 이

계법을 받지 않고서도 불도(깨달음)를 이루고자 하는 것은 옳지 않다. 이 계법은 온갖 형상이 있는 존재이거나 형상이 없는 존재이거나를 막론하고 모두 받아서 지녀야 한다는 것이야."

박사는 천주교인이면서도 비록 불가 계법의 한 대목이긴 하지만 막힘없이 줄줄이 외는 것을 보면 묘덕에 대해 알기 위해 엄청난 노력을 했다는 것을 증명하는 대목이기도 했다. 그러면서 덧붙였다.

"묘덕의 계첩은 무생계첩을 중심으로 하여 우바이(재가 여자신도)였던 묘덕에게 준 것이었지. 그 시대로 거슬러 올라가 보면, 십삼 세기는 짐승 떼들보다 더 잔인했던 몽고족의 침입으로 전 국토가 폐허가 되고 잇달아 십사 세기마저도 원나라의 지배에 시달리는 어둡고 답답한 사회 분위기 속에 처해 있었지. 그때 인도의 대선사가 나타나 자유와 해탈을 구가하는 대승불교의 계첩을 전수하기 시작하자 너도나도 그 계첩을 받아 쥐며 희망에 부풀었던 당시의 고려 사회를 떠올려 보면 참으로 암담했던 시절이었다는 것을 느낄 수가 있어."

"박사님, 묘덕이 직지에 시주를 한 것 외에 다른 시주처도 있다고 들었는데 알고 계십니까?"

"있고말고. 그곳은 현재 경기도 양평이야. 양평의 용문산 죽장봉에 산세가 끊어질 듯한 험준한 곳에 암자를 세웠는데 '윤필암'이라고 해. 바로 봉선사의 말사로 용문사의 산내 암자이기도 하지. 학계에서는 같은 해에 윤필암의 용문사 대장전을 지을 때 직지의 목판본 간행에 관여한 복원군 부인 원씨가 함께 시주를 한 것으로 보아 묘덕과 복원군 부인 원씨가 각각 두 곳의 경비를 분담한 것은 아닌가 하고 학계에서 분석하고 있어. 그리고 묘덕과 원씨가 고려 우왕 5(1379)년에 세워진 경기도 여주에 있는 나옹선사의 사리를 보존한 신륵사 '보제선사사리석종비'의 건립에도 시주한 기록이 있어. 묘덕이 나옹의 문도였다는 해석이 가능한 대목이야."

그녀의 해박한 지식에 뒤질세라 나도 거들지 않을 수 없었다.

"묘덕과 정안군 허종의 관계를 부부로 추정만 할 뿐이지 아직까지는 확실한 정황을 잡지 못하고 있는데 박사님의 해석을 들어보고 싶습니다."

"추정만 가지고는 옳은 해석이 되지를 않지. 좀 더 기다려 보면 결과가 나올 거야. 그러나 나는 아까도 말했지만 묘덕이 처녀로 늙었을 것이라는 어떤 확신 같은 것이 나의 믿음처럼 내 의식을 꽁꽁 묶어놓고 있거든. 꿈에 나타났던 검은 나비라든지 암자의 비구니라든지. 직지를 처음 발견할 때 실제로 나타났던 검은 나비를 생각하면 묘덕이 나였고 내가 묘덕이 아니었을까 하는 의식이 내 스스로 그 최면에 걸려들고 있어."

박사는 더운 물을 한 모금 더 마신 뒤 말을 계속 이었다.

"정안군 허종이 충선왕의 외동딸 수춘옹주와 결혼을 함으로써

왕의 사위가 되는데 장인인 왕과는 인적 관계가 다소 복잡하게 얽혀 있어요. 충선왕이 등극한 그해 시월에 허종이 정안군으로 봉해진 뒤에 새집을 사서 이사를 하자 축하하기 위해 사위집에 들린 거야."

박병선은 학계에서 알고 있는 묘덕의 남편이라고 추측하는 정안군 허종과 고려의 충선왕과의 복잡하게 얽혀 있는 관계까지 훤히 꿰고 있었다.

새집을 사서 이사한 사위인 정안군 허종에게 축하하기 위해 충선왕이 그곳에 들렀다. 충선왕은 그곳에서 과부가 된 허종의 넷째 고모를 처음 보고 미색에 끌리어 나이가 38세에 이른 그녀를 궁으로 불러들여 순비(順妃)로 삼았다. 고인이 된 그녀의 남편은 평양공(平陽公) 왕현이었다. 그런 관계로 인하여 허종은 순비와 고모 조카 사이가 되므로 충선왕은 장인인 동시에 고모부가 되는 것이었다.

이제는 박병선과 묘덕, 그리고 검은 나비의 실체를 정리하여 나름대로의 결론을 가져야 할 시간이었다.

"박사님께서 최근에도 검은 나비를 본적이 있습니까?"

나의 질문에 그녀는 잠시 생각에 잠긴 듯하더니 바로 대답을 했다.

"이젠 검은 나비는 나타나지 않을 것 같아. 모르지 내가 죽은 뒤에는."

그녀는 말을 마친 뒤 알 듯 말 듯 한 미소를 흘렸다.

"그럼 요즘도 묘덕의 모습이 꿈속에서 나타납니까?"

"묘덕도 그래, 꿈속에서는 볼 수가 없지. 곧 만나게 될 테니까."

그 말에는 내 자신도 알 수 없는 전율 같은 강한 전류가 내 몸을 훑어 내렸다. 한편 검은 나비와 묘덕이라고 추정되는 환영이 눈앞에 번개처럼 나타났다가 사라지기도 했다. 잠깐 나타난 묘덕의 환영은 젊은 시절 박병선의 얼굴이 아니었나 하는 생각이 들었다.

그날 남산에서 인터뷰가 끝난 후 박병선은 청주의 학술 세미나에 참석하는 등 바쁜 일정을 보낸 뒤 정부에서 주는 '국민훈장 모란장'을 받고 프랑스로 돌아갔었다.

현충원 식장에서 안장식 행사가 끝났는지 유골함의 운구 행렬이 묘지로 향해 다가오고 있었다. 나는 멀찍이 물러서서 작업을 지켜보고만 있었다.

모든 행사가 끝나고 참석했던 인파도 제가끔 뿔뿔이 흩어지고 없었다. 현충원은 고요하고 평화로웠다. 박병선의 죽음 자체가 고요와 평화를 몰고 온 것 같았다. 나도 그녀의 묘에 예를 표하기 위해 다가갔다.

묘비에는 그녀의 생몰 연대와 업적이 또렷하게 각인되어 있었다. 나는 사진 몇 컷을 찍기 위해 묘비에서 뒤로 몇 걸음 물러섰다. 한 번, 두 번, 세 번째 셔터를 누르는 순간 나는 소스라치게 놀라고 말았다. 카메라 화인더에 검은 나비 두 마리가 묘비 위에 평화롭게 날갯짓을 하며 앉아 있었다. 나는 카메라에서 얼른 눈을 떼고 묘비를 쏘아보았다.

기이한 일이었다. 카메라로 보았던 묘비 위의 나비들이 흔적도 없어졌다. 나는 다시 카메라 화인더에 황급히 눈을 갔다 붙였다. 역시 검은 나비 실체는 없었다. 나는 당황하여 세 번째로 찍은 카메라 파일을 다급하게 열어 보았다. 나는 다시 한번 소스라쳤다. 카메라에는 분명하게 검은 나비 두 마리가 찍혀 있었다. 나는 그 현상을 어떻게 해석해야 좋을지 망연자실한 채 그 자리에 한동안 우두커니 서 있었다.

회한(悔恨)의 노래

　안동에 있는 서후면 검재(금계)리의 여름밤은 여느 때와 다름없이 자정을 향해 서서히 깊어 가고 있었다. 인근의 북후면 옹천에서는 낮 동안 치열한 전투가 벌어졌었다. 조선 의병대와 일본군의 혈전이었다. 포(砲)를 쏘는 소리가 종일토록 천등산을 넘어 쉴 사이 없이 검재 마을을 뒤흔들었다. 격렬했던 전투는 땅거미가 내릴 무렵이 되어서야 결판이 난 것 같았다. 조선 의병대가 참패했다는 소식이 산불처럼 빠르게 이웃 마을로 번져나갔다. 그 여파로 검재 마을 사람들은 공연히 불안한 마음으로 밤을 맞이했다.

　검재 마을에 들어앉은 학봉(鶴峯) 김성일(金誠一, 1538~1593)의 종택은 90여 간이나 되는 대저택이었다. 종택의 모든 방은 일찌감치 불이 꺼진 채로 깊은 잠에 빠져들었다. 유독 한 곳만은 예외였다. 유림의 거두인 학봉 종가의 종손 서산 김홍락(金興洛)의 사랑채에는 등잔의 심지를 낮춘 불빛이 희미하게 살아 움직이고 있었다.

김홍락은 조선 선조 임금 때 부제학(副提學)을 지낸 문신 김성일의 11대 종손이었다. 그는 학봉 성일 할아버지에 이어 퇴계 이황의 학통인 정맥을 두 번째로 내려받은 인물이었다. 조선의 선비 사회에서는 명문가일수록 정승자리보다는 퇴계 학통의 정맥을 단 한 번이라도 받는 것이 평생의 꿈이라 할 수 있었다. 그 영광을 차지하기란 참으로 아득한 일이었다. 1대 할아버지 김성일에 이어 11대손 김홍락이 두 번째로 계승한 퇴계 학통의 정맥은 한 가문의 영광일 뿐 아니라 안동과 영남 유림의 자존심이기도 했다.

70세 고령인 김홍락은 가물거리는 등잔불 앞에 서책을 펼쳐 놓고 앉았으나 글이 눈에 들어오지 않았다. 낮에 옹천에서 벌어진 전투 때문이었다. 그 전투를 이끈 의병포대장(義兵砲隊長)은 다름 아닌 홍락의 사촌 동생 회락(繪洛)이었다. 동생의 생사가 아직 확인되지 않은 탓도 있지만 그 뒤에 올 후유증도 미리 생각하지 않을 수가 없었다. 홍락은 회락이 이끌고 있는 의병대뿐 아니라 전국 각지에서 활동하는 항일의병대에 은밀히 군자금을 지원하고 있었다.

밤이 깊어 갈수록 노선비의 눈은 잠에 취하기는커녕 섬광이 돋아났다.

해가 거듭할수록 그의 머릿속은 망국의 길로 접어들고 있는 조선의 앞날 때문에 한순간도 편할 수가 없었다. 나라의 국력은 이미 쇠락할 대로 쇠락해져 회복의 기미는 좀처럼 보이지 않았다.

동학란(東學亂)이 일어나자 청국(淸國)이 출병한 것을 기회 삼아 일본도 조선에 군대를 출병시켰다. 1885년 저희들 끼리 마음대로 정한 천진조약(조선의 갑신정변 뒤 일본의 이토 히로부미와 청나라 이홍장의 회담)의 위반을 내세워 일본에서 메이지(明治) 정부의 기틀을 굳힌 초대 내각총리 이토는 군대를 즉각 파견하여 청을 견제하는 일방 조선을 집어삼키기 위한 포석을 한 점씩 놓아가고 있는 중이었다.

막강한 열강들의 틈바구니에서 조선의 운명은 바람 앞의 등불처럼 보였다. 청이나 러시아, 독일, 미국, 영국, 프랑스 어느 나라도 기울어 가는 조선을 도와주려고 하지 않았다. 그들의 속셈은 그들 나름대로 이미 약소국들을 병합하기 위한 흉계를 은밀히 진행하고 있었다.

청일전쟁을 승리로 이끈 이토 히로부미는 기고만장이었다. 조선에 일본 통감부를 설치하기 위해 일본군 병력을 차츰 증강시켜 나갔다. 조선의 뜻 있는 식자들은 일본의 만행을 그대로 두고 보지 않았다. 각지에서 의병들이 벌떼처럼 일어났다. 일본이 아무리 막강한 군사력을 가지고 있다 한들 조정과 백성이 한마음으로 뭉치면 능히 그들을 대적할 것이라고 믿었다. 그런 애국지사들의 염원과는 달리 조정의 대신 대부분은 자신의 영달만을 위해 매국 행위도 망설이지 않았다.

김회락도 안동지역의 의병들을 규합하여 항일 투쟁의 반열에 서게 되었다. 그의 든든한 후원자는 유림의 거두 사촌 형 김홍락이었다. 홍락의 가산은 조상 대대로 물려받은 토지만 700두락(18만 평)이나 되었다. 형의 후원에 힘입어 회락을 따르는 백여 명은 대부분 신식 화기(소총)로 무장한 의병대였다.

안동 옹천 전투는 1896년 7월 22일 대장 김회락이 지휘하는 의병대와 일본 정규군이 맞붙은 사건이었다. 치열한 한 판의 전투는 시간이 흐를수록 의병대에 불리하게 돌아갔다. 지형 위쪽의 유리한 고지를 선점하고 있던 의병대의 전세가 처음에는 승기를 잡은 듯했다. 그러나 월등히 많은 병력과 소총은 물론이고 박격포까지 동원한 일본군을 대적하기란 중과부적이었다. 아군의 위기는 탄약이 바닥을 드러내면서부터였다. 의병대가 버티는 데는 한계가 있었다. 해가 떨어질 무렵에는 기습적으로 우회를 한 일본군 3개 중대가 후미를 습격해 의병대의 전열을 흔들어 놓았다. 사상자가 기하급수로 늘어났다.

불리한 전세를 뒤엎을 여력은 도저히 없었다. 의병 참모들이 급박한 상황을 판단하고 회락에게 탈출을 권유했으나 먹혀들지 않았다. 회락은 부하들에게 결사항쟁을 독려한 만큼 처음부터 죽음도 불사했다.

"나는 이미 죽음을 각오했다. 탈출이라니 비겁하다. 끝까지 항쟁할끼다!"

"대장님! 오늘 전투는 실팹니다. 후퇴를 명령하고 다음을 기약하입시다."

"벌써 많은 부하들이 목숨을 잃었다. 내가 더 살기를 바라겠나? 좋다. 그렇다면 대장으로서 명령을 내리겠다. 남아 있는 병력은 모두 후퇴하거라! 나는 마지막까지 이곳에 남겠다."

"대장님! 부하들이 수만 명 있으면 무슨 소용인교. 훌륭한 대장이 없으면 오합지졸 아닌교. 전쟁의 승패는 병가상사라 캤고, 지금까지 잘해 왔는데 한 번 정도 패했다꼬 포기하면 대장부가 아니지러."

회락은 잠시 번민에 빠졌으나 더 이상 우물댈 수가 없었다. 오늘 전투가 비록 패하기는 했으나 참모들의 충고대로 후퇴를 하지 않고 더 이상 버티는 것은 괜한 자존심 같은 허영이었다. 더 큰 일을 도모해야 했다.

회락은 살아 있는 동지들과 어두운 밤을 이용하여 험준한 계곡을 헤치고 탈출의 길을 더듬었다. 그는 하산을 하는 와중에도 왜적들과 맞서 장렬히 목숨을 바친 동지들의 시신을 바라보며 눈물을 삼켰다. 백여 명이나 되던 의병은 불과 30명밖에 남아 있지 않았다.

무사히 탈출한 회락은 동지들에게 다음 결집장소를 지시하고 그곳에서 뿔뿔이 헤어졌다. 자신이 해야 할 급선무는 병력과 장비, 식량 등을 충분히 보충하는 것이었다.

그는 단신으로 칠흑 같은 계곡을 다시 넘어 사촌 형 김흥락의 집을 향해 걸음을 재촉하고 있었다. 그가 검재 마을의 학봉 종가 부근에 도달했을 때는 자정이 훨씬 넘은 시각이었다. 학봉 종택은 가문의 영광과 명예가 서린 엄숙함 그 자체였다. 어린 시절 무시로 드나들며 사촌들과의 여러 가지 추억이 깃든 곳이기도 했다.

그는 종택의 뒤를 돌아 낮은 담을 번개처럼 뛰어 넘었다. 형의 집을 대문으로 당당하게 들어가지 못할망정 수치스럽지는 않았다. 그는 주변을 조심스럽게 살핀 뒤 사랑채로 접근을 했다. 90여 간의 대저택이지만 형 흥락이 있는 곳은 쉽게 짐작이 되었다. 아직도 사랑채의 등잔불이 꺼지지 않은 것을 보고 회락은 비로소 안도의 한숨을 쉬었다. 그 시각까지도 흥락의 그림자는 꼿꼿하게 앉은 채로 방문을 지키고 있었다. 사랑채 섬돌 앞에 다가와 선 회락은 조심스러운 목소리로 기별을 넣었다.

"형님! 저 회락입니다."

그 말이 떨어지기 무섭게 방문이 벌컥 열렸다.

"동생? 자, 얼른 안으로 들게."

회락이 마루로 오르기 전에 김흥락이 먼저 황급히 밖으로 내달았다. 밤이지만 그는 동생의 얼굴이 격렬한 전투로 인해 피로해진 것을 벌써 읽었다. 70 노구인 흥락은 동생의 팔을 두 손으로 부축하듯 마루로 끌어올렸다. 방으로 들어서자 흥락은 모포로 방문에 휘장을 치고 병풍까지 둘러놓았다. 실낱같은 불빛도 새어 나갈 틈이 없었다. 두 사람은 자리를 마주했다. 홍락은 회락이 전투에서 죽지 않았으면 분명히 종택으로 찾아들 것을 대비해 두었다. 그는 미리 준비해 둔 요깃거리를 내놓았다. 동생은 형의 배려가 감사하고 고마웠다. 회락은 전투가 시작된 점심때부터 자신이 줄곧 굶었다는 것도 모르고 있었다.

"소식은 벌써 들었구만. 그래 다친 데는 없고? 전투 상황이 어땠노?"

궁금함을 묻고 있는 홍락 목소리에 긴장감이 묻어났다.

"크게 패했심더. 살아남은 동지는 겨우 삼십 명인 기라요. 어쨌든 대장이 무능한 탓이고 먼저 죽은 동지들에게 면목이 없심더."

회락은 책임을 통감하고 있었다. 그는 왜적들과 결사 항쟁으로 최선을 다하고 탈출을 시도하며 형을 만날 때까지 의병대장으로서 비장함을 잃지 않았던 모습과는 달리 비로소 머리를 떨어뜨리며 닭똥 같은 눈물을 흘렸다.

"의병장으로서 당연히 동지들과 죽음을 함께해야 옳으나 지금은 그것을 논할 때가 아니다. 대장으로서 최선을 다하고 한 치의 부끄럼이 없었다면 된 기라. 마음을 추스르고 다시 전열을 가다듬어라. 애국은 말이 아니고 행동으로 옮기는 것이다."

홍락의 말은 조용하면서도 준엄했다. 전투에서 패한 대장에게 그가 할 수 있는 최선의 격려였다. 그 말 속에는 동생에 대한 애정도 묻어 나왔다.

김홍락은 민 황후가 왜적에게 시해당한 을미사변이 일어나자 책을 덮고 분연히 일어나 의병 활동에 참여했다. 그는 유도성과 함께 안동의진(安東義陣)의 지휘장을 맡아 이끌었다. 일본군과의 태봉 전투에서 패한 일도 있었지만 결코 위축되거나 좌절하지는 않았다. 홍락은 국권을 되찾기 위한 일이라면 종가의 모든 재산을 기꺼이 내놓을 결심을 했었다. 그가 이끄는 의병대에는 항상 믿고 따르는 애국지사들이 들끓었다. 홍락은 퇴계의 학통을 계승한 유림의 거두로서 뿐 아니라 의병 활동의 지도자로서도 안동과 영남에서는 절대적인 권위의 상징이었다.

한때 고종의 이름으로 전국 각지에 항일 의병대를 해산하라는 통고문이 나돈 적이 있었다. 김홍락은 그 통고문을 믿지 않고 더욱 결의를 다졌었다. 그는 종가의 어른들을 당장 모아 놓고 향회(鄕會)를 열었다.

"의병대를 해산하라는 임금의 통고문은 절대 본심이 아닙니다. 왜적과 조정에 있는 역적 떼들의 농간이 분명합니다. 그럴수록 우리의 뜻을 더욱 공고히 해야 합니다. 그 결의의 뜻으로 우리 가문에서 의연금을 모아야겠습니다."

홍락의 말이 떨어지기 무섭게 그 자리에서 바로 2천 냥의 의연금이 모아졌었다.

회락은 나이든 형의 격려를 들으며 비로소 얼굴이 발그레하게 상기되었다.

"형님, 백여 명의 의병 숫자로는 왜적을 대항하기란 중과부적입니다. 이참에 오백 명쯤으로 늘여 험준한 산속에 의병기지를 만드는 게 어떤교?"

"좋은 의견일세. 이 번 전투의 참패는 왜적의 포(砲) 때문이 아니었나. 병력을 늘리는 것도 중한 일이고, 의병대의 화기(火器)를 신식으로 보충하는 게 무엇보다 시급해. 곧 대책을 세우도록 하세."

회락은 자신을 인정하고 믿어주는 하늘같은 형이 있어 마음이 든든했다. 그가 의병포대장을 맡아 그동안 혁혁한 전과를 올리게 된 것도 경제적 후원을 아낌없이 지원해 준 홍락이 있어 가능한 일이었다. 형은 자신보다 17살이나 많은 70의 노구이지만 학문은 말할 것도 없고 식견과 지략이 출중한 인물이었다.

나라를 걱정하는 두 형제의 밀담은 동녘 하늘이 희붐하게 밝아오도록 이어지고 있었다.

"이제 이쯤에서 접고 눈을 좀 붙이게. 날이 밝아 오면 왜적들의 수색이 시작될 것이야. 내실(內室) 다락에 가 숨어 있게. 낮 동안은 푹 쉬고 저녁까지 기다렸다가 산속으로 들어가면 되니까."

홍락은 내실을 미리 비워서 다락에 먹을 것과 요강까지 손수 준비해 둔 터였다. 회락이 다락으로 올라가자 홍락은 다락 입구를 위장해서 은폐해 버렸다. 회락이 다락에 은신해 있는 사실은 홍락 외에 아는 사람이 없었다. 심지어 그의 아내도 모르는 일이었다.

아침이 밝아 오자 학봉 종택의 일상은 여느 때와 다름이 없었다. 하인들은 분주함 속에서도 질서가 있고, 주인을 닮아 근면하고 공손한 태도를 잃지 않았다. 점심때가 지나도록 바깥의 동정은 별다른 조짐이 없었다. 홍락은 아침부터 발 빠른 하인 한 명을 저잣거리로 보내 일본 관헌들의 동태를 탐지하라고 일렀다. 여직 일본 관헌들의 움직임이 없다는 것은 아무래도 수상한 일이었다.

전투에서 패한 의병들의 도주로를 차단하기 위해서는 옹천에서 지리적으로 가까운 영주나 예천, 청송 길목을 지키는 것이 관건이었다. 그들이 기본적인 검색도 하지 않는다는 것이 아무래도 수상쩍어서 홍락은 불안하기도 했다.

오후 5시쯤이 되어도 홍락은 긴장을 늦추지 않았다. 회락을 산속으로 돌려보내기 위한 점검을 천천히 해나갔다. 그 순간이었다. 집 밖에서 트럭 멈추는 소리가 요란하게 일더니 무장을 한 헌병 무리들이 살벌하게 종택 안으로 들이닥쳤다. 트럭 2대에 나누어 타고 온 20여 명의 군인들이었다. 온 집안에서 일본말이 시끄럽게 난무했다. 패주한 의병대장을 잡기 위한 왜적 헌병들의 광기 서린 눈에는 유서 깊은 학봉 종택의 권위는 안중에도 없었다.

조선 유림의 성역인 학봉 종택은 왜적들의 군홧발에 무참히 유린을 당하고 있었다. 그들은 거친 욕설을 해대며 90여 간에 있는 학봉 종택의 가구들을 모조리 마당으로 끄집어내었다. 그 난리통에 감쪽같이 위장해 놓은 내실 다락 입구가 헌병들에게 발각되고 말았다.

홍락은 집안의 가구가 전부 소실되어도 회락만은 무사하기를 빌었다. 그 간절한 염원이 허사로 돌아가는 순간이었다. 홍락은 아찔함 속에서도 의연함을 잃지 않았다. 왜적들이 하는 짓을 담담하게 지켜보았다.

회락을 포박한 헌병 장교는 홍락 앞에 충혈된 눈을 들이대었다.

"도적의 수괴를 숨겨 주고 무사할 것 같은가? 모조리 총살감이다."

의병대장을 숨겨 준 홍락을 엄벌하겠다는 협박이었다.

"도적맞은 나라를 구하기 위해 일어난 의병을 보고 도적의 수괴라 한다면 너희들의 무식은 탓하지 않을 끼다. 그러나 남의 나라를 강탈하기 위해 그대들을 무장시켜 보낸 일본 왕 자신은 뭐꼬? 그가 바로 강도의 수괴일세."

홍락의 준엄하고 쩌렁한 힘찬 목소리는 의기 등등했던 헌병 장교를 일순간에 압도해 버렸다. 기가 한풀 꺾인 장교는 부하들을 시켜 그동안 의병에 협력한 애국지사들을 마당으로 모두 끌어내었다. 홍락을 비롯하여 회락과 그의 동생 승락, 김진의, 김익모 등 모두 10명이었다. 헌병 장교는 포박된 김홍락과 회락 외 모두를 마당에 꿇어 앉혔다. 그의 거만한 행동거지를 보면 어제 전투에서 참패 도주한 의병대장과 평소 의병대에 협력한 일당을 모두 체포한 것은 자신의 절대적인 공훈이라는 자만심이 대단했다.

조선 유림의 자존심이라 일컫는 거두 김홍락을 자신의 군홧발 아래 무릎을 꿇게 한 것은 더 없는 영광이었다. 그는 조금 전 홍락에게 말 한마디 잘 못해 당한 모욕을 설욕한 것이라 생각한지도 몰랐다. 그는 다시 부하들에게 명령을 내렸다. 마당으로 끄집어낸 가구들을 박살내 불태우게 하고 금비녀와 패물들은 모조리 강탈해 버렸다. 학봉 종택은 그야말로 풍비박산이 되었다.

　아까부터 그런 광경을 하나도 빠뜨리지 않고 담 모퉁이에 몸을 숨긴 채 낱낱이 지켜보는 소년이 있었다. 그 소년은 김홍락의 손자 용한이었다. 10세 소년 용한은 할아버지가 마당에 무릎을 꿇는 수모를 목격하는 것은 상상도 할 수 없는 일이었다. 용한은 어린 두 주먹을 불끈 쥔 채 치를 떨었다.

　왜적들은 김회락과 김진의 두 사람만 안동 관찰부로 잡아 가고 홍락과 나머지 혐의자들은 풀어 주었다. 그들은 나름대로 계산을 한 것 같았다. 혐의는 있으나 명확한 증거는 없었다. 아무리 장바닥 무뢰배 같은 헌병들일지라도 조선 유림의 거두를 절대 무시하지는 못했다. 홍락이 비록 의병대장을 숨겨준 혐의가 있다 한들 그는 조선 선비들의 정신적 지도자였다. 그를 잘못 건드렸다가는 무슨 일이 벌어질지 뒷일을 장담할 수 없었다. 홍락에게 무릎 꿇은 치욕을 안겨 준 것으로 만족했는지도 몰랐다.

　안동 관찰부에서 다행히 김진의도 무사히 풀려났으나 회락은 중죄인으로 다루었다. 패주한 부하들의 재 집결지와 그들 이름을 낱

낮이 강요하며 협박과 고문을 자행했었다. 회락은 입을 굳게 다문 채 전혀 굴하지 않고 꿋꿋하게 버티고 있었다. 그는 결국 총살형이 결정되었다.

총살형이 집행되는 날이었다. 집행자가 유언을 물었다.

"위기의 나라를 위해 초개같은 목숨을 바쳤는데 무슨 할 말이 있겠노. 단지 가족에게 이르노라! 내가 죽거든 잊지 말고 자식들에게 왜적을 향한 복수를 꼭 가르쳐라."

그는 왜적의 총구 앞에서 당당하게 가슴을 활짝 폈다. 회락은 총을 맞아 가슴에서 흐르는 피를 도포자락으로 받으며.

"이 피가 어떤 핀데 함부로 흘릴 수 있다 말이고!"

그는 절규하듯 외치며 왜적에게 의기로 맞서 싸운 의병포대장으로서 장렬하게 일생을 마감했다.

안동 옹천 전투에서 결사 항쟁의 기치를 세우고 목숨을 버린 의병들과 김회락의 죽음은 조선 의병들을 더욱 결속시켰고, 안동의 유림과 학봉종가의 후손들이 독립운동에 적극적으로 참여하게 되는 계기를 만들었다.

그 사건 3년 뒤 김홍락은 지병으로 숨을 거두었다. 퇴계 학통의 정맥이 일단 끊어진 셈이었다. 홍락의 죽음을 애도하는 안동의 학봉 종택에는 전국 각지에서 몰려든 6천여 명의 조문객이 고인의 명복을 빌었다. 그가 평소에 남긴 학문의 업적은 말 할 것도 없지만 애국 열사들을 수 없이 길러내었다. 김홍락의 제자 중에는 석주 이상용(임시 정부 국무령). 일송 김동삼(국민대표회의 의장). 기암 이 중업(파리장서 주도) 등 기라성 같은 7백 명이 넘는 인물이 배출되었 다.

대한제국의 운명은 하루가 다르게 급속도로 기울어지고 있었다. 을사늑약을 체결시킨 이토 히로부미는 만주를 탐내어 기세가 등 등하여 하얼빈으로 나가더니 기차에서 내리자마자 대한제국의 남 아 안중근의 총탄을 맞아 차가운 시멘트 바닥에 늙은 몸뚱이를 맥 없이 곤두박고 말았다.

새로 부임한 조선 총독 데라우치 마사다케는 조선의 총리대신 이완용과 농상공대신 송병준을 교묘하게 부추겨 조선을 일본에 강제 합방시켰고, 대한제국의 국호도 바꾸어 버렸다. 고종황제를 어이없게도 왕으로 격하시켰다. 일본에 천황이 있으니 하늘 아래 두 황제가 존재할 수 없다는 것이었다. 일본에 앞장서 매국을 한 조선 조정의 역신들은 제 세상을 만난 것처럼 활개를 치고 다녔 다. 그들은 일본으로부터 은사금과 작위까지 하사를 받았다. 매국 역적들이 일본으로부터 받은 돈으로 호의호식하며 영달을 누리고 있을 때 잃은 나라를 되찾기 위해 차가운 북만주나 낯선 중국으로 건너간 애국지사들은 하루하루를 추위와 굶주림에 떨고 있었다. 그들은 비록 고통을 겪고 있을지언정 결코 조국 수호를 위한 의기 만은 흔들리지 않았다.

담 모퉁이에 숨어 서서 할아버지 김흥락의 수모를 지켜보던 소년 용한은 어느덧 중년으로 접어들었다. 그는 학봉 종택의 종손이 되어 종가를 이끌고 있었다. 그가 소년 시절에 지녔던 영민함은 21세의 청년이 되자 나라를 위한 의협심으로 뭉쳐졌다. 이강계(李康系)의 의병진(義兵陣)에 참여를 시작으로 본격 항일 투쟁에 뛰어들었다. 그는 1919년 만세독립운동이 일어나자 안동 지역 의병과 상해 임시 정부에 군자금을 지원하기 시작했다. 그리고 관동학교 설립에도 힘을 쏟았으며 유인식, 신채호와 더불어 계몽운동에 적극 참여하여 협동학교까지 세웠다. 훌륭한 학봉 종가의 의로운 피를 곱다시 물려받은 종손임이 틀림없었다. 10살의 소년 시절 할아버지 흥락이 포박을 당한 채 왜적 헌병 앞에 무릎을 꿇은 치욕을 한순간도 잊지 않고 있었다는 증거였다.

그런 용한이 갑자기 돌변하여 파락호(破落戶)로 전락한 것은 도무지 믿을 수 없는 일이었다. 주위의 식자들은 지독하게 변질된 용한을 보고 조선의 3대 파락호 중 한 명이라고 했다. 그 첫 번째가 대원군 이하응이었고, 두 번째는 1930년에 형평사(衡平社) 운동을 이끌었던 김남수(金南洙), 세 번째가 용한이었다.

절대적 권위를 자랑하던 학봉 종택의 종손이 어느 날부터 세인들에게 파락호라는 별호를 듣게 되자 가문의 어른들은 부끄럽고 창피해서 나들이에 차마 얼굴을 들고 다닐 수가 없었다.

선대 할아버지 학봉 김성일은 당대의 명신 서애(西厓) 유성룡(柳

成龍)과 함께 퇴계 학통을 이어받은 대학자였다. 서애도 학봉을 존경하고 그의 학문을 높이 평가하고 있었다. 유성룡이 복잡한 현실 문제를 조정하고 해결하는데 주력한 경세가(輕世家)라면 김성일은 원칙과 자존심을 지키는 의리가(義理家)였다. 학봉은 임금 앞에서도 소신대로 주저 없이 할 말은 해버리는 강단이 있었다.

임진왜란의 조짐이 일어나자 조정에서는 백성들의 동요를 막기 위해 정신적인 믿음을 줄 수 있는 인물이 필요했다. 서애 유성룡은 망설임 없이 선조 임금에게 김성일을 적극 추천했다. 선조는 김성일을 경상도 초유사(招諭使)에 임명하였다. 그의 활약으로 백성들의 동요는 평정을 되찾았다.

1592년 10월 왜적이 쳐들어 온 와중에 진주 목사 이경이 갑자기 병사하였다. 급박한 순간이었다. 학봉 김성일은 판관으로 있던 김시민(金時敏)을 목사 대리에 임명해 장군으로 삼았다. 진주성의 군사는 3천8백 명인데 비해 진격해 온 왜군은 2만9천 명의 대군(大軍)이었다. 소수의 병력으로 대군 왜적과 맞붙은 김시민 휘하의 아군은 역사에 남는 대승을 거두었다. 김성일은 의병대장 곽재우(郭再祐)도 기용하였다. 홍의장군 곽재우는 왜적과의 전투 때마다 한 번도 패한 적이 없는 명장이었다. 김성일의 사람 보는 눈은 탁월했다.

학봉 김성일의 권위는 조선의 선비 사회에서는 단연 우뚝한 것이었다. 그런 피를 이어받은 종손이 파락호라니 가문에서는 아예 할 말을 잊었다.

용한이 노름빚으로 학봉 종택을 통째로 날려버린 사건이 있었다. 가문에서는 보통 일이 아니었으나 수습을 해야 했다. 종가는 문중의 구심점이므로 종손이 아무리 파락호라 해도 가문을 망하게 할 수는 없었다. 지손(支孫)들이 십시일반 돈을 거두어 겨우 종택을 찾아 주었다. 그러고도 정신을 못 차린 용한은 툭하면 전답을 팔아 투전판에서 날려버리기 일쑤였다. 그는 문중이 가지고 있는 그런 약점을 이용하는 것 같았다. 그런 일이 빈번히 일어나자 문중에서는 골치를 앓았다.

용한의 아내도 종택의 종부(宗婦)로서 겉으로 드러낼 수는 없지만 남편의 도박벽과 기생오입질로 괴로워하고 있었다. 용한은 기생첩을 여럿이 거느리고 허다한 날 시장 바닥의 인간 말종들을 다 불러 모아 종택에서 술상을 벌려 놓고 분탕질을 하기가 예사였다. 그는 안동과 영남 일대에서 도박꾼으로서의 악명도 떨쳤다. 도박꾼으로서 용한의 이름 석 자를 모르면 그 축에 끼어들 수도 없었다.

용한은 초저녁부터 주막에 주질러앉아 시작한 도박판은 새벽이 되면 눈자위가 벌겋게 핏발이 서고 분위기는 절정에 달했다. 그는 남아 있는 판돈을 모조리 내놓고 마지막 승부를 걸었다. 다행히 적중하면 좋고 만약 실패하면 그의 입에서 "새벽 몽둥이 나와라!" 하고 암행어사 출두 같은 소리를 버럭 내지르면 삽시간에 분위기는 살벌해졌다. 밖에서 미리 대기하고 있는 그의 수하 건달 20여 명이 우르르 몽둥이를 들고 나타나서 판돈을 싹 쓸어 가지고 사라져 버렸다.

그런 수법을 자주 사용한 용한은 그 일대의 노름판에서 이미 악명을 떨치고 있었다. 그렇다고 누구도 감히 그에게 시비를 걸 수 없었다. 용한의 수하에는 항상 수십 명의 건달들이 진을 치고 있기 때문이었다. 일본 경찰들마저도 길거리에서 용한과 마주치기를 꺼려했다. 먼발치에서 그가 나타나면 아예 다른 길로 돌아가는 것이 상수였다.

해를 거듭하면서 조선 총독은 몇 번에 걸쳐 바뀌었다. 일본은 조선의 문화·말살과 자원의 수탈 정책에 기승을 부리고 있었다. 애국지사들은 일제의 살벌한 감시와 핍박으로 항일 활동에 제한적일 수밖에 없었다. 그들은 견디다 못해 하나 둘 고향을 등지고 중국이나 만주로 떠나가 버렸다. 막상 국내를 탈출하여 타국으로 떠나가기는 했으나 정착하기가 여간 어려운 게 아니었다. 그곳에서도 독립운동은 한계에 부닥쳤다. 활동에 필요한 군자금이 절대적으로 부족한 형편이었다. 그들에게 주어진 농토도 없지만 반반한 수입이 있을 리가 만무했다.

상해 임시 정부도 자금난을 겪기는 마찬가지였다. 동지들에게 하루 한 끼라도 겨우 먹여야 하는 지도자들의 고충은 이루 말할 수 없었다. 그런 어려움 속에서도 잃은 나라를 되찾기 위한 독립

투사들의 의기만은 흔들리지 않고 충천해 있었다.

　동지(冬至)가 지나면서 검재 마을은 엄동(嚴冬)의 추위를 호되게 맞이하고 있었다. 들판에는 들쥐 한 마리 얼씬하지 않았다. 길고 긴 겨울의 밤은 가난한 백성들에게는 고통의 시간이었다. 양식이 절대 부족한 소작인들은 보리가 익는 다음해 봄까지는 무슨 수를 쓰던 견뎌야 했다. 무작정 굶을 수도 없는 노릇이었다. 어른들은 하루 한 끼만 먹고 버틴다 해도 참을성도 없고 한창 먹성이 좋은 아이들을 굶긴다는 것은 가슴 아픈 일이었다. 겨울 들판에 들쥐가 귀한 것도 따지고 보면 허기진 그들의 양식이 되었기 때문이었다.

　그들이 겨우 먹는 하루 한 끼의 양식은 참담한 것이었다. 대식구가 나누어 먹기 위해서는 물을 가득 채운 큰 무쇠솥에 보리쌀 한 줌이나 긁어낸 밀가루 한 사발 반죽으로 짓이긴 수제비에 말린 무청을 무더기로 쏟아 넣은 시래기죽이 고작이었다. 얼굴에 마른버짐이 까칠한 아이들은 그것이나마 허리띠를 풀어놓고 배부르게 실컷 한 번 먹어보는 게 소원이었다.

　조선 왕조 개국 이래로 빈농들의 굶주림이 어제 오늘 일도 아니었지만 유독 더 어려움을 느끼는 이유는 따로 있었다. 조선의 곡창 지대에서 생산되는 질 좋은 곡물들을 모조리 헐값에 일본 본토로 강제 매수해 가기 때문이었다. 조선의 곡물 부족 현상은 두드러지게 나타날 수밖에 없었다.

사람이나 짐승이나 주린 배를 안고 긴 겨울밤을 보낸다는 것은 참으로 견디기 어려운 곡경이었다. 빈 창자에서 꼬르륵 대는 소리를 들으며 쉽게 잠들 수는 없었다. 부엌으로 나가 시린 냉수라도 한 바가지 들이켜야 했다.

그런 사정을 아는지 모르는지 아까부터 동구밖에서 주정뱅이의 다투는 소리가 마을 사람들의 선잠을 깨우고 말았다. 그들은 그 싸움질의 주인공이 누구인지 벌써 알고 있었다. 마을 사람들은 한 발쯤이나 나온 입을 비죽거리며 원망의 소리를 퍼부었다.

"어이구, 저 웬수! 요즘 같은 흉년에 귀신들은 도대체 뭘 먹고 사는가? 저런 개망나니 잡아 먹잖코. 상길이만 불쌍하지러."

다툼의 주인공들은 용한과 그 집의 노복(奴僕) 상길이었다. 마을 사람들은 배고픔으로 설치고 있는 잠을 모두 용한의 탓으로 돌렸다.

용한과 상길의 다투는 소리는 마을 한가운데를 가로질러 왔다.

"나리요, 이제 제발 투전판은 좀 끊으소. 가문 생각은 정말 안 합니껴?"

"야, 이놈아! 종놈꼴에 시방, 양반을 훈계하냐? 이놈 새끼를 그냥."

그 말이 떨어지기 무섭게 상전에게 두들겨 맞는 노복의 비명 소리가 겨울밤을 들쑤셔 놓았다. 마을 사람들에게 그들의 다투는 소리가 새삼스러울 것도 없었다. 수시로 겪어야 하는 일이었다.

상전에게 흠씬 두들겨 맞은 상길은 그 이튿날이면 어김없이 먼 자신의 고향으로 쫓겨가야 했다. 두어 달이 지나야 그의 모습을 겨우 볼 수 있었다. 상길은 파락호 상전 밑에서 온갖 수모를 다 겪으면서도 자신의 본분을 잊지 않았다.

"오늘 나리를 눈 빠지게 기다리던 아씨가 지쳐가꼬, 마님이 쓰던 헌 장농을 싣고 신행길에 올랐심더. 가문의 훌륭한 조상님들을 생각해서라도 이젠 제발 정신 차릴 때가 안 됐는교?"

상길은 연신 두들겨 맞으면서도 할 말은 다했다.

"이놈아가 가문 좋아 하고 있네. 아, 가문이 밥 멕여 주더나? 나라가 홀랑 망했는데, 가문은 무슨 개똥같은 가문이고. 안 글나?"

용한의 무남독녀 외동딸 후웅이 청송 사는 마평 서씨 집에 신행을 가는 날이었다. 청송 시댁에서는 학봉 종택의 종손 용한이 전 재산을 다 말아먹었다는 사실을 알고 있었다. 그래서 신행 날 신부에게 장롱이나 사 오라고 돈을 보내준 것이었다. 용한은 그 돈마저 가지고 나가 투전판에서 날려 버리고 홧김에 마신 술기운으로 애꿎은 상길을 두들겨 패는 중이었다.

학봉 종택의 재산은 어느 사이 바닥을 드러내었다. 아직 종택만은 무사했던 것은 자손들이 버티고 있었기 때문에 가능했다. 종택을 노름으로 벌써 두 번에 걸쳐 날린 것을 다시 찾아 놓은 사연도 창피스러웠다. 한심스럽고 골치가 지끈댔으나 어쩔 수 없는 노릇이었다.

용한과 상길의 듣고 싶지 않은 실랑이가 마을을 소란스럽게 빠져나가자 겨울밤의 사위는 다시 정적 속으로 잠겨들었다. 선잠을 깨어 있던 사람들은 외풍에 시린 어깨 위로 누더기 이불자락을 당겨 덮으며 힘든 겨울밤의 잠을 다시 청해 보았다.

티격태격하며 마을을 벗어난 두 사람은 내 앞(川前) 종택을 향해 걸었다. 어두움 속에서도 학봉 종택의 위용은 대번 한 눈에 들어왔다.

16세기 기록의 영가지(永嘉誌)에는 학봉 종택에 대해 천년불패지지(千年不牌之地)의 겸재라고 했다. 천 년 동안 패하지 않고 번성한다는 것이었다. 풍수가에서는 삼원불패지지(三元不敗之地-180년 동안 패하지 않는 땅)라는 표현은 가끔 쓰지만 천 년이라는 단어는 거의 쓰지 않는 엄청난 것이었다. 불패란 전쟁, 기근, 전염병과 같은 삼재(三災)가 없다는 말과도 상통했다.

종택의 솟을대문 앞에 다다른 두 사람은 갑자기 수상스럽게도 민첩한 행동을 보였다. 용한이 대문 앞에 서 있을 동안 상길은 종택의 높은 담을 아주 능숙한 솜씨로 뛰어넘었다. 소리 없이 상길이 대문의 빗장을 따자 용한은 그림자처럼 안으로 스며들었다. 종택의 가족과 노비들은 이미 깊은 잠에 빠져든 지가 오래되었다. 두 사람은 사랑채로 들어갔다. 상길이 등잔불을 밝혔다. 두 사람의 행동이 예사롭지 않았다. 등잔불빛을 받은 그들의 눈동자가 유난히 반짝거렸다.

"물건은 실수 없이 준비했지러?"

"틀림없심더. 이번에도 물 좋은 고려인삼으로 했심더."

"수고 많았다. 날이 새기 전에 서둘러 출발하거라. 간도(間島)는 여기보다 훨씬 춥다 카든데 부디 건강 조심하고."

용한은 상길의 어깨를 두드리며 격려해 주었다.

상길이 핫바지 속 전대에서 꺼내 놓은 돈은 모두가 3만 원이었다. 백미(白米) 한 말 시세가 50전이니까 거금이었다. 이번 간도로 가는 군자금은 종가의 마지막 남은 전답을 판 것이었다. 그 속에는 무남독녀 외동딸 후웅이 시댁에서 보내 준 장롱값도 포함되어 있었다. 이제는 종가의 식솔들이 먹고 살아야 할 마지막 전답까지 없어진 셈이었다. 그 사실을 용한의 수족인 상길이 모를 리가 없었다. 그는 방바닥의 돈뭉치를 내려다보며 억센 주먹으로 닭똥같이 떨어지는 눈물을 훔쳤다.

"나리, 종가의 재산을 오직 나라 찾기 위한 일념에 군자금으로 말캉 내놓았는데 하늘도 결코 무심하지 않겠지요?"

"허허, 니놈이 만주 벌판을 휘젓고 다니더니, 나라 걱정이 웬만한 식자들보다 훨씬 낫구마. 자, 얼른 출발하거라. 그리고 항상 잊지 말 것은 이 일들은 너하고 나하고 무덤까지 가지고 가는 기다. 알았지러?"

상길이 절대 배신하지 않을 인물이라는 것을 용한은 잘 알았다. 다만 다짐을 두는 것은 중요한 일로 먼 길을 떠나는 그에게 몸가

짐을 흩트리지 말라는 격려이기도 했다. 상길은 용한에게 하직을 하고 동쪽 하늘이 희붐하게 밝아오는 새벽길로 홀연히 사라져 버렸다.

그 길로 상길은 인삼 장수로 변장하여 만주까지 잠입하는 것이었다. 검문 검색이 삼엄한 압록강 국경 길목에는 위험이 항상 도사리기 마련이었다. 상길은 중요한 길목마다 관헌들의 책임자를 조선 최고의 상품 고려인삼으로 매수를 해놓았었다. 어느 누구도 수완이 뛰어난 상길을 조선독립 군자금 운반책이라고는 꿈에도 생각하지 못했다.

용한은 상길이 떠나고 난 사랑채에서 앉은 채로 두 눈을 지그시 감았다. 의병대장을 숨겨주고 군자금을 지원했다는 이유로 할아버지 김흥락은 왜적들 앞에서 무릎을 꿇었고, 의병대장 작은 할아버지 회락은 총살을 당해 숨을 거두었다. 유서 깊은 학봉 종가는 왜적들에게 재물을 약탈당한 채 가재도구마저 마당에서 풍비박산이 났었다. 담 모퉁이에 숨어서 지켜보던 10살의 소년 용한은 두 주먹을 불끈 쥐었다. 나라를 위해 혼신을 바치겠다고 다짐한 것은 그때부터 태동된 것이었다. 그런 사건들이 용한의 머릿속에 파노라마처럼 지나가고 있었다.

드디어 조선이 해방되었다. 1946년 용한은 병으로 자리에 누워 있었다. 어느 날 그를 찾아온 지인은 종가의 전 재산을 독립군자금으로 모조리 바친 사실을 이제는 실토해도 좋지 않느냐고 종용했다.

"조국의 독립을 위해 선비로서 당연히 해야 할 일을 한 것뿐인데 무슨 할 말이 있겠는교."

용한은 끝내 입을 열지 않고 쓸쓸히 숨을 거두었다.

그의 독립운동 행적은 잊혀진 채로 해방이 된 뒤 근 50년이 지나고 나서야 밝혀졌다. 한심스러운 일이지만 그가 죽고 나서 정부에서 뒤늦게 달랑 내민 건국훈장이 무슨 의미가 있는가?

그 소식을 전해들은 외동딸 후웅은 아버지에 대해 한 많았던 그 순간의 소회(所懷)를 '우리 아배 참봉 나으리' 라는 서간문(書簡文)을 용한에게 바쳤다.

그럭저럭 나이 차서 16세에 시집 가니/ 신행 때 장롱 사오라고 시집에서 맡긴 돈/ 그 돈 마저 가져가서 어디에다 쓰셨는지/ 우리 아배 기다리며 신행 날 늦추다가/ 어매 쓰던 헌 장롱을 신행에 싣고 가니 주위에서 쑥떡쑥떡.

그로부터 시집살이 안절부절 지냈으나/ 끝내는 귀신 붙어왔다 하여 강변 모래밭에 꺼내다가 부수어 불태우니/ 오동나무 삼층 장이 불길은 왜 그리도 높던지/ 새색시 오만간장 그 광경이 어떠 할고/ 그 모든 것을 우리 아배 원망하며 별난 시집 사느라고 애간장을 녹였더니/ 오늘에야 알고 보니/ 그 모든 것이 조선 독립을 위한 군자금으로/ 그 많던 천 석 재산 다 바쳐도 모자라서/ 하나뿐인 외동딸 시댁에서 보내준 장롱값마저 바쳤구나.

세속계의 풍부한 표정과 다채로운 풍자

김원우(소설가)

1

박종윤의 소설집 『진딧물의 미로』에 실린 아홉 편의 단편들을 찬찬히 숙독하고 나면 대번에 그 다양한 소재 감각을 주목하게 되고, 도대체 이처럼 실감 좋은 이야깃거리들을 어디서 다 발굴했을까 하는 의문 앞에서 얼떨떨해지고 만다. 모든 독자들이 영일없이 꾸려내는 일상 가운데서도 가장 지근거리에서 벌어지는 비근한 이야기들이 실로 풍부한 표정으로 다가와 있는 것이다. 그 재미난 이야기들의 요체를 잠시 간추려 보는 것도 무익하지는 않을 듯하다.

첫 작품 「마지막 교신」은 재중동포인 박복한 여인을 새엄마로 맞은 한 소년의 세파 극복기이다. 한때는 화물선 기관사로 통이 컸던 아버지가 새엄마에게 '미얀마 루비 반지'를 사준 호시절도 있었으나, 그 가장이 억울하게도 안전사고로 한쪽 다리를 잃자마자 술주정꾼으로 변하는 과정이 여간 여실하지 않다. 더욱이나 새엄마의 품을 파고들어 브래지어를 새카맣게 더럽히는 '나'는 아버지의 죽음까지 맞는다. 새엄마의 병을 낫게 하려는 '나'의 생활력은 당차고, 고장난 핸드폰 같은 소도구들이 한 소년의 굶주림과 묘한 대조를 이루며 그 신호음처럼 긴 여운을 남긴다.

「지렁이의 춤」에서는 서울 남산의 기름진 부엽토를 뛰쳐나와 인도 바닥에서 꾸물대는 지렁이의 구출 작업을 통해 생태계의 위험 수위를 고발하고 있다. 지렁이를 매개로 맹인과 나누는 우정의 교환에는 오늘날의 우리 부부상이 오로지 돈 때문에 얼마나 간단히 파탄을 맞는가를 그려내면서 그 삭막한 정서를 되돌아본다.

「아버지의 중국집」에서도 생활전선에서 악착같이 버텨내는 중국요리 주방장들의 각박한 애환이 간단없이 펼쳐지는데, 이 작품의 여주인공도 인도네시아에서 우리나라로 돈을 벌러 온 여성이어서 다문화/다민족에의 소재적 접근이 이제는 한국소설의 다급한 화두로 부상해 있음을 실감시켜주고 있기도 하다.

「슬픈 아프리카」와 「이스탄불 이스탄불」은 소말리아와 터키의 여러 오지와 관광지를 공간적 배경으로 아우름으로써 소설의 기둥 줄거리에 '신자유주의적' 기풍을 양각시키고, 소위 '타자'로서의 그 지역 주민들과의 애절한 교제에는 '환상'을 덮어씌운다.

「라이카의 별」은 우리 소설의 전통에서는 아주 희귀한 '떠돌이 개'들을 화자로 삼아서 그들을 우주선에 태워 '출세'시키는 일종의 우화소설이다. '반려동물'이라는 말대로 문명국가일수록 개를 사랑하는 집착이 무서울 정도로 지나치고, 그런 기류의 이면에는 애완동물을 제멋대로 '갖고 놀아대는' 학대증도 숨어 있는 줄이야 누구나 알고 있지만 하등의 쓸데없는 구설수에 휘말리지 않으려고 다들 짜증스러운 침묵만 감수하고 있을 뿐이다. 그러나마나 하필 한때 우리의 적성국가이기도 했던 소련의 우주선을 타고 있어서 실감은 다소 떨어지지만, '라이카'가 떠돌이 별이 되고 마는 이 우화는 '동물 애호' 시속에 대한 혹독한 풍자소설로 읽히며, 나름의 확실한 성취에 이르러 있다.

「진딧물의 미로」는 한편으로는 가장 정상적이면서도 다른 한편으로는 반윤리적/배금주의적/몰가치적 기율이 요즘의 젊은 부부들 사이에서 어떤 형태로 팽배해 있는지를 점검한다. 딸 하나를 앞세우고 신경전을 이어가는 이런 몰풍경에서 언제라도 득세하는 괴물은 '돈'이며, 그 위력에 곱다시 승리하고/패배하는 쪽은 뻔뻔스러운 '엄마'의 군상이다. 이제 우리 사회는 이 가학적인 풍속의 만연 앞에 거의 속수무책이며, 돈의 횡포와 무지막지한 '엄마'의 폭주는 전염병처럼 끈질기게 퍼뜨려지고 있다. 모정이란 위선의 탈바가지를 덮어쓰고 돈을 갈취하는 이런 작태의 희생양으로 어수룩한 남편이 단골손님으로 등장하는 것도 통속물의 한 전형이

긴 하지만, 돈을 버는 기계였다가 이제는 수시로 돈을 뜯기는 '남자'가 지갑 속에 파묻어 둔 가족사진을 꺼집어내서 그 안의 '여자'만을 도려냄으로써 그 허무한 결손가정의 엉성궂은 '인연'조차 갈갈이 '해체'시키는 마지막 장면은 이 시대의 기표로서 손색이 없다. 이상의 단편들이 '지금/이땅의/우리'가 당면하고 있는 실상을 사실주의적으로 그리면서 더러는 마술적/낭만적/환상적/상징적 기교를 덧대서 조명한 작품들이라면 「직지, 흥덕사의 검은 나비」와 「회한의 노래」는 일종의 다큐멘타리적/역사적 장르 감각을 구체화시킨 이색작들이다. 전자는 프랑스에서 우리의 잃어버린 전적(典籍)과 그 연원을 찾아서 '역사 바꾸기'를 시도하는 한 여성학자가 '검은 나비'의 환상과 나누는 교감을 부각시키고 있는가 하면, 후자는 미치광이로 위장한 한 사대부 가문의 종손의 갸륵한 생애를 추적한다. 거의 5백 년에 걸친 학봉 김성일 가문의 덜 알려진 '왜적 무찌르기' 내력이 짧은 단편 속에서 이만큼 핍진감 좋게 육박해오는 사례도 드물지 않나 싶은데, 이때껏 정사와 야사의 매끄러운 '조작'에만 의존해온 역사소설의 한계를 정면에서 재고해 보자는 이런 시도는 그 승패를 떠나서 나름의 도전적 발상이 아닐 수 없다.

이상의 요약에서도 드러나 있다시피 박종윤의 소재 취사력은 거의 천의무봉한 경지이다. 여기서의 '천의무봉'은 아무런 결점도 없다는 뜻이 아니라 수많은 미흡과 부실을 각오하면서도 자연스러운 서사의 진행을 위해서라면 어떤 '꾸밈새'도 멀찌감치 밀어내고 있다는 의미이다. 달리 말하면 재래적인 산뜻한 결말, 도식적인 교훈, 인물의 유형화, 만남과 헤어짐에 따르는 우연의 남발 같은 소설적 기교를 적극적으로 사양하는 박종윤의 이야기들은 기왕의 소설적 문법을 꼭 반쯤 비틀어 놓고 있다. 그의 이런 소설관의 정체를 벗겨 보자면 어차피 그만의 서사 진행에 동원하는 아우라를 새겨가며 읽을 수밖에 없다.

2

욕심 사납게 어휘의 중복을 아무렇게나 행사하느라고 억지로 '읽히지 않는' 오문을 만들어내고, 어순과 말뜻이 뒤엉켜서 의미가 붕 떠버리고 마는 비문들이 없지 않음에도 불구하고 박종윤의 소설들이 속도감 좋게 읽히고 있는 관건은 무엇보다도 서사의 과감한 생략과 세태 '비틀기'에 따라붙는 해학적 정서 일체이다. 또한 좀 경중거린다 싶게 이야기를 마구 풀어가는 박종윤 특유의 서사관에는 자료 수집에의 천착을 중도에서 흐지부지 끝내버리는 경우도 없지 않다.

이를테면 지렁이의 생태학을 착실하게 해설하고 있는 「지렁이의 춤」은 환형동물의 '지구적 운명'이 좀 더 전문적으로 다루어졌으면 하는 독자 일반의 아쉬움을 깔아뭉개고 웬만큼 '알려진' 정보의 제시로 만족하는 실례가 그것이다. 더 이상의 생물학적/지구

환경적 접근은 소설외적 논란거리란 것이 박종윤의 서사법인 것이다. 뿐만이 아니다. 개미와 진딧물의 먹이 사슬을 감칠나게 소묘하고 있는 「진딧물의 미로」에서도 여주인공이 미물보다 못한 한낱 배신자의 탈을 뒤집어쓰고 살아간다는 비유로 '화분 속의 배설물'을 제시하고 있는데, 그 다음 추측은 독자의 몫으로 떠넘겨버린다. 돈밖에 모르는 흡혈귀 같은 '여성'의 생리 구조가 일종의 '배설 도구'임을 모르는 사람은 없을 것인데, 작가가 그것까지 도려내서 상투적인 현학기를 비쳐서는 소설적 재미가 줄어들뿐더러 그런 방법은 이미 낡았다는 것이다. 박종윤의 반소설적 발상은 바로 이 대목에서 힘을 얻는다. 따라서 진딧물/개미의 동거는 한 여자의 뻔뻔스러운 '생리'를 매도하는 장치로 족할 뿐이며 그것으로 소임을 마친 셈이다. 이런 소재적 운용의 미학은 조작의 '경계선'을 어디까지 그어야 할지에 대한 상당한 해답을 내놓고 있기도 하다.

이야기 '풀어가기'에서 보이는 박종윤의 독보적인 해학은 읽어갈수록 점입가경의 경지를 유감없이 드러낸다. 어떤 대목을 인용하더라도 나무랄 데가 없을테지만, 특히나 다음과 같은 문장들은 한번쯤 곱씹어 볼만하다.

무신론자인 아버지는 기관사 출신인 자신의 이력이 과학과 무관하지 않다는 것을 과시하기 위해 걸핏하면 과학이란 단어를 쇠뼈다귀 우려먹듯 곧잘 인용했다.
— 「마지막 교신」 중에서

'무신론자'라는 허풍스런 과장어도 빛이 나고, 어려운 단어도 아닌 '과학'을 일부러 두 번씩 들먹이는 속셈도 확실히 짚어오며, 군이 '인용'이라고 반 이상 부적절한 어휘를 골라 집어넣음으로써 해학을 조장하는 것이다.

남자 인간들은 한심스럽게도 자신들의 정력을 위해 우리 수컷 개들의 기다란 생식기를 다투어 선호하지만 아무런 근거도 없다. 우리가 교미 시간을 오래 지속하는 것은 수컷의 성기와 그 힘 때문이 아니고 암컷의 꽉 조여지는 질 내부의 구조 탓이다. 질 속으로 들어간 수컷의 생식기가 결합 상태로 시간을 오래 지속하는 이유는 나쁜 바이러스를 차단하고 이미 들어간 내부의 정충을 얼마간 보호하기 위함인 것이다. 수컷의 생식기에 뼈가 있는 것 또한 오랫동안 결합 상태를 유지하기 위한 신체적 조건에 불과하다.
— 「라이카의 별」 중에서

인간이 가장 오래도록 길들여온 가축인 개의 생색기 구조와 그 교합의 '과학성'에 대해 천연덕스러운 유머 감각을 발휘하는 위의 한 문단은 최첨단의 과학적 기술로 우주를 정복하려는 현대인의 형편 없는 '성능력'을 비웃고 있다. 이런 해학과 풍자에 동원한 어휘는 소박하기 이를 데 없는데, 굳이 '수축력' 같은 고급스러운 단어보다는 '꽉 조여지는' 같은 피동형 순우리말이 걸맞다는 것이다. 거칠고 무분별한 어휘 취사력이라고 지탄받는 한이 있더라도 점잖은 문장어에 길들여진 여느 독자들에게 종주먹을 들이대는 이런 파격으로 풍자의 진수에 다가가려는 욕심이 박종윤의 스타일 감각이다.

장미 줄기를 내려오던 진딧물이 나아가지를 못하고 머뭇거렸다. 뒤따르던 개미가 앞으로 나갔다. 떨어져 줄기에 붙어 있는 장미 잎을 개미가 제거했다. 진딧물이 다시 움직이고 개미는 여전히 그 뒤를 따랐다. 두 곤충의 공생은 성실할 뿐 변함이 없었다.

　　—「진딧물의 미로」 중에서

이혼한 부부가, 그것도 전남편에게서 거금 5백만 원을 긁어내서 유방 확대 수술까지 한 전처가 이제는 돈 많은 노랭이 영감의 변태적 성행위에 시달리면서도 수시로 딸을 미끼로 생돈을 울궈내려고 덤빈다. 이런 풍자적 구도에 따르기 마련인 과장벽을 막는 장치가 비유와 상징임은 공지의 사실이다. 「진딧물의 미로」에서도 하찮은 미물인 개미와 진딧물의 화기애애한 공존공생력보다 못한 인간의 부도덕성을 한껏 조롱하는 위의 문단은 이 작품의 작의를 단연 양각시키는데 부족함이 없다.

아무렇게나 '마구잡이'식으로 조립해 가는 듯한 박종윤의 문장관이 의외로 생기를 발하는 대목은 해학, 조롱, 풍자를 짐짓 감추고 때늦은 회한을 곱씹을 때이다. 가령 다음과 같은 대목이 그것이다.

　재혼한 영감과 헤어지게 되면 당신이 먹여 살릴거냐고 협박하면서 가져간 돈이었다. 처녀 때부터 가슴이 좀 빈약하기는 했으나 심각할 정도는 아니었다. 함께 살고 있는 영감의 환심을 사기 위해 자신의 구렁이 알 같은 돈을 털어 간 것이었다. 그렇게 투자를 하고도 아직 영감의 경제권을 독점하지 못했다고 하니 공연히 울화가 치밀었다.
　―「진딧물의 미로」 중에서

'재혼한 영감과 헤어지게 되면 당신이 먹여 살릴거냐'는 말은 상식적으로는 어불성설이다. 하기야 따지고 들면 이미 갈라선 부부가 딸을 미끼 삼아 걸핏하면 만나고, 으레 전처 쪽은 돈을 빨아 먹을 궁리를 내놓고 전남편 쪽은 속수무책으로 열심히 벌어 모은 돈을 빨리는 '조작' 자체도 될 듯 말 듯한 이야기이기는 하다. 물론 우리의 최근 결혼/이혼 시장에는 이보다 훨씬 더 기가 막히는 반소설적/초현실적 실상이 수두룩할테지만, 여기서 주목할 것은 돈과 섹스만큼 인간을 단숨에 몰염치한 미물로 사주하는 매개물이 달리 있을 수 없다는 작의이다. 그 엄연하나 범상하기 짝이 없는 '작의'를 살리기 위해서라면 과감하게 '극단적인 서사'도 마다하지 않겠다는 것이 박종윤의 소설관인 것이다.

3

박종윤의 소설에는 의외로 술술 읽히는 힘이 배어 있다. 이 속도감의 근원을 요약하기는 쉽다.

우선 이야기를 풀어가는 원동력인 '과거지사'가 워낙 풍성해서 그것을 적재적소에 안배하는 것만으로도 벅차므로 사소한 '세목' 따위는 무시해버린다. 일컬어 스토리텔러적 관점인 것이다. 기왕의 소설 일반이 관행적으로 많은 지면을 할애하고 있는 주요인물의 얼굴과 버릇과 입성 따위에 대한 시시콜콜한 묘사가 박종윤의 지문에는 거의 안 보인다. 그런 자잘한 '세목＝정보'가 이야기의 진행을 방해하는 사례를 무수히 봐오고 있는데, 그와 같은 선천적/기질적 '특성'이 서사의 활력에 얼마나 기여하는지 한번쯤 의심해 볼만하다는 것이 박종윤 특유의 구성 감각인 것이다. 이 점은 흔히 놓치고 있지만 나름의 특이한 플롯짜기로서의 개성에 값한다.

'심안'이 대뇌의 내분비 기관인 '송과체(松果體)'에서 나온다는 희한한 '정보'의 소개에서도 알 수 있는대로 박종윤의 이야기에는 독자의 의표를 찌르는 '가지'가 무성한 편이다. 이 두 번째 특성은 말할 나위도 없이 이야기의 '줄기'를 꿋꿋하게 뻗어나가게 만드는 장치이다. 그처럼 우람한 줄기라야 수많은 녹색의 잎을 거느릴 테고, 자연스럽게도 잎사귀마다의 생성과 소멸을 감당할 수 있을 것이기 때문이다. 이런 줄기와 가지의 역할 분담에 소홀하면 소설이란 나무는 곧장 고목으로 탈바꿈하여 한치의 그늘도 만들지 못할 것은 자명하다.

이미 앞에서 두어 번에 걸쳐 지적한 바대로 박종윤의 문체가 풍기는 소루, 그 정치성의 일정한 미달은 풍자, 조롱, 해학 같은 정조의 과도한 질주가 덤터기 씌운 업보일 수 있다. 쇄말주의가 금과옥조로 삼는 심리 묘사에의 경주, 그럴 듯한 정황 조작, 시공간의 적절한 안배에 전심전력하느라고 서사가 마냥 꾸물거리고만 있는 폐단을 되돌아보면 '서사는 문장에 우선한다'는 구실이 힘을 얻는 게 사실이다. 그럼에도 불구하고 '하늘 아래 새로운 이야기는 있을 수 없다'는 말대로 그 별것도 아닌 세상살이/인생살이의 현실감이 얼마나 오래도록 생명력을 이어갈지를 생각해보면 역시 '문체는 서사를 압도하고, 문맥만이 서사의 생성과 생기를 도와준다'는 지론을 무시할 수는 없을 것이다. 박종윤의 소설이 안고 있는 일정한 미달과 꼭 두어 군데쯤씩 허술한 미비는 바로 이것일 수 있다.

누구라도 작가라는 명찰을 달고 소설책을 세 권쯤만 펴내고 나면 그때부터 자기만의 '가락'이 매쪽마다에 뿌리를 내렸음을 실감하게 된다. 그 활착을 심각하게 의식하는 명색 작가가 오늘날 과연 얼마나 있을는지 우리는 물을 수도 있겠으나, 그 심도에 따라서 그의 '좌표'가 마련될 것이다는 단언만큼은 확실히 내놓을 수 있다. 그 '가락'에 맞춰 잘 쓴다/못 쓴다는 허망한 세평이라도 한두 번 듣고 나면 쓸데없는 '자만과 고집'만 늘어남으로써 작가들은 저마다 애물을 스스로 키워간다. 그 애물에 치여서 대개의 작가들은 제자리 뜀뛰기만 되풀이하게 된다.

한 발자국도 제대로 못 떼놓는 그 부질없는 운동이 '각질화'를 재촉할 것임은 신체 구조상 필지다. 아무리 작품량을 늘려가 봐야 동어반복에 그치고 마는 그 매문/매명의 '한결같은' 작업이 종래에는 그 형체조차 알아볼 수 없는 '화석화'에 이를 것임도 자명하다. 자기 갱신이, 또는 자기 부정이 얼마나 긴요한지를 되돌아봐야 하는 이 대목에서 박종윤도 이제는 자기 '좌표'의 설정이 불가피하지 않을까싶다.

작금의 우리 소설의 여러 장단점을 박종윤의 소설도 그대로 다 갖추고 있음은 의심의 여지가 없다. 흔히 말하는 대로 남의 산의 돌이야 좋은 것도 있을 수 있고, 그보다 나쁜 돌이 더 많을 수도 있겠으나, 그것들을 누가 제 보석 가꾸기에 잘 써먹느냐는 또 다른 기량 벌이기야 굳이 이 자리에서 언급할 것도 없을 터이다. 덧붙이건대 원래 가르치면서 반은 배운다는 옛말대로 오랜만에 박종윤의 단편들을 통독하면서 해설자도 이런저런 '정보'를 너무 많이 챙긴듯해서 뿌듯하기도 하다. 아무쪼록 평소의 부지런한 성정을 소설 쓰기에도 그대로 적용하여 자기 갱신의 선수가 되기를 바랄 따름이다.

6년 만에 출간하는 소설집이다. 공백이 너무 길었다.

나에게 소설 쓰기란 자신의 진정한 자아를 찾아 먼 길을 떠나는 작업이었다. 내 소설 속에 등장하는 인물들은 나일 수도 있고 내 주변 인물들이기도 하다. 개중에는 새로운 소재를 찾느라고 남의 치열한 삶의 현장에서 실제로 겪은 뼈아픈 경험을 바탕으로 쓴 작품도 있다.

나에게 소설 쓰기가 없었다면 과연 노년을 어떻게 보내고 있었을까를 생각하니 이 적잖은 나이에도 헤픈 웃음이 저절로 피어오른다. 그렇다고 해서 소설 쓰기를 홀하게 보지도 않으며, 아무나 달려들어서 제멋대로들 얽어가는 작업도 아닌 줄이야 뼈저리게 알고 있다.

자신의 의식이나 무의식 속에 있는 관념을 끄집어내어 어떻게 다변화시키고 육하원칙에 순종하지? 하는 물음 앞에서는 언제나 감당하기 어려운 체념에 부딪치고는 했다. 내 스스로도 삶의 질곡에서 벗어나지 못한 주제에 남의 인생을 헤아려 본다는 것은 어불성설이었다. 그러나 허구라는 탈을 뒤집어쓰면 이야기가 술술 풀려가기도 했다.

이제는 글쓰기에도 이력이 웬만큼 붙어서 의연할 때도 되었건만 갈수록 뒤처지고 머리가 지끈거려지는 이 희한한 '정서'의 정체를 어떻게 설명할까. 그래서 그런지 아내에게조차 내 소설이 제대로 대접을 못 받고 있다. 그러니 어느 독자가 내 작품을 읽어 주겠는가. 그럼에도 불구하고 나는 소설 쓰기에 꾸준히 매진할 수밖에 없다. 글쓰기를 통해 나는 상상의 나래를 펴고 먼 길을 떠날 수 있기 때문이다. 매번 글쓰기를 시작할 때마다 대번에 고래라도 잡을 듯이 달려들지만 탈고 뒤에는 피라미 같은 형용 앞에서 부끄러움만 남는다.

어쨌든 잡문 쓰기도 한사코 사양하고 사람 만나기도 극구 기피하며 살아가는 김원우 선생님께서 기꺼이 해설을 맡아 주셨다. 칭찬보다는 더욱 매진하라는 진심 어린 격려에 감사를 드린다. 또한 출판업계가 여전히 불황에서 벗어날 길이 없는 형편임에도 흔쾌히 책으로 묶어준 개미의 최대순 시인에게 간곡한 우정을 전하고 싶다.

2016년 5월
박종윤

진딧물의 미로

1쇄 발행일 | 2016년 6월 13일

지은이 | **박종윤**
펴낸이 | **정화숙**
펴낸곳 | **개미**

출판등록 | 제313 – 2001 – 61호 1992. 2. 18
주   소 | (04175) 서울시 마포구 마포대로12, B-109호 (마포동, 한신빌딩)
전   화 | (02)704 – 2546   팩스 | (02)714 – 2365
E-mail | lily12140@hanmail.net

ⓒ 박종윤. 2016
ISBN 978 – 89 – 94459 – 64 – 6 03810

값 12,000원